Jana Paradigi

Kitty Carter - Dämonenkuss

NOVELARC

Jana Paradigi

Kitty Carter

Dämonenkuss

Jana Paradigi
Kitty Carter - Dämonenkuss
www.janaparadigi.de

Content Notes:
Religion, Okkultismus, Tod, Unfall, Mord, Blut, Speichel, Sex (einvernehmlich), sexueller Übergriff (angedroht), Gewalt (angedroht), Drogen

1. Auflage

www.novelarc.de

Umschlaggestaltung: M. D. Hirt
Shutterstock Credits: Kerem Gogus, Djero Adlibeshe, Enea Kelo, BortN66, Tattoboo, Brilliant Eye, Iris_art, Chaikom, Peddalanka Ramesh Babu, Mia Stendal, Kateryna Upit, TeodorLazarev
Lektorat und Korrektorat: worttief-Lektorat (Mareike Westphal)
Vertrieb: Nova MD
Druck und Bindung: Booksfactory.de
Printed in Poland

Gebundene Ausgabe: 978-3-98595-112-3
E-Book: 978-3-910238-01-5

Vorwort

Ihr Lieben,

ein Wort vorab, damit ihr wisst, was auf euch zukommt, wenn ihr diese Geschichte lest, und euch emotional darauf vorbereiten könnt. Denn dieser Roman beinhaltet Themen, die euch womöglich triggern.

Folgende Themen werden in diesem Roman behandelt und manchmal auch nur angedeutet: Religion, Okkultismus, Tod, Unfall, Mord, Blut, Speichel, Sex (einvernehmlich), sexueller Übergriff (angedroht), Gewalt (angedroht), Drogen.

Bitte passt beim Lesen auf euch auf und gebt mir gerne unter der Adresse cn@novelarc.de Feedback, wenn ihr nach dem Lesen in der Rückschau gerne noch weitere genannt bekommen hättet.

Die Geschichte rund um Kitty Carter ist für mich ein ganz besonderes Buch geworden, mit Themen, die mich selbst schon lange begleiten. Ein Roman, der mir beim Schreiben sehr viel abverlangt, aber auch sehr viel Spaß bereitet hat.

Großes Lesevergnügen wünscht euch
Jana Paradigi

Dieses Buch ist für jene,
die sich unsichtbar fühlen
oder unsichtbar gemacht werden.

KAPITEL 1

Kitty Carter betrachtete die Habseligkeiten des Toten und hatte so eine Ahnung, dass die Ursache für sein Ableben eine Person war, die einen mintfarbenen Hut trug und gern an Blumen roch.

Ein abstruser Gedanke, aber Kitty wusste, dass solche Eingebungen gerade dann wichtig waren. Weil sie nicht einfach nur den logischen Assoziationen durch Beobachtung geschuldet waren, sondern ihrem Bauchgefühl entsprangen. Einem schier magischen Instrument, wenn es um die Treffsicherheit ging.

Ein Talent, das sie bereits als Kind besessen hatte. Damals war sie überzeugt gewesen, dass alle Menschen das könnten. Sie hatte beim bloßen Berühren des Tellers gewusst, wer den Kuchen aus der Küche gestohlen und wer die vermeintlich verräterische Bröselspur bis zu ihrem Zimmer gelegt hatte. Und das nicht nur, weil solche Streiche typisch für ihren älteren Bruder Jordan gewesen waren.

Leider hatte ihre Fähigkeit sie nie vor Strafen gerettet, denn ihre Eltern waren Verfechter des Prinzips »wahr ist nur das, was bewiesen werden kann« gewesen. Selbst Jahre später wischte ihr Vater Barnabas Carter ihre Gabe als bloße Glückstreffer beiseite. Und das, obwohl sie den Mörder ihres Bruders anhand eines einzigen Knopfes identifiziert hatte.

Indirekt zumindest. Denn nachdem Kitty eben dieser Knopf, den ein Constable am Tatort vor der Hafenspelunke gefunden hatte, in die Hand gefallen war und sie ihn näher betrachtet hatte, war ihr der ranzige Geruch von Betty Barnetts eifersüchtigem Freier in die Nase gestiegen. Wohl, weil auch Jordan Vergnügen an ihren Strumpfbändern und deren Inhalt gefunden hatte. Eine Leidenschaft, die ihm schlussendlich zum Verhängnis geworden war.

»Ist was Wertvolles dabei?«, erklang die raue Stimme des Chief Inspectors Patt Wallet.

Kitty blinzelte. Obwohl sie die ganze Zeit in die kleine Box auf ihrem Tisch gestarrt hatte, hatte sie die Gegenstände darin kaum wahrgenommen.

»Ich katalogisiere es Ihnen, Sir. Auf den ersten Blick ist aber kein Goldbarren dabei«, sagte sie und lächelte den großen, etwas ungeschlacht wirkenden, Chief Inspector der City of London Police verschmitzt an.

Doch Patt Wallet war ein ernster, verhärmter Mann, der nicht viel Spaß verstand. Mehr als eine erhobene Augenbraue konnte sie ihm mit diesem Scherz nicht entlocken.

»So ein Fund ist bei einem Säufer und Taugenichts auch nicht zu erwarten«, konstatierte er und maß sie mit diesem tadelnden Lehrerblick, der ihr nicht nur aus Scham die Röte in die Wangen trieb. Ein Detail, das er wie immer übersah oder stoisch ignorierte.

»Natürlich, Sir.« Sie schlug die Augen nieder und strich sich eine ihrer mahagonibraun gefärbten Haarsträhnen hinter das Ohr. Ein Versuch, die ersten grauen Haare zu überdecken. Leider machte die Mischung aus Silbernitratlösung, Metallsalzen und Pyrogallol-Lösung das Haar auf Dauer spröde und brüchig. Sie würde den Chemiker in der Borrow Steet wohl noch einmal besuchen müssen, um ihn um eine Tinktur für die Pflege zu bitten. Später, nachdem sie von ihrer Verabredung zum Tee mit Tessi zurück war.

Ihre Freundin hatte so dringlich in ihrer Nachricht geklungen, dass Kitty das Treffen um nichts auf der Welt verpassen wollte. Immerhin war Tessi ihre engste und älteste Vertraute. Eine der wenigen, die verstanden, warum Kitty sich so störrisch gegen das Eheleben stemmte.

Ein Umstand, der ihren Vater schier zur Verzweiflung getrieben hatte. Erst in Kittys Vierzigern hatte er seine Bemühungen eingestellt, sie Männern vorzustellen, die seiner Meinung nach genug Geld für ein passables Leben boten. Vielleicht, weil er lieber eine Niederlage in Kauf nahm, statt auch sein zweites Kind zu verlieren. Sinnbildlich gesprochen, denn umgebracht hätte sie sich nie. Immerhin war das laut den Predigten des Pastors eine Sünde. Genau wie Kittys Fantasien, wenn sie Patt Wallet ansah und davon träumte, ihm in der Dunkelheit der Nacht näherzukommen, als sittsam war.

Nachdem der Chief Inspector ohne weitere Anweisungen zurück in sein Büro gegangen war, griff sich Kitty eine große Holzpinzette. Damit fischte sie die einzelnen Stücke aus der Box, betrachtete sie und trug sie mit fein säuberlich geschwungener Feder in eine Tabelle ein.

Da waren ein Kronkorken, ein Stückchen Schnur, ein kleines Päckchen Tabak, ein gebrauchtes Schnäuztuch und drei Penny, die rochen, als hätte man sie aus einem verrotteten Fischmagen gezogen. Als Kitty das Schnäuztuch, einem plötzlichen Instinkt folgend, auffaltete, entdeckte sie darin einen blank geriebenen Silberpenny, mit Neptuns Dreizack und dem Schild der sitzenden Britannia geprägt.

Eine jener Münzen, die die königliche Familie traditionell den Armen schenkte. Ein symbolischer Akt der Demut, wie einst Jesus ihn vorgelebt hatte. Er war niedergekniet und hatte die Füße der Armen gewaschen. Die Königin hingegen schnippte ihnen eine Münze zu. Heuchelei und Hohn, wie Kitty fand. Wer trieb die Menschen denn in die Obdachlosigkeit mit seinen Steuern? Die damit einhergehende Abwärtsspirale war selten aufzuhalten. Das wusste Kitty durch die Arbeit auf der Polizeistation nur zu gut.

Der Tote hatte die Münze nicht etwa bei einem Kartenspiel gewonnen. Sie war ihm tatsächlich von jemandem in die Hand gedrückt worden, der von königlichem Blute war. Ein Glücksbringer aus Kindheitstagen, den der Mann selbst im größten Schnapsdelirium nicht aus der Hand gegeben hätte, das spürte sie ganz deutlich. Ein Hoffnungsfunke in einem Leben aus Leid und Enttäuschungen.

Kitty schluckte und ihre Hand zitterte, ohne dass sie den Grund dafür benennen konnte. Ihr Leben war kein schlechtes, trotz der Entbehrungen, die ihre einstigen Entscheidungen mit sich gebracht hatten.

Eine Frau, die einem Beruf nachging, war zwar nichts gänzlich Exotisches, aber eben auch nichts, was von der dominierenden

Männerwelt beklatscht wurde. Hier, auf der Polizeistation, wurde sie geduldet und bestenfalls hinter vorgehaltener Hand für ihre hilfreichen Tipps geschätzt. Aber niemals dafür gelobt. Denn auch hier galt das Prinzip von Logik und Beweisführung.

Detectives überführten Täter nicht einfach aufgrund von Intuition, selbst wenn sie Kitty regelmäßig nach eben dieser befragten. Auf Umwegen. Indem sie ihr, wie heute, die Habseligkeiten eines Toten zur Katalogisierung auf den Tisch stellten. Meistens kam ein paar Stunden später einer der Constables vorbei und begann das Gespräch mit harmloser Plauderei, um bloß nicht den Eindruck zu erwecken, sie wären auf ihre Hilfe angewiesen.

Doch die Wahrheit war, dass die Polizeistation eine besonders hohe Aufklärungsquote hatte, eben weil sie den intuitiven Einflüsterungen von Kitty Carter nachgingen. Und das, obwohl sie nur eine unbedeutende Büroangestellte war.

Kitty schob den Silberpenny mit der Zange in eine Beweisstücktüte und legte diese zusammen mit den anderen Gegenständen zurück in die Box, nachdem sie zu jedem eine kurze Beschreibung notiert hatte. Es mochte kleinlich wirken, doch gerade die Details eines Falls waren entscheidend für seine erfolgreiche Aufklärung.

Hätte Kitty Zugang zu dem Leichnam gehabt, hätte sie wohl noch einiges mehr herauslesen können. Womöglich hätte sie sogar ein Gesicht zu diesem mintfarbenen Hut gesehen. Doch der tote Körper lagerte entweder in der Aufbahrungshalle oder war nach der Beschau durch die Detectives bereits an die Universität geliefert worden.

Zwei Orte, zu denen sie als Frau üblicherweise keinen Zutritt hatte. Weil sie in Hysterie verfallen könnte, hieß es. Dabei waren es viel eher die jungen Constables, die beim Anblick von Blut und aufgeschlitzten Leibern überstürzt den Abort aufsuchten.

Während Kitty die Papiere in den neu angelegten Akt einsortierte, hetzte einer dieser uniformierten Jungspunde herein, das Gesicht leichenblass, mit roten Flecken auf den Wangen. Er musste die Strecke bis zur Polizeistation gerannt sein.

»Chief!«, rief er atemlos. »Wir haben einen Mord am Haymarket.«

Patt Wallet erschien in der Tür und beäugte den desolat wirkenden Mann mit tadelnder Miene. »Knöpfen Sie erst einmal Ihre Jacke zu, Henry. Sie sind hier nicht bei der Metropolitan Police. Bei uns geht es ordentlich zu!«

Der junge Constable straffte sich, legte beiläufig ein schwarzverfärbtes Taschentuch neben Kitty ab und nestelte mit zittrigen Fingern an seiner Jacke herum.

»Sehr gut. Und jetzt erzählen Sie, warum Sie so ein Nervenbündel sind«, setzte Patt mit versöhnlicher Stimme hinzu. Denn eigentlich war er ein guter Kerl. Grobschlächtig, aber mit einem großen Herzen unter all den Schichten, die sich in diesem Beruf wohl zwangsläufig bildeten.

»Die Mädchen aus der Frühschicht haben sie entdeckt.«

Henrys Jackenknopf war immer noch nicht an seinem Platz.

»Wen haben sie gefunden? Wer ist das Opfer?«

»Die Hurenmutter, aus dem Tinker Tanner.«

Wallet hob die Brauen. »Die alte Lucy Wigem hat's erwischt? Das sieht ihr aber gar nicht ähnlich.«

»Sie ist grauenhaft zugerichtet«, sagte der Constable und Kitty konnte regelrecht spüren, wie ihm das Mittagessen die Speiseröhre wieder hinaufkroch. »So, als hätte man ihr eine brennende Fackel in den Rachen gerammt.« Er deutete auf das Taschentuch.

Patt Wallet nickte. Sein Gesicht hatte sich in eine undurchdringliche Maske verwandelt, als er nach zwei weiteren Detectives rief und sie sich gemeinsam zum Tatort aufmachten.

Lucy war eine Art Berühmtheit in ihrem Metier gewesen. Eine Governess, die für ganz besondere Wünsche zuständig war. Die Billigversion davon, im Vergleich zu den Bordellen in der Charlotte Street, bei denen der Adel mehr oder weniger heimlich ein und aus ging. Sie war schon eine halbe Ewigkeit in diesem Geschäft gewesen. Ein bisschen abergläubisch, aber klug genug, sich nicht einfach von einem Straßenräuber umbringen zu lassen.

Kitty hatte diese Frau bis zu einem gewissen Grad bewundert. Sie war frei gewesen, hatte sich ein eigenes kleines Imperium aufgebaut. Sie hatte das hart erarbeitete Geld mit niemandem teilen müssen und mehr verdient als so mancher Kerl, der tagaus, tagein schuftete, bis sein Buckel ganz krumm war.

Mehr noch. Lucy Wigem hatte sich erfolgreich gegen die guten Sitten und prüden Moralvorstellungen der Pfaffen erhoben. Ein Sieg. Doch zu einem bitteren Preis. Denn wer das horizontale Gewerbe ausübte, galt in der Öffentlichkeit gleichsam als geächtete Person. Und so würde man sie selbst nach ihrem Tod noch behandeln.

Kitty blickte auf das achtlos hingeworfene Stofftuch auf ihrem Tisch. Es war so schwarz, als hätte man damit den Ofen ausgewischt. Sollte sie einen genaueren Blick darauf werfen oder sich das Grauen ersparen? Andererseits war sie womöglich die Einzige, die etwas herausfand, das nicht schon offensichtlich war.

Unwahrscheinlich, dass der Chief viel Aufwand betreiben würde, den Mörder zu fassen. Außer ein paar Freiern und den Mädchen vom Tinker Tanner gab es niemanden, der ihr eine Träne nachweinen oder Druck bei der Aufklärung ausüben würde. Heute eine Schlagzeile, morgen bereits vergessen.

Von dem Tuch ging ein Geruch aus, der im ersten Moment an Rauch erinnerte. Aber da war noch etwas. Etwas, das ganz und gar nicht dazu passte. Seife. Teure, parfümierte Seife. Kitty konzentrierte sich darauf und öffnete ihren Geist, so wie sie es immer tat, um die Intuition einzuladen, ihr etwas einzuflüstern. Doch die Stimme blieb stumm. Keine Bilder stiegen in ihren Gedanken auf und sie hörte nichts außer dem gleichmäßigen Ticken der alten Standuhr, die im Büro des Chiefs nebenan ihren Platz hatte.

Hatte das Tuch vielleicht gar nichts mit dem Mord zu tun? Kitty streckte die Hand aus und berührte eine Ecke des Stoffs mit der Zeigefingerspitze. Doch es half nichts. Ihre berühmte Intuition hatte ihr nichts zu sagen. Und das erschreckte Kitty mehr als eine schauerlich zugerichtete Leiche.

Es war das erste Mal, dass so etwas passierte. Ihr Talent mochte launenhaft sein und manchmal sehr vage, oder verworrene Informationen liefern, aber noch nie hatte es Kitty den Dienst gänzlich versagt. Konnte sich eine Begabung abnutzen? Oder altern? Was, wenn sie genau wie ihre Haarfarbe Stück für Stück verblassen und schließlich fort sein würde? Für immer.

Bei diesem Gedanken zog Kitty ihr eigenes Taschentuch aus dem Retikül und tupfte sich die Stirn ab. Sie musste es genau wissen, also nahm sie sich die Box mit den Habseligkeiten des Säufers noch einmal vor, griff die Papiertüte mit dem silbernen

Penny und konzentrierte sich darauf.

Sofort war da das Bild eines dürren, schmutzigen Jungen, der barfuß am Straßenrand stand und mit leuchtenden Augen die behandschuhte Hand vor sich fixierte. Der Penny darin glänzte im Sonnenlicht so sehr, dass der Junge blinzelte.

Da war sie wieder, ihre Kraft der Vorhersehung. Sie konnte es noch. Umso seltsamer war es, dass sie bei dem rußschwarzen Taschentuch versagt hatte. Ein Rätsel, das sie später lösen musste. Denn es wurde höchste Zeit, aufzubrechen. Ihre Freundin Tessi konnte Unpünktlichkeit nicht ausstehen, und am späten Nachmittag waren Londons Straßen besonders voll.

Kitty stellte die Box zur Abholung auf den Stuhl neben dem Eingang, legte sich ihre schlichte braune Stola mit den Blumenstrauß-Ornamenten aus Baumwollgarn über die Schultern, nahm ihr farblich abgestimmtes Retikül zur Hand und eilte hinaus.

Um auf dem schnellsten Weg nach Temple Gardens zu gelangen, musste sie die Old Jewry nach Süden gehen, hinüber zur Queen Victoria Street, an der Blackfriars Bridge vorbei und noch ein Stückchen weiter nach Westen am Wasser entlang, um so das Stückchen Grün nahe des Royal Courts Justice zu erreichen.

Das Mildford Café lag etwas abseits der Hauptstraße und hatte den köstlichsten Kuchen von ganz London, wie Tessi immer zu sagen pflegte. Und sie hatte recht. Besonders zu dieser Jahreszeit, wenn die Bäume in voller Blüte standen und die Sonne die Nässe und den Nebel meistens aus den Straßen vertrieb, wurden hier die herrlichsten Obststückchen zum Tee serviert.

Ihre Freundin saß an einem kleinen Tisch am Fenster und winkte fröhlich, als Kitty eintrat und sich nach ihr umsah. Gerade rechtzeitig, bevor die Kirchturmglocken zur vollen Stunde schlugen.

»Du glaubst nicht, was heute passiert ist«, begann Tessi aufgeregt zu erzählen, bevor Kitty auch nur Platz genommen hatte. »William wurde eingeladen, über seine neueste Erfindung auf der Weltausstellung zu sprechen. Eine Strickmaschine. Und weißt du, wofür? Für Strümpfe! Ist das nicht aufregend!«

Tessi war mit einem eifrigen, aber bisher wenig erfolgreichen Erfinder verheiratet. Seit ihre Kinder ausgewachsen und aus dem Haus waren, vertrieb sie sich ihre Zeit zumeist mit oberflächlichem Klatsch und abergläubischen Geschichten. Aber Kitty liebte sie dennoch. Sie war die treueste Seele, die man sich vorstellen konnte. Und sie wurde nicht müde, ihr immer noch ins Gewissen zu reden, sich einen Mann zu angeln. Trotz ihrer bald fünfzig Jahre, die Kitty bereits in dieser Welt weilte.

»Das ist eine große Ehre. Ich bin sicher, es werden viele Fotografen da sein. Womöglich wird sogar ein Bild in der Zeitung abgedruckt«, sagte Kitty, während sie die lange Nadel aus dem Haar zog und ihren Wollfilzhut mit der hübschen cremefarbenen Seidenschleife ablegte.

»Meinst du?« Ihre Freundin wusste um Kittys Talent und fragte sie regelmäßig nach Dingen wie dem Wetter, wenn ein Picknickausflug anstand, oder zu höfischen und gesellschaftlichen Ereignissen, über die mal wieder getuschelt wurde. Doch Kittys Intuition sprang nicht einfach auf jedes angesprochene Thema an. Es brauchte etwas, worüber sie eine Verbindung herstellen konnte.

»Dein William ist ein wichtiger Mann, und ein gutaussehender noch dazu. Natürlich wird die Presse über seinen Auftritt berichten. Besonders, wenn es dabei um so etwas Schlüpfriges wie Damenstrümpfe geht.«

Tessi gluckste so heftig, dass der Earl Grey über den Rand ihrer Tasse schwappte und einen Fleck auf ihrem azurblauen Rock hinterließ. Doch das konnte eine mehrfache Mutter und Ehefrau wie sie nicht aus der Ruhe bringen. Auch so eine Sache, die Kitty an ihrer Freundin mochte. Sie war eine handfeste, gestandene Frau. Sie ging in ihrer Familienrolle auf und liebte das Leben, das die Gesellschaft für sie standesgemäß vorgesehen hatte.

Ganz im Gegensatz zu Kitty, die sich schon als junges Mädchen gegen all das mit Händen und Füßen gewehrt hatte. Aber man musste nicht dieselben Dinge lieben, um sich zu verstehen. Es reichte ein offener Geist.

Dank ihres Mannes William, mit all seinen Erfindungen und Visionen von einer mechanisierten Zukunft, zählten beide zu den fortschrittlich denkenden Menschen. Sie luden Kitty sogar hin und wieder allein zum Dinner ein und erkundigten sich bei der Gelegenheit nach ihrer Arbeit. Etwas, das Kittys Vater tunlichst vermied, wenn sie das Familienanwesen der Carters einmal im Jahr zum traditionellen Weihnachtsfest besuchte.

Den Rest des Jahres hielt Kitty losen Briefkontakt zu ihm, bei dem es hauptsächlich um die monatlichen Zahlungen, den Zustand ihrer Wohnung nahe Finsbury Square oder wichtige Neuigkeiten über die entfernteren Familienzweige ging. Ihre Mutter war bereits vor Jahren an der Schwindsucht gestorben.

»Warst du denn schon dort? Auf der Weltausstellung?«,

fragte Tessi. »Dass die königliche Familie nicht an den Eröffnungsfeierlichkeiten teilgenommen hat, soll ja ein schlechtes Omen gewesen sein.«

»Prinz Albert ist kaum ein halbes Jahr tot, da ist es doch verständlich, wenn Königin Victoria nicht nach Feiern zumute ist«, hielt Kitty dagegen und bestellte bei der vorbeikommenden Bedienung Tee und Kuchen.

Doch so leicht ließ ihre Freundin nicht locker. »Eine Königin hat repräsentative Pflichten. So etwas wie ein Privatleben gibt's da nicht. Ich glaube ja, sie hatte Angst, dass ihr dieser ganze Protzpalast aus Glas und Holz auf den Kopf fällt, während sie dort auf dem vorbereiteten Thron hockt und sich Industriemaschinen, Bergbauwerkzeuge und die neuesten Kunstallüren dieser modernen französischen Maler vorführen lässt.«

Kitty presste ihre Lippen aufeinander, um bei der Vorstellung nicht laut aufzulachen. Natürlich war es ganz und gar nicht witzig, über den Tod der Queen nachzudenken. Dass sie in Samtumhang und vollem Ornat gekleidet dasitzen könnte, um sich von ein paar Grubenleuten ihre neuesten Werkzeuge vorführen zu lassen, dagegen schon.

»Was?«, fragte Tessi eingeschnappt.

Kitty schüttelte den Kopf. »Dein William wird sicher die gesamte Zuhörerschaft für sich einnehmen und nach seinem Vortrag noch wochenlang in aller Munde sein. Immerhin braucht jeder Strümpfe.«

Ihre Freundin zog einen Schmollmund. »Du machst dich über mich lustig.«

»Ich freue mich für dich«, entgegnete Kitty. »Und ein bisschen zu lachen, tut mir gerade gut.«

Tessi beugte sich vor und senkte die Stimme. »Ich hab das Dienstmädchen von nebenan schon drüber tuscheln gehört. Ein Toter unten an den Docks. Ein Säufer soll es gewesen sein. Weißt du schon, wer der Mörder ist?«

»So funktioniert das nicht. Mein Bauchgefühl spuckt keine Namen auf Knopfdruck aus. Außerdem geht es grad um einen anderen Fall. Einen, bei dem mein Talent bisher völlig nutzlos ist«, antwortete Kitty im vertraulichen Flüsterton.

Ihre Freundin machte große Augen. »Wie meinst du das?«

»Ich sehe nichts und spüre auch nichts. Gar nichts, wenn ich mich darauf konzentriere«, gab Kitty mit einem Seufzen zu.

Tessi nickte bedeutungsvoll. »Dann muss das ein wirklich komplizierter Fall sein.«

»Oder ich werde alt.«

Die Bedienung kam und servierte Tee und ein Erdbeertörtchen, während die Freundinnen sich zurücklehnten und ein spontanes Gespräch über das ungewöhnlich sonnige Wetter in London begannen. Mord und Totschlag waren schließlich keine Themen, die sich für einen Fünf-Uhr-Tee schickten.

»Noch ein Toter bei den Docks? Vielleicht vom selben Mörder um die Ecke gebracht?«, flüsterte Tessi, sobald sie wieder allein am Tisch waren.

»Es ist passiert, kurz bevor ich aufgebrochen bin. Außerdem weißt du ganz genau, dass ich dir solche Details gar nicht erzählen darf. Du könntest immerhin mit dem Täter unter einer Decke stecken«, sagte Kitty und funkelte ihre Freundin herausfordernd an.

»Ich?« Tessi schnappte gespielt nach Luft. »Ich hab doch gar keine Zeit zum Morden. William rennt zu Hause wie ein nervöses

Huhn im Kreis und verlegt ständig seine Aktenmappe. Außerdem ist meine Älteste mit den Enkeln da. Diese Schreierei den ganzen Tag bin ich einfach nicht mehr gewöhnt.«

»Dann werde ich deiner Köchin Bescheid geben, dass sie die Messer in die Schublade sperrt, damit kein zufälliges Unglück geschieht«, schloss Kitty mit einem Zwinkern und schwenkte zu leichteren Themen über.

Als die Teller und Tassen leer waren, wurde es Zeit für den Aufbruch. Kitty glaubte schon, bei diesem Treffen ohne die üblichen Verkupplungsversuche ihrer Freundin davongekommen zu sein, als Tessi das Thema doch noch anschnitt.

»William hat vorgestern einen neuen Kollegen zum Abendessen mit nach Hause gebracht. Ein wirklich unterhaltsamer Mann, der ein ansehnliches Erbe mit in die Ehe bringen würde. Er hat ein Landhaus nahe Hatfield Park, oben im Norden.«

Kitty legte sich die Stola über. »Und wo ist der Haken? Wie alt ist er?«

Tessi zog schuldbewusst den Mund schmal. »Er ist ein sehr engagierter Erfinder, der für seinen Beruf sozusagen rund um die Uhr lebt und dabei hin und wieder die übliche Hygiene vermissen lässt. Dann, wenn er glaubt, kurz vor einem Durchbruch zu stehen.«

Kitty seufzte. »Das heißt, er ist unrasiert, hat Läuse im Haar und stinkt wahrscheinlich schlimmer als der Hinterhof einer Hafenbar.« Sie konnte den Kerl mit seinen zerzausten grauen Haaren bereits vor sich sehen.

»Es braucht eben eine feste weibliche Hand in seinem Leben«, hielt Tessi dagegen, während sie voran Richtung Ausgang ging.

Ein Herr mit Zylinder und gestutztem Backenbart öffnete

ihnen höflich die Tür, verbeugte sich und blickte Kitty dabei ungeniert auf die üppig gefüllte Bluse. Sie wollte gerade eine Bemerkung dazu fallen lassen, als der Wind die einsame Melodie eines Geigenspiels heranwehte. Die Musik war so süß und zugleich intensiv, dass Kitty zur Straße eilte, um sich nach der Quelle umzusehen.

»Was ist los?«, fragte ihre Freundin.

Doch Kitty war zu sehr damit beschäftigt, die Töne einzufangen, von ihnen zu kosten und sich in ihnen zu wiegen. Diese Melodie war ein göttliches Labsal und gleichzeitig eine Decke der Geborgenheit, die sich um ihre Schultern legte und sie lenkte. Ein paar Schritte vorwärts, dann wieder zur Seite, als würde eine übergeordnete Macht sie in ihren Armen wiegen. Die Töne schienen aus allen Richtungen gleichzeitig zu ihr zu strömen. Die Hände gen Himmel gestreckt, drehte Kitty sich im Kreis.

Sie hörte noch, wie Tessi nach ihr rief. Dann fühlte sie den Aufprall. Etwas Großes und Schweres rammte Kitty von der Seite und schleuderte sie zu Boden. Sie schlug so hart auf, dass ihr die Luft wegblieb und ihr schwarz vor Augen wurde.

Kapitel 2

Einen Moment später stand Kitty Carter an eine Hauswand gelehnt da und atmete schwer. Die Welt drehte sich und es kam ihr wie eine Ewigkeit vor, bis sie wieder klar denken konnte. Sie erkannte das Café auf der gegenüberliegenden Straßenseite. Davor, auf der Straße, hatte sich eine Menschentraube gebildet. Lauter aufgeregt schnatternde Leute, und mittendrin ihre Freundin Tessi, die auf einen Constable einredete. Sie weinte ganz fürchterlich, gestikulierte und deutete dabei mehrfach auf den Boden.

Erst da begriff Kitty, dass die Leute auf etwas hinabblickten. Zwischen den sich drängenden Leibern lag jemand auf den Pflastersteinen. Jemand mit farblich passenden Riemenschuhen zum braun gemusterten Kleid.

»Ist anders, als man es sich vorgestellt hat, nicht wahr?«, erklang eine Stimme.

Kitty fuhr herum.

Neben ihr stand ein Mann in feinem Zwirn und mit Melone auf dem Kopf. Hut und Anzug waren schneeweiß und bildeten einen scharfen Kontrast zu seinem dunkelbraunen Teint. Er lächelte sie freundlich an.

»Bist du eine Vision?«, fragte Kitty und schüttelte mehrmals den Kopf, als könnte sie so ihre Gedanken wieder sortieren.

»Wäre erst mal die am logischsten klingende Erklärung«, stimmte ihr der Mann zu. »Aber ganz so einfach ist es nicht.«

»Wie ist es dann?«, fragte Kitty, während sie erneut zu den Leuten und dann zu ihrer Freundin hinüberblickte. Wo war der Constable so schnell hergekommen und warum sprach er ausgerechnet mit Tessi? Irgendetwas stimmte an dieser Szene nicht.

Kitty überlegte, woran genau sie sich nach dem Verlassen des Cafés erinnern konnte. Doch ihr Kopf fühlte sich an, als wäre er mit Watte gefüllt. Da war dieser Lüstling mit Zylinder gewesen. Sie war nicht dazu gekommen, ihm die Meinung zu sagen. Irgendetwas hatte sie abgelenkt. Irgendetwas Wichtiges.

»Warum siehst du nicht einfach nach, was los ist?«, fragte der Mann mit Melone.

Seine Stimme klang wie ein gespieltes Vibrato. Oder war es die Luft, die seine Worte zurückzuhalten versuchte? Kitty tastete vor sich ins Nichts und machte probeweise einen Schritt. Die Bewegungen fühlten sich an, als würde sie gegen einen unsichtbaren Widerstand anlaufen. Sie kam vorwärts, aber es kostete ungewöhnlich viel Kraft.

Dennoch machte sie noch einen Schritt und dann noch einen weiteren auf die Menschengruppe zu. Drei Schritte insgesamt, doch schon im nächsten Augenblick stand sie mitten zwischen den Leuten. So, als hätten sich Zeit und Raum gedehnt und dann zusammengezogen.

Jetzt konnte sie es ganz deutlich sehen. Auf dem Boden vor ihr lag eine Frau. Sie war adrett, wenn auch ein wenig altmodisch gekleidet, mit hochgeschlossener Spitzenbluse unter dem gemusterten Kleid. Ihr Hut dagegen war bezaubernd.

Dem toten, starren Gesicht war anzusehen, dass das Leben bereits einige Kerben hinterlassen hatte. Die Haut wirkte fahl. Sie hatte frisch gefärbtes Haar und ihre vollen Lippen waren mit ein wenig Rouge bemalt. Eine gepflegte, aber unauffällige Schönheit.

Kitty beugte sich hinab und berührte eine der Haarlocken, die der Frau ins Gesicht hingen. Sie wollte wissen, was ihr widerfahren war. Doch Kittys siebter Sinn sprang auch bei ihr nicht an. Trotzdem hatte sie das Gefühl, als würde sie dem Geheimnis direkt ins Antlitz blicken.

»Frag dich nicht, wer sie ist. Frag dich, wer du bist«, ertönte erneut die Stimme des Mannes im weißen Anzug.

»Wer ich bin?«, wiederholte Kitty, weil ihr das Denken noch immer schwerfiel. Kaum ausgesprochen, durchzuckte sie die Erinnerung wie ein Blitz. Sie war auf die Straße getreten und etwas Großes, Schweres hatte sie mit voller Wucht umgefahren.

Suchend sah sie die Straße entlang und bemerkte den Dampfomnibus, der ein paar Pferdelängen entfernt angehalten hatte. Sie blickte zurück zu der am Boden liegenden Frau, wieder zu dem Bus und plötzlich verstand sie es. Der leblose Körper war ihrer! Sie, Kitty Carter, war von dem metallenen Ungetüm angefahren und überrollt worden!

Als hätte sich ein Schleier gelüftet, sah sie nun auch das Blut, das in ihren Locken und im Gesicht klebte, dort, wo sie auf dem Kopfsteinpflaster aufgeschlagen war.

»Ich bin tot«, sagte Kitty und wunderte sich, dass ihr diese Worte so wenig ausmachten. Sie war nicht panisch. Es war eher so, als würde sie das alles weiterhin wie eine Zuschauerin betrachten.

»Wir müssen jetzt gehen«, sagte der Mann in Weiß.

Wohin?, wollte Kitty fragen. Doch sie wusste es. Wer tot war, kam entweder in den Himmel oder in die Hölle. Aber selbst das machte ihr keine Angst. Stattdessen nahm sie die hingestreckte Hand ihres Begleiters und trat mit ihm aus der Szene hinaus und hinein in einen blinden Wirbel, der vor ihnen erschienen war. Im nächsten Moment wurde Kitty von grellem Licht geblendet.

Dann waren sie hindurch.

»Ich bin Amari«, stellte der Mann mit der Melone sich vor.

»Und ich Kitty.«

Amari schmunzelte. »Ich weiß.«

Sie standen auf einem Platz, der wie die Bühne eines alten römischen Amphitheaters aussah. Die schmalen Terrassenstufen waren weiß gestrichen, genau wie die Empore, auf der sie standen.

Kitty sah sich um. »Ist das hier der Himmel?«

»Stellst du ihn dir denn so vor?«, fragte Amari mit diesem immerwährenden Lächeln in der Stimme.

Darüber hatte Kitty noch nie nachgedacht. Über das Sterben, ja. Aber noch nie über das Danach. Zu dem Thema hielt sich sogar der Pfarrer bedeckt.

Als lebender Mensch konnte man es ja nicht wissen. Selbst Kitty mit ihren Fähigkeiten hatte dazu nie eine Eingebung erhalten. Wobei die meisten der Täter, wie auch der Opfer, wohl sowieso in der Hölle, statt im Himmel gelandet waren. Schließlich war in London so gut wie jeder ein Sünder. Auch Kitty.

»Ich glaube, selbst der schönste und hellste Ort kann zur Hölle werden, wenn man es verdient«, sagte sie daher.

Amari lächelte noch immer. »Und wer entscheidet, was man verdient?« Es war kein hochnäsiges oder schadenfrohes Lächeln. Eher das eines Lehrers, der einer Schülerin geduldig den Weg zur Erkenntnis aufzeigt.

»Gott«, antwortete Kitty, auch wenn ihr die Antwort zu naheliegend vorkam.

»Bist du bereit, Gott zu treffen? Den Herold dieses Gefildes?«

Kitty horchte in sich hinein und nickte dann.

Ein Thron erschien auf der Plattform. Ein wahrer Koloss aus schimmernd weißem Marmor. Und auf ihm saß eine Gestalt, die weder Mann noch Frau war. Nicht androgyn und geschlechtslos, sondern einfach keinem Geschlecht zuzuordnen und gleichzeitig alle zugleich.

Kitty war so perplex, dass sie jegliche Etikette vergaß, sich weder verbeugte noch knickste, sondern Gott einfach nur fasziniert anstarrte.

»Hallo Kitty«, sagte die Gestalt. Sie war barfuß, trug karierte Stoffhosen und ein weit sitzendes Leinenhemd darüber. Das Haar war lang und kraus und mit einem ebenfalls karierten Haarband locker zurückgebunden.

»Guten Tag«, antwortete Kitty. Kaum ausgesprochen, merkte sie, dass es gar keinen Himmel gab, keine Sonne und gefühlt auch keine Zeit. Als würden sie in einem ewig andauernden Moment festhängen. Einem, der zugegebenermaßen ziemlich ungewöhnlich war.

»Nur zu, du kannst Gott alles fragen, was dir auf der Seele

liegt. Es ist ganz natürlich, Antworten zu verlangen, um die erste Unsicherheit zu vertreiben«, sagte Amari mit einer ermunternden Geste.

Kitty versuchte sich zu sammeln und ihre Gedanken zu sortieren. Doch ihr Verstand kämpfte gegen das Verstehen an, gegen das, was sie sah, was sie hörte. Das alles war falsch, auch wenn sie nicht zu sagen wusste, wie es richtig gewesen wäre. Schließlich entschied sie sich dafür, ganz am Anfang zu beginnen. »Bin ich tot?«

»Ja, das bist du«, folgte die prompte Antwort.

»Ist das der Himmel?«

Gott schlug die Beine übereinander und wippte mit dem Fuß. »Du befindest dich im Jenseits. Also auf der anderen Seite des Diesseits. Die Seelen von Verstorbenen versammeln sich hier, um ein neues Dasein zu beginnen. Zu anderen Bedingungen, sozusagen.«

»Also eine Art Wiedergeburt?«, hakte Kitty nach. Sie sprach ganz ruhig, auch wenn eine Stimme in ihrem Hinterkopf unablässig daran erinnerte, wie absurd diese Szenerie war. Redete sie wirklich mit dem Allvater? Dem Schöpferwesen allen Seins?

»Nenn mich Ruff, wenn du magst«, bot Gott an.

Kitty blinzelte. Sie hatte sich über Gott durchaus ihre Gedanken gemacht. Über seine Gebote, Verbote und auch darüber, dass er doch sehr engstirnige Ansichten darüber hatte, was Recht und was Unrecht war. Aber das hatte sie natürlich niemandem erzählt, auch Tessi nicht. Und nie, wirklich nie, hatte sie darüber nachgedacht, ob Gott einen Eigennamen oder Vornamen besaß.

»Ruf wie Anrufung oder wie die Kurzform von Rufus?« Die Frage rutschte ihr einfach heraus, nachdem ihre Gedanken sich zwischen all den Fragmenten aus Bibelstellen verlaufen hatten, an die sie sich in dem Zusammenhang erinnern konnte.

»Ruff wie Wuff«, sagte Gott mit einem schalkhaften Blitzen in den Augen.

Kitty blinzelte und wollte zu einer weiteren Frage ansetzen, als Gott die Hand hob. »Um es zu begreifen, musst du zuallererst verstehen, dass es so etwas wie den Tod nicht gibt. Es gibt nur Übergänge von einer Form in eine andere. Rein philosophisch betrachtet, könntest du den Schritt von einem Gefilde in das nächste tatsächlich als Wiedergeburt bezeichnen. Deine Seele wandert einfach weiter in ein neues Dasein hinüber.«

»Dann lebt man also ewig? Nur an einem anderen Ort?« Kitty rang damit, es zu begreifen. »Kann man diese Grenze dann auch wieder in die andere Richtung überschreiten?«

Gott streckte die Finger aus und legte die flache Hand auf der weiß marmorierten Thronlehne ab. »Nein.«

Es dauerte eine Weile, bis Ruff sich erklärte. Doch Kitty wartete ab, verkniff sich weitere Fragen, bis sie schließlich eine Antwort erhielt.

»Meine Aufgabe ist es, über die Seelen zu wachen, ihre Wege zu begleiten und sie hier und da an die Hand zu nehmen, wenn sie sich verirren. Seelen machen verschiedene Phasen durch, beginnend im Diesseits. Aber auch im Jenseits gibt es Stufen, die eine Existenz durchläuft. Man könnte es einen Aufstieg nennen, wie bei einer Leiter. Da wäre es doch töricht, die Sprossen wieder zurückzugehen, die man bereits hinter sich gelassen hat.«

Das leuchtete Kitty ein. Andererseits schloss es die Möglichkeit nicht aus, es dennoch zu tun. »Das heißt, es wäre möglich?«

»Alles ist möglich. Das ist der Kern des Chaos, der im Leben selbst steckt«, erläuterte Gott mit milder Miene. »Ich sorge dafür, dass solche Möglichkeiten anderen Seelen keinen Schaden zufügen. Selbst in einem unendlichen Universum müssen logische Grenzen gezogen werden. Und zwischen Diesseits und Jenseits ist so eine Grenze.«

Ruff sagte es in diesem väterlichen Tonfall, und doch spürte Kitty, dass sich darin eine Warnung verbarg. Vielleicht sogar eine Drohung.

Trotzdem musste sie es wissen. Wenn sie jetzt nicht nachhakte, würde sie vielleicht nie wieder die Gelegenheit dazu bekommen. Und *nie wieder* war bei einem unsterblichen Leben in einem unendlichen Universum eine schrecklich lange Zeit.

»Warum ist das so? Ich bin doch immer noch ich. Ich war noch nicht bereit, zu sterben. Warum kann ich nicht einfach zurückkehren? Noch ein wenig länger leben?«

Ruff tippte mit den Fingerspitzen auf den Stein, während er seine Worte abzuwägen schien. Doch statt zu antworten, sprang er schließlich auf, spazierte barfuß über die Plattform und eine Treppe hinab.

Als Kitty nicht sofort folgte, wurde er langsamer und sah sich zu ihr um. »Kommst du? Um Antworten auf deine Fragen zu finden, müssen wir ein wenig die Welt erkunden.«

Also folgte Kitty ihm und Amari schloss sich an. Sie ließen die Bühne hinter sich und auch das Amphitheater. Mit jedem Schritt, den sie sich entfernten, wurde die Umgebung bunter und belebter. Links und rechts des Weges tauchte ein gepflegtes Parkgelände auf, mit Bänken, Straßenlaternen und kleinen Skulpturen, die auf den Wiesenstücken verteilt standen. Ein

Blau ohne Sonne spannte sich über die Welt. Die Atmosphäre war heiter und friedlich. Ein Ort voller Harmonie. Bis sich diese Landschaft mit Menschen füllte. Oder zumindest mit Wesen, die mehr oder weniger an Menschen erinnerten.

Kitty klappte der Mund auf. »Sind das Engel?«

Gott steuerte eine der Bänke an, nahm Platz und klopfte auf die Stelle neben sich. »Dies hier ist ein Ort für Menschen, Kitty. Menschen können keine Engel werden, denn im Leben begeht jeder mindestens eine Sünde. Genau dafür ist das Diesseits da. Um Erfahrungen zu sammeln, zu fallen und wieder aufzustehen. Um die schönen, wie die unschönen Gefühle in all ihren Facetten auszukosten. Um Fehler zu machen und um daraus zu lernen. Menschen sind dafür gemacht, zu fallen.«

Kitty folgte der Aufforderung und setzte sich. »Dann ist das hier nicht der Himmel, sondern die Hölle?«

»Ich sagte doch, es gibt keinen Himmel und keine Hölle. Es gibt nur das Jenseits. Man könnte jetzt sagen, dass alle hier Engel wären, oder Teufel. Doch das sind bloße Sinnbilder, von Menschen erdacht und verbreitet«, erläuterte Ruff.

»Aber das dort ist ganz sicher kein Mensch.« Kitty zeigte auf eine Gestalt, die von knorpeligen Wucherungen übersät war und aus deren Rücken knorrige Stummel ragten.

»Das ist ein *spiritus es daimonion*. Ein Geist, der seine Schicksalsmacht erkannt hat.«

»Das ist ein Dämon?« Kitty keuchte auf. »Du willst mir sagen, dass die Menschen allesamt zu Dämonen werden nach ihrem Tod?«

Gott wiegte den Kopf hin und her. »So könnte man es wohl ausdrücken. Auch wenn das Wort Dämon bei den Menschen über die Jahrhunderte eine völlig verquere Bedeutung angenommen hat.«

»Was soll das nun wieder bedeuten? Dass Dämonen verkannte Engel sind? Schau ihn dir doch an!« Es war Kitty egal, mit wem sie da gerade sprach. Diese ganze Geschichte erschien einfach zu unfassbar, um dabei ruhig und gesittet zu bleiben. Immerhin wurde gerade ihr gesamtes religiöses Weltbild auf den Kopf gestellt. Was kam als Nächstes? Dass Gottes Sohn ebenfalls so eine Abscheulichkeit war?

Amari, der sie bisher auf ihrem Spaziergang stumm begleitet hatte, trat überraschend vor. Er ging auf die Gestalt mit dem verwachsenen Körper zu und strich ihr behutsam über die knochige Wirbelsäule, die wie ein Zahnrad aus dem nackten Oberkörper ragte.

Ein Stöhnen drang aus dem, zur Grimasse verzerrten, Mund, gefolgt von einem tiefen Seufzen. Als hätte die Gestalt durch die Berührung Erleichterung erfahren. Dabei war sie so sehr im eigenen Empfinden gefangen, dass sie Amari, Kitty und Gott keinerlei Beachtung schenkte.

»Was ist mit diesem Menschen passiert?«, fragte Kitty. »Was hat er?«

»Im Jenseits trägt man sein Innerstes im Außen«, erklärte Ruff. »Stell dir den Übergang am besten wie einen großen Spiegel vor, der nicht dein fleischliches Äußeres, sondern deine Gefühle reflektiert und daraus dein neues Ich formt.«

Kitty schüttelte den Kopf, wieder und wieder. Das klang alles viel zu bizarr, um wahr zu sein. Eine Horrorgeschichte, die in ihrem Traum lebendig geworden war. Weil sie sich beim Sturz auf die Pflastersteine den Kopf gestoßen hatte.

Das war die einzige Erklärung für all diese ketzerischen Gedanken. Es konnte nicht wahr sein. Denn wenn doch, hatte sie fast fünfzig Jahre ihres Lebens an ein Märchen geglaubt, an Gebote, die womöglich bedeutungslos waren. Von Schuldgefühlen geplagt, nicht fromm genug zu leben. Die Hölle schon vor Augen, wenn sie lüsterne Gedanken beim Anblick von Patt Wallet gehabt hatte.

Wie sah Schuld aus, wenn man sie als Körper trug? Würden ihre Begierden sich als Hörner zeigen? Wo mochte sich die Trauer um ihre verstorbene Mutter abbilden? Wie all diese tief im Herzen vergrabenen Schreie voller Wut und die Spuren all der Enttäuschungen? War sie am Ende auch so ein Monstrum?

»Schhhhh, schhhh, es ist alles gut, meine Liebe. Alles ist gut«, wisperte Gott neben ihr.

Tatsächlich halfen seine Worte, die aufsteigende Panik zurückzudrängen. Aber beruhigt war sie deswegen noch lange nicht. Sie blickte erneut zu der verwachsenen Gestalt und diesmal fühlte sie Mitleid statt Ekel. Dieser Mensch quälte sich, seine Emotionen fraßen ihn regelrecht auf, rissen seinen Körper entzwei und überwucherten sein einstiges Selbst.

Bebend streckte Kitty ihre Hand vor und betrachtete sie. Doch da waren keine Klauen, keine eiternden Warzen oder sonstige Entstellungen. Ihre Haut wirkte im Gegenteil glatt und straff, ihre Fingernägel kräftig und gepflegt wie nie zuvor.

Unwillkürlich fasste Kitty sich ins Gesicht, tastete vergeblich nach den Krähenfüßen, die sich in den letzten Jahren an den Augen gebildet hatten. Sie strich die Kieferlinie entlang, wo die Wangen, der Schwerkraft geschuldet, bereits ein wenig nach unten hingen. Nichts. Auch die Furchen auf ihren Lippen waren mit der Zunge nicht mehr zu ertasten.

Irritiert blickte Kitty erst zu Amari und dann zu Ruff.

Gott lachte so herzhaft, dass ihm die Tränen kamen. »Enttäuscht?«, fragte er schließlich.

Kitty wusste nicht, was sie sagen sollte, was sie fühlen sollte, was sie denken sollte. Sie war im Leben gewiss keine Heilige gewesen, auch wenn sie ihre Sünden meist nur in Gedanken begangen hatte.

»Du wirst es noch verstehen lernen, Kitty Carter«, sagte Ruff und erhob sich. »Komm, wir haben einiges zu besprechen.«

Also folgte Kitty - mit Amari als ihren Schatten. Die Menschen, an denen sie vorbeikamen, schienen sie kaum wahrzunehmen. Sie standen einfach nur da und lamentierten mit sich selbst. Karikaturen ihrer einstigen Menschengestalt. Selbst jenen, die auf den ersten Blick wie Engel wirkten, haftete bei genauerer Betrachtung etwas an, das Kitty frösteln ließ. Eine Kälte und Grausamkeit, die ihre Gesichter zu Zerrbildern verzog.

Kitty konnte nur erahnen, welche Gefühle und Erfahrungen sich auf diese Weise widerspiegelten. Ihr Hauslehrer Mister Coulthard zum Beispiel. Ein hagerer Mann mit zu einem Strich verzogenen Mund. Einer, der in seinem gebügelten Anzug mit dem hohen Stehkragenhemd wie ein Habicht ausgesehen hatte.

Sein liebstes Unterrichtswerkzeug war der Zeigestock gewesen. Nicht an der Tafel, sondern auf ihren hingestreckten Handflächen. Seine Leidenschaft hatte nicht dem Lehren der Mathematik oder der englischen Sprache gegolten, sondern den Hieben, die er für Ungehorsam verteilen konnte. Mit solch einem Mensch hatte Kitty kein Mitleid. Dämon – die Bezeichnung passte bei genauerer Betrachtung besser auf die Menschen, als sie angenommen hatte.

»Wieso gibt es dann diese ganzen Mythen und Legenden über Engel, Teufel und Dämonen?«, fragte Kitty, nachdem sie eine gefühlte Ewigkeit neben Gott gewandert war.

»Weil ich nicht für jeden persönlich da sein kann«, erwiderte Ruff. »Hin und wieder schicke ich eine jenseitige Seele aus, um die Menschen zu leiten, wenn sie sich auf ihrem Weg verloren haben.«

»Früher, als noch niemand glaubte, die einzige Wahrheit zu kennen und zu predigen, verstanden die Menschen viel mehr von all dem«, ergänzte Amari. »Damals reichten Anrufungsrituale. Selbst ein festes Gebet und inniger Glaube konnten eine jenseitige Seele zurück ins Diesseits holen, um den Menschen Hilfe und Geleit zu schenken. Die Menschen wussten um den Preis dafür und auch, wie man so eine Seele nach getaner Arbeit wieder sicher und heil zurückschickte. Doch diese Kenntnisse gingen über die Jahrhunderte verloren. Die Rituale wurden fehlerhaft und nur noch in Bruchstücken von Scharlatanen und Laien ausgeführt.«

»Es wurde zu gefährlich für die Menschen. Daher habe ich diese Wege geschlossen«, ergänzte Ruff.

Kitty ließ den Blick über das Gelände schweifen. Sie versuchte sich vorzustellen, was sie selbst gedacht hätte, wenn einer dieser Gestalten bei ihr aufgetaucht wäre. Womöglich hätte sie sie tatsächlich für Engel, Teufel oder Dämonen gehalten. Aber warum sollte Gott einen Boten senden, dessen Anblick einem das Blut in den Adern gefrieren ließ?

Der Weg hatte Kitty und ihre Begleiter unmerklich hinaus aus dem Park und hinein in ein Dorf geführt. Hier sahen die

Menschen beinahe normal aus und gingen ihrem Tagwerk nach, genau wie im Leben.

»Diese Seelen lassen nicht los«, sagte Ruff. »Sie klammern sich an ihre alte Pein, schuften sich die Finger wund, gebeugt von einer Last, die sie sich damit selbst im Jenseits auferlegen.«

Kitty sah eine Frau einen Wassertrog füllen. Das Gesicht wettergegerbt, die Augen ganz schmal. Sie sah so müde aus. Wieder und wieder ging sie zum Brunnen, betätigte mühsam den Pumpenschwengel, füllte die Eimer und schleppte sie zum Trog. Doch der wollte und wollte nicht voll werden.

»Kann man ihnen nicht helfen? Es ihnen erklären und zeigen, so wie ihr mir das alles zeigt?«

»Genau wie die Seelen zuvor sind sie in ihrer eigenen kleinen Welt gefangen«, erklärte Gott und schlenderte weiter.

Sie verließen das Dorf und erreichten eine Stadt, die London recht ähnlich sah. Es gab einen Fluss, der sich mitten hindurch schlängelte, die Häuser standen eng aneinandergedrängt. Auch hier arbeiteten Menschen, doch sie redeten, feilschten, lachten, ganz so wie es Kitty kannte.

Dennoch waren viele von ihnen auf die ein oder andere Weise gezeichnet. Kitty erkannte den Hahnenkamm des Stolzes, die spinnenlangen Finger der Diebe und die wächsernen, ausgemergelten Gesichter der Opiumhändler.

»Ist das mein Himmel und meine Hölle?«, fragte Kitty mit Schaudern.

Ruff schnalzte tadelnd mit der Zunge.

»Oder das, was das Jenseits stattdessen ist«, fügte Kitty eilends hinzu. Es war wenig ratsam, es sich mit Gott zu verscherzen. Auch wenn der ganz anders als in dem großen alten

Buch auftrat und überhaupt alles ganz anders war.

»Diese hier haben Hoffnungen, Träume und große Visionen. Aber sie denken lieber nur daran, statt sie zu leben«, sagte Ruff und griff sich einen wunderbar roten Apfel aus dem Korb einer Händlerin.

Kitty horchte in sich hinein. Hatte sie noch Träume gehabt? War da noch mehr in ihrem Leben gewesen als eintönige Alltagsroutine? Wäre sie in den verbleibenden Jahren mutig genug gewesen, daraus auszubrechen? Irgendwann?

Natürlich hatte sie sich insgeheim ein erfüllteres Leben ausgemalt. Zusammen mit Patt Wallet oder wahlweise auch mit einem französischen Prinzen. Weil der in ihrer Vorstellung etwas von gutem Essen verstand und besonders gut roch. Aber die Wahrheit war, dass sie nicht mehr daran geglaubt hatte, dass so etwas passieren könnte. Sie hatte schon vor Jahren aufgegeben. Sich mit dem bisschen Freiheit und Selbstbestimmung begnügt, das sie sich erkämpft hatte.

Schließlich nickte sie. »Dann ist das wohl meine Endstation.«

»Das wäre sie«, antwortete Ruff, biss von dem Apfel ab und kaute schmatzend.

Das war es also? Sie hatte ein Leben ohne Bedeutung geführt und würde nun in ungelebten Träumen stranden? Für immer?

»Ich verstehe deine Bestürzung«, sagte Gott, als hätte er ihre Gedanken erraten. »So viel verschwendete Lebenszeit. Da fragt man sich schon, was hätte sein können, wenn man das alles vorher gewusst hätte, nicht wahr?«

»Ja«, gab Kitty zu.

»Aber so funktioniert der Mensch nicht. Eine drohende Gefahr wirkt nur erhellend, wenn sie greifbar ist. Ein verschwendetes

Dasein erscheint so fern, dass niemand die Warnung ernst nehmen würde. Glaub mir, dass wurde schon viele Male versucht. Durch Propheten, Schreibende oder einflüsternde Stimmen. Der Mensch ist in dieser Hinsicht unbelehrbar.«

»Aber ich habe es verstanden! Was ist mit all dem Gerede über zweite Chancen? Ich bin noch nicht zu alt. Ich kann dazulernen, es besser machen.« Kitty sah erst ihn und dann Amari flehend an.

Ihr weiß gekleideter Begleiter lächelte. »Es ist gut, dass du das so siehst. Denn es gibt einen Grund, warum Gott sich so viel Zeit für dich genommen hat.«

»Ich tue alles, was ihr wollt!« Hoffnung durchflutete ihren Leib. Sie wollte leben und den Gegenbeweis antreten. Menschen konnten dazulernen. Sie konnte dazulernen und sich entwickeln!

»Na, na. Das ist ein sehr gefährliches Versprechen, Kitty Carter.« Ruff hob tadelnd den Finger, drehte sich um und schlenderte weiter.

»Ich werde Euch bestimmt nicht enttäuschen«, setzte sie beherrschter hinzu und eilte Gott nach.

»Sagte ich nicht, du sollst mich Ruff nennen? Diese förmliche Anrede ist nicht nötig«, erinnerte Gott sie.

Die Straße durch die Stadt wandelte sich in einen unbefestigten Weg und wurde bald zu einem schmalen Pfad. Die Häuser verschwanden und an ihre Stelle trat einmal mehr eine blinde Leere. Selbst der Himmel fügte sich in dieses Gemälde ein und verschmolz mit dem Horizont zu einem Laken aus Nichts.

Es war schwer, in dieser Umgebung noch Dinge wie Zeit und Distanz zu messen. Größen, die im Jenseits wohl auch keine

Rolle mehr spielten. Die Gesetze der Physik galten hier nicht, das hatte dieser Spaziergang ihr eindrucksvoll bewiesen.

»Es ist dein Wille, der zählt«, sagte Ruff nach einer schieren Ewigkeit. »Willst du, dass wir dich zurückschicken?«

Kitty verkniff sich eine überstürzte Antwort und dachte darüber nach. »Als was?«, fragte sie schließlich. »Als was würde ich zurückkehren? Mensch oder Dämon?«

»Eine gute Frage. Wirklich gut.«

Wieder herrschte eine ganze Weile lang Schweigen.

Als vor ihnen schließlich das Amphitheater erschien, wusste Kitty, dass sich das Gespräch dem Ende zuneigte.

Gott nahm erneut auf seinem Thron Platz, streckte seine Beine aus und wackelte mit den nackten Zehen. »Es wäre schön, sie zu spüren. Ja, sogar zu riechen. Aber solche Wahrnehmungen sind nur mit einem fleischlichen Körper möglich. Selbst wenn eine verstorbene Seele zurückgeht, kann sie keinen neuen Körper bilden. Oder zumindest keinen dauerhaften.«

»Aber vielleicht in den alten zurückkehren?«, fragte Kitty hoffnungsvoll.

»Wir wissen von deinem besonderen Talent, verbrecherische Gestalten aufzuspüren, Kitty Carter. Deshalb haben wir einen Auftrag für dich. Deiner Seele wird erlaubt zurückzugehen, um genau das zu tun. Doch dafür sind weitere Fähigkeiten nötig, die du nur in dieser Form besitzt.«

»Als Dämon?«

»Jawohl.«

»Ich soll als furchterregendes Monstrum durch Londons Straßen wandeln, um jemanden für euch zu finden und zu fangen?«

Ruff schnalzte abermals mit der Zunge. »Hast du es immer

noch nicht begriffen? Ist es so schwer, sich von deinen alten Glaubensbildern zu lösen?«

Amari trat mit einem schalkhaften Lächeln vor. »Denk daran, auf dieser Seite sind alle Seelen Dämonen.«

»Auch Gott?« Kitty schlug sich die Hand vor den Mund. Wieder war ihr Mundwerk schneller gewesen als ihr Verstand.

»Dämon ist nur die verkürzte Form von *spiritus es daimonion* - Geister, die ihre Schicksalsmacht erkannt haben«, wiederholte Amari Gottes Worte.

»Die Antwort lautet nein«, sagte Ruff. »Ich bin kein erwachter Geist, so wie du, sondern die Essenz einer puren, reinen Seele.«

»Wenn du zurückkehrst, wirst du deine Gefühle im Außen tragen, so wie du es in diesem Moment bereits tust. Doch im Diesseits verdichtet sich deine Gestalt erneut. Du wirst etwas spüren können, schmecken und riechen. Fast wie ein Lebender«, erklärte Amari.

Es war schwer, sich das vorzustellen. Zu leben und doch nicht zu leben. Würde ihrer Freundin etwas auffallen, oder dem Chief? Was, wenn sie es herausfanden? Immerhin lag ihr toter Körper auf der Straße oder mittlerweile in der Aufbahrungshalle. Womöglich verbrannte man sie auf einem Scheiterhaufen, wenn sie plötzlich wieder quicklebendig in der Tür stand, weil sie einen Pakt mit dem Teufel vermuteten. Andererseits, was hatte sie angesichts ihres Todes noch zu verlieren?

»Dann soll ich also ein Bote Gottes werden?«

»In gewisser Weise.«

Diese Antwort reichte nicht. »Was hat mein Talent damit zu tun? Wieso wollt ihr jemanden aufspüren? Ich dachte, ihr sendet eure Boten ganz bewusst zu einer Seele, die Hilfe benötigt?«

Amaris Lächeln versiegte. Sein Blick huschte zu Ruff hinüber, als wäre er unsicher, was er antworten sollte.

»Wir haben dir die Seelen gezeigt. Solche, die in einem ewigen Kampf mit sich selbst verstrickt sind, die an ihrem weltlichen Leben hängen und es künstlich aufrechterhalten«, übernahm Gott erneut das Gespräch. »Aber es gibt auch solche, die sich ganz allgemein nach Körperlichkeit sehnen. Die besessen davon sind, wieder unter den Menschen im Diesseits zu wandeln.«

Kitty schluckte und blickte schuldbewusst zur Seite. »Ist das so verwerflich?«

»Nein.« Seine Stimme wurde warm und süß wie Honig. »In den ersten Momenten geht es fast allen Seelen so, die ein gewisses Maß an Bewusstheit mitbringen. Aber Sehnsüchte können sich wie eine Krankheit ausbreiten und dich am Ende ganz vereinnahmen. Dann würdest du alles dafür tun.«

»Ich verstehe es immer noch nicht«, gab Kitty zurück.

Amari machte einen Schritt auf sie zu. »Hin und wieder schafft es eine solche Seele trotz des Verbots selbstständig zurück ins Diesseits. Getrieben von der Gier nach Gefühlen, nähren sie sich von den Menschen.«

»Und einige wenige werden dabei zu Mördern«, fügte Ruff hinzu.

»Ich soll für euch einen mordenden Dämon suchen und einfangen?«, fragte Kitty ungläubig.

Amari lächelte zufrieden. »Vergiss nicht, dass auch du jetzt eine Dämonin bist.«

Kitty schüttelte den Kopf. »Wieso schickt ihr keine Engelschar, um das zu erledigen? Oder die Jenseitsarmee, wenn die Bezeichnung passender ist.«

Das betretene Schweigen war Antwort genug. Offenbar hatten sie es bereits versucht und waren gescheitert.

»Es handelt sich in diesem Fall um eine sehr alte Seele«, erklärte Amari.

»Die euch erfolgreich ausgetrickst und in die Irre geführt hat.«

Gott und Amari nickten.

»Und ausgerechnet ich soll es besser machen.« Kitty lachte auf. Wenn Patt Wallet und die anderen Detectives das hören könnten. Gott persönlich brauchte sie und ihr Talent, um eine verbrecherische Seele dingfest zu machen.

»Was erhalte ich dafür? Was ist mein Lohn, wenn ich mich in euren Dienst stellen lasse?«

Sie sagte es so bestimmt, dass Ruff beide Augenbrauen hob. Er wollte gerade zu einer Antwort ansetzen, als sie ihm zuvorkam. »Wenn ich nach euren Spielregeln spiele, zurückgehe und den Dämon fasse, will ich, dass ihr mich danach zurück in meinen alten Körper schickt. Damit ich wieder Mensch sein kann. Das ist meine Bedingung.«

Amari hustete. Ruff dagegen saß ganz still und sah sie mit einem Mienenspiel an, das Kitty irgendwo zwischen Belustigung und Missmut einordnete.

»Totes Fleisch verrottet recht schnell«, sagte Gott schließlich, ohne eine direkte Antwort zu geben.

Doch Kitty war entschlossener denn je. »Wie schnell?«

»Das kommt auf die Umstände an. Ob der Körper gekühlt und trocken gelagert wird oder in der prallen Sonne irgendwo in einer Kloake schwimmt«, setzte Amari nach und klang jetzt wie ein Universitätsprofessor.

»Wie viel Zeit habe ich unter den bestmöglichen Umständen?«

Ruff seufzte. »Ich gebe dir zwei Wochen für den Auftrag. Wenn du scheiterst, bleibst du in unseren Diensten. Wenn nicht, erfüllen wir deinen Wunsch und du kehrst in deinen Körper zurück, so er noch existiert.«

Kitty zögerte. Sie hatte die kleine Hintertür in der Abmachung durchaus bemerkt. Sie musste sich also fragen, ob ein Gott, der so gar nicht ihrem religiösen Bild entsprach und in der Vergangenheit bereits rachsüchtige Züge offenbart hatte, ihrem Körper etwas antun würde, nur um bei diesem Abkommen als Sieger hervorzugehen.

Andererseits würde sie wohl kaum ein besseres Angebot erhalten. Immerhin war es dreist genug gewesen, überhaupt eine Forderung zu stellen.

»Einverstanden.«

Kapitel 3

Kitty Carter sog die Abendluft tief in ihre Lungen. Sie schmeckte nach einem jungen Sommer und Londons Straßenstaub. Sie war zurück.

Ihr Seelenkörper trug noch immer das braungemusterte Kleid und die dazu passenden Riemenschuhe. Selbst ihr Lieblingshut saß wieder auf ihrem perfekt hochgesteckten Haar. So, als wäre das alles nicht passiert. Als wäre sie nie gestorben, als hätte sie nie mit Gott persönlich gesprochen. Alles fühlte sich normal an.

Sie stand vor dem Mildford Café. Geradeso, als wäre sie auf dem Weg zu ihrer Freundin Tessi, um gemeinsam einen Tee zu trinken und etwas Obstkuchen zu essen. Doch bei genauerem Hinsehen war es im Laden dunkel. Es dämmerte bereits. Die Kindermädchen hatten den Park verlassen und die Vögel sangen ihr Abendlied.

Kittys Blick wanderte weiter zu ein paar dunkel verfärbten Pflastersteinen. Das war ihr Blut. Geronnen und getrocknet. Dort hatte sie gelegen. Dort war sie gestorben. Ein Schauer durchlief ihren Körper. Ein unangenehmes Gefühl, doch jetzt brachte es sie vor Freude schier zum Lachen. Sie war wieder da! Und sie fühlte sich überraschend lebendig.

»Miss Carter?«, erklang hinter Kitty die ungläubige Stimme des jungen Constables, der am Vormittag so aufgelöst vom Mord an Lucy Wigem berichtet hatte.

»Henry.« Kitty setzte ihr schönstes Lächeln auf. »Wie es aussieht, haben Sie den Schock von heute Morgen überwunden und die Jacke doch noch zugeknöpft bekommen«

»Ich dachte, Sie wären ...« Er stockte, zog die Stirn kraus. »Es hieß auf der Polizeistation, dass Sie ...« Er schüttelte den Kopf.

»Ach, Sie meinen mein Missgeschick vorhin nach dem Cafébesuch?« Kitty machte eine wegwerfende Handbewegung. »Ich war abgelenkt und bin um ein Haar von diesem dampfenden Monstrum überfahren worden.«

Doch so leicht ließ sich Henry nicht abwimmeln. Sein Blick wanderte zu dem Fleck auf der Straße und dann wieder zu ihr. »Dalton Frey hat erzählt, man hätte Ihren Leichnam zum Finsbury Square gebracht.«

Dort befand sich die Aufbahrungshalle des Viertels. Das war gut und andererseits auch nicht. Sie konnte sicher sein, dass ihr Körper vorerst kühl gelagert wurde und höchstwahrscheinlich – von der Kopfverletzung abgesehen – unversehrt war. Allerdings wurde die Halle bewacht, damit Leichenräuber sie nicht plünderten.

Jene Skrupellosesten der Skrupellosen, die Tote einsammelten, um sie für gutes Geld an die medizinische Fakultät der Universität zu verkaufen. Die war neben den offiziell überstellten Körpern immer auch unter der Hand auf der Suche nach Körpern, die sie aufschneiden und sezieren konnte.

»Vor Schreck bin ich in Ohnmacht gefallen. Sie kennen ja das flatterige Gemüt der Frauen«, scherzte sie übertrieben fröhlich. »Dabei habe ich mir den Kopf angeschlagen. Und Sie wissen sicher, wie schlimm so eine kleine Wunde bluten kann an einer so empfindlichen Stelle. Außerdem hat der Constable offenbar kein Riechsalz dabeigehabt. Deshalb hat man mich kurzerhand zum Arzt gebracht«, strickte Kitty ihre Lügengeschichte fleißig weiter. »Sie haben gewiss immer etwas dabei, nicht wahr, Henry?«

»Sie meinen Riechsalz, Madame?«, fragte der Constable sichtlich verwirrt.

»Natürlich haben Sie das. Und ich will ja auch niemanden beim Chief Inspector anschwärzen. Immerhin bin ich Teil der City of London Police. Da hält man zusammen.« Dabei legte sie ihm in einer vertraulichen Geste die Hand auf den Unterarm und zwinkerte ihm zu.

»Natürlich, Miss Carter. Wie schön, dass es Ihnen besser geht«, stammelte Henry mit hochrotem Kopf und sah zur Seite.

»Das ist lieb von Ihnen.« Sie drückte seinen Arm ein wenig fester und lächelte so süß wie Honigbrot. »Dann will ich mal schnell los, um im Halbdunkeln nicht versehentlich von einem Leichenfledderer eingesammelt zu werden.«

Für einen Moment sah es so aus, als würde der junge Con stable einfach Reißaus nehmen, um sich ihren zudringlichen Gesten zu entziehen. Doch dann straffte er sich, nickte steif und wünschte ihr noch einen schönen Abend, bevor er eilends davon marschierte. Kitty Carter hingegen machte sich auf, um ihren Körper zu stehlen.

Bis zum Finsbury Square, der nahe ihrer Wohnung lag, hätte Kitty normalerweise eine knappe Stunde zu Fuß gebraucht. Doch in ihrer neuen, jenseitigen Gestalt schienen ihre Schritte weiter zu fassen und ihre Ausdauer schier unendlich zu sein. Dennoch war es bereits dunkel, als sie an der Aufbahrungshalle ankam.

Abendnebel hing schwer in den Gassen und verlieh dem Schein der Gaslaternen ein unwirkliches Schimmern. Oder lag es an ihr? Hatte sich ihre Wahrnehmung ebenfalls verändert? Amari und Ruff hatten zwar davon gesprochen, dass sie für ihren Auftrag mit zusätzlichen Fähigkeiten ausgestattet werden würde, aber zu erwähnen versäumt, mit welchen. Überhaupt fehlten Kitty so einige Informationen. Zum Beispiel, wie sie bei Fragen das Jenseits kontaktieren konnte. Aber wer hatte schon einen Fragenkatalog parat, wenn man unvermutet starb und kaum ein paar Stunden später mit göttlichem Auftrag schon wieder ins Leben zurückkehrte?

Das einzig Fassbare war eine silbrig glänzende, kleine Pistole, die Gott ihr überreicht hatte. Nicht zu ihrer Verteidigung, sondern um damit den Dämon einzufangen, der fröhlich durch Londons Straßen wandelte und sich an den Lebenden labte.

Weder hatte Kitty erfahren, wie dieser Dämon aussah, noch wie er sich nannte. Nicht etwa, weil Ruff und Amari es besonders spannend machen wollten, sondern weil sie es schlicht nicht wussten. Doch Kitty hatte da so einen Verdacht, wer eines seiner Opfer gewesen war. Lucy Wigam, die Hurenmutter.

Wenn sich das als wahr herausstellte, mochte der dämonische Einfluss vielleicht verhindert haben, dass Kitty etwas empfangen hatte. Ein Umstand, der die gesamte Argumentation für ihre Auswahl ad absurdum führen würde. War Gott denn nicht allwissend?

Stimmte überhaupt irgendetwas von dem, was sie bisher geglaubt hatte? Oder musste sie sich erst auf die Wellenlänge des Dämons einstellen, um seine Spuren wahrzunehmen? Fragen über Fragen, die Kitty baldmöglichst lösen musste.

Die wichtigste war vorerst, ob Chief Wallet ihr die Geschichte von der Ohnmacht ebenso leicht abnehmen würde wie Henry. Immerhin war die Police Station der beste Ort, um sich über laufende Ermittlungen zu informieren. Vielleicht hatte die Leichenbeschau ja irgendetwas Nützliches ergeben.

Sie brauchte dringend ein paar Antworten, denn sie war fest entschlossen, zurückzukehren - als Mensch und nicht als Dämon. Um das Leben nachzuholen, das sie hätte führen sollen.

Kitty war nie selbst in der Aufbahrungshalle gewesen und doch fühlte es sich durch die vielen Berichte der Constables so an. Sie wusste, dass es neben dem Haupteingang einen zweiten, unscheinbaren Zugang in einer Nebengasse gab, über den die Leichensäcke auf die Karren geladen wurden.

Laut Dalton Frey stank es in der Gasse unter anderem auch deshalb so sehr, weil es ein Fenster gab, das stets gekippt war, um zu verhindern, dass sich zu viele Leichengase in der Halle bildeten. Oder einfach, damit die Sezierer und Doktoren hin und wieder etwas Frischluft bei ihrer Arbeit abbekamen.

So oder so war das Kittys beste Chance, um sich unerlaubt Zutritt in die Räume zu verschaffen. Leider hatte man bei ihrer Erziehung und Ausbildung versäumt, ihr die nötigen handwerklichen Kniffe für so ein Vorhaben beizubringen. Sie würde also improvisieren müssen.

Um sicherzugehen, dass sich niemand mehr in der Halle befand, stieg sie die Stufen zum Haupteingang hinauf und zog probeweise an der Klinke. Dabei fiel ihr Blick auf ihre Hand. Sie sah noch immer glatt aus, wie bei ihrem Ausflug mit Amari und Ruff. Straffer, lebendiger. Und doch war es noch immer ihre Hand. Am Zeigefinger war die Narbe zu sehen, die sie sich als Mädchen beim Versteckspiel zugezogen hatte. Ein verbogener Nagel, der aus einer Kiste in der Vorratskammer geragt hatte, war schuld gewesen.

Ihr Handrücken war rosig und gehörte doch eindeutig zu einer Frau, die bereits mehr als ein halbes Leben hinter sich hatte. Die Äderchen traten ein wenig hervor, die Haut wies an den Knöcheln feine Falten auf und war mit deutlich mehr winzigen Muttermalen gezeichnet als noch vor ein paar Jahren.

Wie zu erwarten, war die Tür am Haupteingang verschlossen und kein Licht unter der Schwelle zu sehen. Das hieß für Kitty, allen Mut zusammenzunehmen und sich in die deutlich dunklere Seitengasse zu wagen.

Schon bevor sie um die Ecke bog, roch sie den Gestank. Eine Mischung aus Fischgeruch, Fäkalien und Verwesung. Nach nur wenigen Schritten war das olfaktorische Bombardement so überwältigend, dass sie anhielt und hektisch in ihrem Retikül nach einem Taschentusch suchte, um es sich vor Nase und Mund zu halten. Doch es half nichts. Sie würde beide Hände benötigen, um ihren Plan in die Tat umzusetzen.

In der Düsternis entdeckte Kitty die Tür erst, als sie direkt vor ihr stand. Daneben befand sich das Fenster. Allerdings war es deutlich höher im Mauerwerk eingelassen, als sie vermutet hatte. Statt sich davon entmutigen zu lassen, steckte sie ihr

Taschentuch ein, konzentrierte sich darauf, durch den Mund zu atmen und zog kurzentschlossen mit beiden Händen eine Mülltonne heran.

Allein das dumpfe Rumpeln bei jedem Ruck befeuerte ihre Fantasie so sehr, dass vor ihrem inneren Auge alles, von übriggebliebenen Schädeln bis hin zu Knochen, die achtlos zusammen mit dem Mittagessen entsorgt worden waren, auftauchte.

Dennoch würde sie tun, was nötig war, egal welche Hindernisse ihr dabei im Weg standen. Und sie würde – vielleicht das erste Mal überhaupt – kompromisslos das tun, was sie wollte. Denn wenn sie es jetzt nicht tat, würde sie es nie mehr tun.

Mit diesem Gedanken vor Augen, kletterte sie auf die Tonne und schob eine Hand in den Fensterspalt, um nach dem Griff zu angeln. Sie schaffte es, den Hebel mit den Fingerspitzen zu erreichen, kam aber nicht weit genug hin, um daran zu ziehen. Also stellte Kitty sich auf die Zehenspitzen und drängte sich noch ein wenig enger an den Fensterrahmen.

Sie konnte hören, wie das raue Holz bei jeder Bewegung am dünnen Stoff ihres Kleides zerrte. Als sie endlich zwei Finger um den Griff gelegt hatte und mit aller Kraft, die sie in dieser Position aufbringen konnte, zog, blieb ein Stück des Ärmels am Rahmen hängen und riss. Gleichzeitig löste sich der Mechanismus, der das Fenster unten verschlossen gehalten hatte.

Der Rahmen schwang nach innen auf. Kitty blieb keine Zeit, sich darüber zu freuen, denn ohne den Widerstand war auch ihre Balance dahin. Sie versuche noch, sich mit der anderen Hand am Mauerrand festzuhalten, doch es war zu spät. Sie fiel durch das Fenster und wäre wohl schmerzvoll mit dem Kopf voraus auf den Boden geschlagen, wäre nicht ein rettender Tisch im

Weg gewesen. Dennoch prallte Kitty ungebremst mit den Knien auf die hölzerne Arbeitsfläche und stieß einen erstickten Schrei aus, nur um sich sofort die Hand vor den Mund zu halten.

Mehrere Atemzüge harrte sie so unbewegt aus, lauschte und spähte in die Richtung, in der sie die Tür vermutete. Doch alles blieb ruhig und schließlich atmete sie auf und kletterte so leise wie möglich hinab, um ihre Kleidung zu richten und sich zu orientieren.

Überraschenderweise war der Geruch im Raum deutlich angenehmer als noch draußen in der Gasse, was einmal mehr das Bild von Leichenteilen heraufbeschwor, die wie Abfall gelagert wurden. Statt Tod und Verwesung schob sich jetzt die Note von Bleiche und Chlor in den Vordergrund. Auch nicht gerade schmeichelnd für die Nase, aber deutlich besser auszuhalten.

Leider sah Kitty nicht einmal die eigene Hand vor Augen. Ein recht vorhersehbares Hindernis, das sie als Anfängerin im Einbruchs- Und Diebstahlgewerbe nicht bedacht hatte. Nicht einmal eine Kerze hatte sie dabei. Daher tastete sie sich blind vorwärts, in der Hoffnung, auf eine Lampe zu stoßen.

Stattdessen tappten ihre Hände in etwas Nasses und Glibberiges, das ihr um ein Haar einen weiteren Schrei entlockt hätte. Die Vorstellung, gerade in Hirnmasse gegriffen zu haben, war so schauerlich, dass es sie wortwörtlich schüttelte.

Doch statt Formaldehyd drang der Geruch von Leinöl an ihre Nase. Offenbar hatte einer der Wissenschaftler etwas in Fassseife eingelegt, um Spuren zu entfernen. Ein relativ üblicher Vorgang, der oft auf den Berichtsbögen angegeben war.

Worum genau es sich dabei handelte, wollte Kitty lieber nicht wissen. Sie wischte sich die Hände an ihrem bereits ramponierten

Kleid sauber und suchte weiter, bis ihre Finger das Glas und den Fuß einer modernen Petroleumlampe ertasteten. Praktischerweise lagen die Zündhölzer gleich daneben.

Es war riskant, Licht zu machen, daher hielt Kitty die Flamme klein und stellte die Lampe auf den Boden, damit von außen nur ein geringer Lichtschein auszumachen war. Erst da offenbarte sich ihr die wahre Größe dieses Raumes. Dutzende Tische standen fein säuberlich aufgereiht nebeneinander, mit genug Platz, um in Gruppen darum herum zu gehen oder einen ganzen Wagen an Utensilien daneben abzustellen.

Nach einigem Suchen fand Kitty schließlich auf den letzten Tischen, wonach sie gesucht hatte. Die Toten waren im kühlsten Bereich des Raumes aufgebahrt, jeder mit einer Schale Wasser auf der Brust. Eine Methode, um selbst den feinsten Atemhauch auf der empfindlichen Oberfläche sichtbar zu machen.

Denn Scheintote gab es immer wieder. Menschen, die aus unerfindlichen Gründen eine Zeit lang in ihrem Körper eingesperrt waren, katatonisch, kalt und bleich, während der Geist hinter den geschlossenen Lidern noch wach und funktionsfähig war.

Früher war es vorgekommen, dass man solche Menschen lebendig begraben hatte.

Heutzutage ließ man die Leiber daher für ein paar Tage offen liegen, bis sich erste Anzeichen von Verwesung abzeichneten. Das war der eigentliche Grund für die Aufbahrungshallen. Dass die Detectives auf diese Weise auch länger Zugriff auf die Leichen hatten, um sie zu untersuchen und mögliche Spuren zu sichern, war nur eine glückliche Draufgabe.

Kittys eigener Körper lag unversehrt neben einer greisen

Frau, die offenbar von etwas Großem am Kopf getroffen worden war. Sowohl bei ihr als auch bei Kitty war das Blut abgewaschen worden. Das hieß, die Untersuchungen waren bereits abgeschlossen und man würde die Leichen baldmöglichst für eine Bestattung oder die Abgabe an die medizinische Fakultät freigeben.

Es war ein befremdliches Gefühl, sich selbst daliegen zu sehen. Diesmal bei klarem Verstand. Kitty wusste, dass dort nur noch ihre Hülle ruhte. Ihre Seele hatte überlebt und war lebendiger denn je, auch wenn das paradox klang. Aber das war es nicht. Sie war kein Geist, sondern eine Dämonin.

Ein Satz, der selbst gedacht abstrus und geradezu lächerlich klang. Genau wie ein Gott, der sich selbst Ruff nannte. Andererseits wusste sie durch die Polizeiarbeit, wie es mit Geschichten war, die man nur vom Hörensagen kannte oder in Büchern las. Es mochte einen wahren Kern geben, aber der war nach Jahrtausenden der Interpretationen und Ausschmückungen irgendwann bis zur Unkenntlichkeit verstümmelt, verdreht und zu eigenen Zwecken zurechtgebogen worden. Das war es zumindest, was Kitty sich einredete. Dennoch blieb die Vorstellung unerträglich, einem solchen Irrglauben der Massen aufgesessen zu sein.

In dieser dämonischen Gestalt konnte sie fühlen, Dinge bewegen, war körperlich sichtbar und so real, dass niemand bisher den Unterschied bemerkt hatte. Amari zufolge hatte dieser Zustand seinen Preis. Doch darum würde sie sich später kümmern müssen. Zuerst galt es, ihre Leiche in Sicherheit zu bringen.

Ihren Körper zu finden, war die eine Sache, ihn abzutransportieren leider eine ganz andere. Wieder etwas, das sie nach ihrem turbulenten Ausflug ins Jenseits nicht bedacht hatte. Es blieb keine Zeit, um eine kluge, ausgefeilte Strategie zu entwerfen. Ihr würde schnell etwas einfallen müssen, wenn sie sich nicht selbst huckepack durch die Straßen tragen wollte.

Womöglich stand in der Gasse vor dem Fenster ein Karren, den sie in der Dunkelheit übersehen hatte. Aber auch damit würde sie in ihrer Aufmachung recht schnell einem Nachtwächter auffallen, mal ganz davon abgesehen, dass ihr Körper auch ein ordentliches Gewicht hatte. Sie war im Leben keine Kostverächterin gewesen und hatte schon deshalb üblicherweise auf Korsetts verzichtet.

Also musste sie ihren Plan dringend überdenken, wenn sie am Ende nicht als Leichendiebin im Gefängnis landen wollte. Grübelnd blickte sich Kitty in der Halle um. Was genau passierte mit den Leichen, nachdem sie untersucht worden waren? Es musste doch irgendwie ersichtlich sein, welche der Überreste an die Universität gingen und welche für eine Beisetzung an die Familien überstellt wurden.

Kitty schob die Lampe auf dem Boden näher heran und bemerkte weitere Körper, die bereits in Leichensäcken steckten. Die Säcke waren mit einem Strick zugebunden, an dem zusätzlich ein kleiner Zettel mit Namen und Notizen hing.

Unter ihnen entdeckte Kitty den des toten Säufers, bei dem sie am Vormittag den Silberpenny im Schnäuztuch entdeckt hatte. Offenbar hatte niemand auf eine Aufklärung des Falls bestanden. Womöglich war seine Familie bereits verstorben oder hatte sich von ihm abgekehrt. Hinter solch traurigen Gestalten verbargen sich meist tragische Geschichten.

Kitty war versucht, ihr Talent einzusetzen, um etwas mehr über ihn zu erfahren. Andererseits schreckte sie davor zurück, die

Ruhe eines Toten zu stören.

»Ach was, du bist doch gar nicht tot. Nicht wirklich«, widersprach Kitty sich selbst. »Du bist wahrscheinlich einer dieser Dämonen, die selbstvergessen durch den Park wandern, ohne noch irgendetwas anderes wahrzunehmen.« Sie streckte ihre Hand aus und legte sie auf das Leinen.

Statt Szenen seiner Vergangenheit sah Kitty den Mann zusammengesunken in einer Gasse hocken und brennen. Gerade so, als wäre sie dabei. Eine blau flackernde Feuersbrunst fraß sich in seine Kleidung und in seinen Körper, bis er unter der Hitze zur Unkenntlichkeit zerschmolzen war. Sie fühlte sie auf ihrer Haut, roch diesen grauenhaft süßlichen Geruch von verkohltem Menschenfleisch und hörte das Zischen von Fett, das in die Glut tropfte. So nah, als würde sie sich direkt darüber beugen.

Mit einem unterdrückten Keuchen zog Kitty die Hand zurück und taumelte zwei Schritte rückwärts. Der Gestank des verbrannten Körpers war so präsent, dass sie würgen musste und bereits Galle schmeckte. Nie zuvor waren die Eindrücke, die sie empfing, so intensiv und real gewesen. Und nie so verwirrend. Denn dieser Mann war nicht verbrannt.

Noch nicht, schoss es Kitty durch den Kopf. Vielleicht hatte sie die Zukunft gesehen. Aber warum sollte man einen Toten anzünden? Um Spuren zu verwischen, bei einem Fall, der gar nicht weiterverfolgt wurde? Oder gehörte das zu einer Studie, die einer der Professoren an der Universität mit der Leiche durchführen würde? Es hieß, ein Körper schrumpfte im Feuer. Selbst die Knochen.

Kitty atmete tief durch, versuchte die Übelkeit zurückzudrängen und ihre Gedanken zu sortieren. Sie betrachtete den Leichensack, dann ihren eigenen kalten Körper. Neben all der Sorge, dass ihr Körper an die Universität geschickt und aufgeschnitten werden könnte, hatte sie eine Sache völlig vergessen: ihren Vater.

Patt Wallet hatte ihm wahrscheinlich schon telegrafiert. Dass hieß, ihr Vater, Barnabas Carter, war womöglich schon auf dem Weg in die Stadt, um seine Tochter zu beerdigen!

Kitty griff sich mit beiden Händen an die Schläfen und massierte ihre strapazierten Nerven, während sie die Angelegenheit überdachte. Ihr Körper musste hier weg. Heute Nacht noch. Außerdem würde sie alle Spuren, die mit ihrem Tod zusammenhingen, beseitigen. Dazu gehörte auch der Bericht, den es zu ihrer Einlieferung und der Untersuchung gab, falls überhaupt eine vorgenommen worden war.

Das würde sie als Erstes tun. Die Lampe in der Hand, wanderte sie durch die Halle, bis sie einen Schreibtisch mit Aktenstapeln fand. Nach kurzer Durchsicht fand sie ihren Namen fein säuberlich auf eine der Mappen geschrieben. Darin lag ein einzelnes Formularblatt, das in wenigen Sätzen den Unfall mit dem Dampfomnibus skizzierte. In den Feldern darunter war die Einlieferung bestätigt und die Freigabe für die Verwandten notiert, genau wie Kitty befürchtet hatte.

Sie faltete die Mappe und verstaute sie in ihrer Handtasche, bevor sie nach einer weiteren Akte Ausschau hielt. Der Name des toten Säufers war Gordon Harkot. Laut Register war er als Kind 1846 zusammen mit seinen Eltern vor der großen Hungersnot von Irland nach England geflohen und schließlich als Tagelöhner in London gestrandet. Ihn würde niemand begraben oder auch nur vermissen. Und genau das brachte Kitty auf eine Idee, die so furchterregend war, dass sie erschauderte.

Genau genommen hatte ihre Vision sie auf die Idee gebracht. Sie würde Gordon Harkot draußen in der Gasse verbrennen, um ihren eigenen Körper im Leichensack genau an den Ort zu schicken, von dem sie ihren Körper hatte fernhalten wollen. Allerdings mit einem Zettelanhänger, der den Fall als ungeklärt markieren und die Mediziner anweisen würde, den Leichnam des Mannes für weitere Untersuchungen aufzuheben. Gekühlt und unversehrt. Nur, dass in Wahrheit ihrer darin liegen würde.

Der Plan war riskant. Aber mit etwas Glück würde sie in wenigen Tagen dort aufwachen und als neugeborener Mensch einfach wieder hinausspazieren und damit auch die letzte Spur verwischen, die ihren vorübergehenden Tod belegte.

Bei Gordon Harkot hatte sich die Leichenstarre bereits gelöst, sodass Kitty ihn ohne Probleme aus dem Leichensack lösen konnte. Ihr eigener Körper war dagegen noch starr und sperrig wie ein übergroßer Holzklotz und verlangte ihr all ihre Kraft ab, bis das Paket wieder ordentlich verschnürt und mit neuem Zettel versehen auf dem Tisch lag.

Gordon Harkots Leib durch das Fenster nach draußen zu hieven, erwies sich allerdings als mindestens ebenso schweißtreibend wie mühsam. Immer wieder entglitt er Kittys Händen, rutschte vom Fenstersims und plumpste schlaff und in schrecklich verdrehter Pose zu Boden. Doch egal, wie sehr es Kitty anwiderte, so mit einem Toten umzugehen, sie machte weiter. Weil es nötig war, um sich selbst zu retten.

Ihr Kleid sah mittlerweile aus, als wäre es aus einem alten Putzfeudel geschneidert worden. Und so roch es auch. Nur ihr

Hut, der trotz aller Akrobatik noch fest und sicher mit der Nadel im Haar fixiert war, verlieh ihr einen Rest an Würde und mochte sie auf dem Heimweg von einer Straßenbettlerin unterscheiden.

Als sie es endlich geschafft hatte, den Leichnam in die Gasse zu bugsieren und am Gassenende an die kahle Ziegelsteinmauer zu lehnen, übertönte ein Scheppern Kittys angestrengtes Keuchen. Sie erstarrte und erwartete, im nächsten Moment den Ruf eines Nachtwächters zu hören, der um diese Zeit im Viertel nach dem Rechten sah. Stattdessen erklang ein anklagendes Maunzen.

Kitty drehte sich um und atmete erleichtert aus. Vor ihr stand eine schwarze Katze. Ihre Augen schimmerten grün im schwachen Licht des Mondes. »Keine Angst, ich will dir deinen Stammplatz nicht streitig machen. Zumindest nicht länger als nötig«, flüsterte Kitty. »Heute Abend solltest du allerdings besser in der Nachtbarschaft herumstreunen, wenn dir dein Fell lieb ist.«

Die Katze schien die Warnung wenig zu interessieren. Mit aufgestelltem Schwanz huschte sie an Kitty vorbei und geradewegs auf den toten Gordon Harkot zu.

»Das ist kein Futter!«, zischte Kitty und versuchte die Katze, die es sich auf dem Körper gemütlich gemacht hatte, durch ein paar harsche Handbewegungen zu verscheuchen. Mit leidlich geringem Erfolg.

Schließlich gab Kitty auf, kletterte ein letztes Mal in die Aufbahrungshalle zurück und suchte nach dem hochprozentigen Alkohol, mit dem das Leichenfett entfernt wurde, wenn die Körper längere Zeit in feuchter Umgebung gelegen hatten. Einer der vielen Fakten, die Kitty dank der Berichte auf der Polizeistation aufgeschnappt hatte.

Abschließend stellte sie die Petroleumlampe an ihren Platz zurück, steckte sich die Zündhölzer ein, kletterte zurück in die Gasse und schloss das Fenster von außen so sorgsam wie möglich. Niemand sollte auf den ersten Blick eine Verbindung zwischen einer verschwundenen Frauenleiche und dem Brand, den sie gleich legen würde, ziehen.

Der hochprozentige Alkohol reichte zusammen mit dem Unrat, der sich überall fand, um das Feuer zu entfachen und die Katze doch noch zu verscheuchen. Wie in ihrer Vorahnung flackerten bläuliche Flammen über den Körper von Gordon Harkot. Doch Kitty blieb nicht, um ihn auch noch zerfasern zu sehen.

Sie lief hinaus aus der Sackgasse, wandte sich nach Osten und weiter bis zur Liverpool Station. Doch der Bahnhof war zu dieser Stunde verwaist.

»Hey, Lady, haste dich verlaufen? Ich kann dir den Weg zeigen, für ’nen Penny oder zwei.« Der Kerl, der Kitty aus einem dunkeln Aufgang ansprach, sah im Schein der Straßenlaternen wie einer der Seeleute aus. Einer von denen, die ihren Sold in zwielichtigen Bars verspielten und verhurten, sobald sie wieder festen Boden unter den Füßen hatten.

Kitty presste die Lippen aufeinander und ging weiter. Bloß nicht auffallen, ja keine Szene machen und damit auch noch die Detectives anlocken.

Doch der Kerl kam ihr nach. »Was ist? Glaubst du, dein Hut kann verhehlen, was du bist? Feine Damen sitzen um diese Uhrzeit am Kamin und sticken.«

»Ich sticke nicht! Habe ich nie!«, platzte Kitty heraus, als sie sich abrupt zu ihrem Verfolger umdrehte.

Der Mann hielt überrascht inne und machte einen Ausfallschritt. Ein untrügliches Zeichen dafür, dass er getrunken hatte. Die Schiebermütze so tief ins Gesicht gezogen, dass Kitty es im diesigen Licht der Laternen nicht erkennen konnte. Aber seine Hände konnte sie sehen. Große, kräftige Hände, die durch die Arbeit an den Tauen ganz rau und schwielig waren. »Ich zeig dir wie's geht, Kleine. Gleich hier hinter der Kirche.«

Neben der Bahnstation reckten gleich vier Kirchen ihre Glockentürme in den nächtlichen Himmel. Ein paar Tauben flatterten aufgeschreckt über die Gasse hinweg zum nächsten Sims. Kitty entkam ein bitterer Laut, der ein Lachen hätte werden sollen. Sie war zwar keine Jungfrau mehr, doch ihre letzte Zusammenkunft mit einem Mann war so lange her, dass sie sich nicht einmal mehr an den Namen des Hauslehrers erinnern konnte, der sie als junge Frau damals in der Laube abseits des Elternhauses beglückt hatte.

All die Jahre danach hatte sie sich nach Liebe verzehrt, nach einem Mann, der sie liebkosen und mit seinen starken Händen nehmen und für diesen einen intimen Moment ganz und gar besitzen würde.

Nach ihrem Tod war sie mit dem Vorsatz in diese Welt zurückgekommen, all das nachzuholen, sobald ihr Auftrag erledigt war. Aber ganz sicher nicht auf diese Art.

»Sicher verwechseln Sie mich«, sagte Kitty.

Als er sich dennoch weiter näherte, hob sie abwehrend die Hände und machte ein paar Schritte rückwärts. Was, wenn er sie schändete und umbrachte? Was passierte mit Dämonen, wenn sie starben? Oder konnten sie das gar nicht?

Kitty entschied, es nicht darauf ankommen zu lassen. Auf der hektischen Suche nach einem geeigneten Fluchtweg, blieb ihr Blick an einer Schattengestalt mit Umhang hängen. Sie musste aus dem angrenzenden Friedhofsgelände gekommen sein. Ein winziges Stück Grün, das mit einem hüfthohen Zaun eingefasst war.

Behände wie eine Katze huschte sie zwischen Kitty und ihren Verfolger, schob die Kapuze zurück und baute sich vor dem Mann auf, die Hände demonstrativ in die Hüften gestemmt. Die Gestalt war zierlich und hatte langes blondes Haar.

Das Sonderbarste war allerdings der Schimmer, der sie umgab. Ein Glühen oder doch eher ein Funkeln, das sich eine Handbreit über ihr und um sie herum ausbreitete. Schwach und durchscheinend, aber ganz eindeutig keine Reflexion der Straßenlaternen.

»Geh nach Hause und schlaf deinen Rausch aus, Seebär«, rief sie mit überraschend tiefer Stimme.

»Geh du doch! Ich hab hier noch was zu erledigen«, kam die prompte Antwort. Doch immerhin war der Kerl stehen geblieben, um seine neue Widersacherin zu beäugen.

Die blonde Gestalt verharrte auf der Stelle und Kitty glaubte ein leises Schmatzen zu hören. Der betrunkene Kerl riss die Augen auf, stolperte seinerseits rückwärts, drehte sich um und fiel vor lauter Hektik auf die Nase. Er fluchte, blickte sich noch einmal um und nahm Reißaus, die pure Angst ins Gesicht geschrieben.

Kapitel 4

Kitty starrte die Gestalt vor sich gleichsam erschrocken und neugierig an. Was für ein Monstrum musste unter diesem blonden Haarschopf stecken, um einen gestandenen Mann derart in Angst zu versetzen? War sie als Retter gekommen oder hatte hier gerade ein Raubtier einem anderen die Beute streitig gemacht? Mit einem betrunkenen Kerl hätte Kitty es vielleicht noch aufnehmen können, mit einem Schurken von der Straße sah das ganz anders aus.

»Ich habe kaum etwas in meinen Taschen«, sagte sie und drückte ihr Retikül an die Brust.

Die blonde Gestalt drehte sich zu ihr um und für den Bruchteil einer Sekunde glaubte Kitty tatsächlich, in Raubtieraugen zu blicken. Einen Lidschlag später war das Trugbild fort.

»Geht es dir gut?«, fragte die Fremde und kam näher.

Kitty nickte.

»Diese Gegend ist wirklich nicht für einen nächtlichen Spaziergang geeignet. Selbst für unsereins nicht.«

»Unsereins?«, wiederholte Kitty. Meinte sie das weibliche

Geschlecht im Allgemeinen?

Die Frau lächelte schief und verbeugte sich in ritterlicher Manier. »Verzeih, wie unhöflich von mir. Ich habe mich noch gar nicht vorgestellt. Mein Name ist Eliza, verlorene Seele und hingebungsvolle Schauspielerin im *Theater des Erebos*.«

Kitty war so verwirrt von diesem Auftritt, dass sie die Verbeugung mit einem kleinen Knicks erwiderte. Waren das nur blumige Worte oder wusste Eliza, was sie war? War sie ebenfalls eine Dämonin? Stand Kitty gerade vor der mordenden Bestie, die sie einfangen sollte?

Ruff und Amari hatten allerdings in der männlichen Form von Kittys Ziel gesprochen. Aber war das Absicht oder einfach nur die übliche Nachlässigkeit gewesen? Wie viele dämonische Wesen gab es überhaupt in dieser Welt?

Die Waffe in ihrer Tasche fühlte sich mit einem Mal schwer wie Blei an. Sie wusste doch noch gar nicht, wie man damit umzugehen hatte.

»Was ist, hat es dir die Sprache verschlagen oder sprichst du grundsätzlich nicht mit Fremden?« Elizas Lächeln wurde zu einem Grinsen.

Kitty hörte im Hintergrund die Feuerwehrsirene aufheulen, gefolgt von mehrstimmigem Hufgeklapper auf den Pflastersteinen. Ihr kleiner Brand war offenbar bemerkt und gemeldet worden. Es wurde höchste Zeit, diese Gegend zu verlassen. Sollte man sie in dieser abgerissenen Erscheinung aufgreifen, mit dem eigenen Totenschein in der Tasche, hätte sie einiges zu erklären.

»Ich war nur ein wenig durcheinander«, antwortete sie schließlich und spähte über die Schulter die Straße entlang.

»Bist wohl ganz frisch wieder zurück, wie? Siehst auf alle

Fälle aus, als hättest du den Weg ins Diesseits auf dem Bauch robbend zurückgelegt.« Elizas Grinsen wurde breiter.

»Dann weißt du, was ich bin?«

»Natürlich weiß ich das. Dein Heiligenschein ist ja nicht zu übersehen«, kam die flapsige Antwort.

Kitty schielte nach oben. Doch außer einem diesigen Nachthimmel war da nichts Außergewöhnliches.

Eliza lachte auf. »Himmel, Mädchen, du hast wirklich keinen blassen Schimmer, wie ein Dämonenleben im Diesseits aussieht, oder?«

»Das Handbuch dafür war leider schon vergriffen«, gab Kitty zurück. Langsam wurden die Sprüche ein wenig zu frech für ihren Geschmack. Sie kannte diese Eliza doch überhaupt nicht. Und ein naives, kleines Mädchen war sie schon lange nicht mehr.

»Ich helfe dir gern auf die Sprünge. Immerhin halte ich mich länger in dieser Welt auf, als die meisten anderen«, plauderte die Dämonin fröhlich weiter, als säßen sie zusammen im Café, statt mitten in der Nacht an einem Friedhof zu stehen.

Kitty sah sich abermals um. Wenn Eliza die Wahrheit sagte, kam sie als Mörderin nicht in Frage. Denn soweit Kitty es verstanden hatte, ging es bei der Suche um jemanden, der erst seit Kurzem sein Unwesen unter den Lebenden trieb. Leider hatten Ruff und Amari versäumt, ihr außerdem zu sagen, dass es da noch andere gab, denen man zufällig auf der Straße begegnen konnte.

»Ein paar Antworten wären tatsächlich nicht schlecht. Aber das hier scheint mir nicht der passende Ort dafür zu sein«, erwiderte Kitty daher so diplomatisch wie möglich.

»Kluger Einwand! Ich sehe, du bist keine von diesen selbstvergessenen Schlafwandlern, sondern eine Seele, die ihren Grips behalten hat. Ein gutes Zeichen.«

»Ein gutes Zeichen wofür?«, hakte Kitty nach.

»Dass es sich trotz deiner Verstocktheit lohnen könnte, dich mitzunehmen. Oder willst du weiter hier rumstehen?«, sagte sie mit einem neckenden Zwinkern.

Kitty schüttelte den Kopf. »Ehrlich gesagt möchte ich einfach nur auf dem schnellsten Weg nach Hause.«

»Auch das lässt sich einrichten, obwohl du in diesem Zustand nicht gerade eine Augenweide bist und riechst, als hätte man dich in Schweineexkrementen gebadet.« Mit diesen Worten griff Eliza die Kordel ihres Umhangs, löste den Knoten und legte Kitty den Stoff schwungvoll über die Schultern.

Bevor sie sich bedanken konnte, packte die Blonde sie bereits bei der Hand und zog sie mit sich, die Gasse entlang, fort von dem Sirenengeheul, bis sie eine der Hauptstraßen erreichten. Ein energischer Pfiff genügte und aus dem Dunkel eilte ein Wagen heran. Der Kutscher beäugte sie kurz über seinen hochgeklappten Mantelkragen. »Wohin?«

Kitty zögerte nur kurz, bevor sie ihm und damit auch Eliza ihre Adresse verriet. Was sollte schon passieren, immerhin war sie bereits tot. Zumindest vorerst. Der Freundschaft zu einer anderen Dämonin, besonders wenn sie schon lange in London war, mochte helfen, ihren Auftrag zu erfüllen. Offensichtlich hatten ihre Kontakte im Jenseits sie nur sehr spärlich mit Informationen über ihr neues Ich versorgt.

»Ich schimmere also genau wie du?«, fragte Kitty, als die Kutsche über das Kopfsteinpflaster holperte.

»Natürlich. Alles Dämonische tut das«, erwiderte Eliza.

Aus der Nähe betrachtet wirkte sie überaus jung. Kitty hätte sie auf höchstens achtzehn Jahre geschätzt, wäre sie einfach nur ein Mensch gewesen. »Sehen wir in dieser Welt immer gleich aus? Egal wie lange wir hier sind?«, fragte sie deshalb.

Eliza wiegte übertrieben den Kopf von einer Seite zur anderen. »Die Sache ist etwas komplizierter. Man könnte so weit gehen und behaupten, wir vermögen jedes Alter anzunehmen, das wir uns wünschen. Und in gewisser Weise stimmt das sogar. Praktisch gesehen klammert sich deine Seele allerdings viel zu sehr an deine Erfahrungen, um sich etwas anderes einreden zu lassen.«

»Dann hängt es nur davon ab, wie alt ich in meiner Vorstellung bin?«

»Wie alt du dich empfindest, trifft es eher. Du weißt doch, als Seelen tragen wir unsere Gefühle im Außen.« Sie zwinkerte verschmitzt.

Kitty dachte an den Hahnenkamm und die spindeldürren Klauen der Seelen im Jenseits. »Wie genau sehe ich denn für dich aus?«

»Herrje, ich fürchte, da müssen wir noch einmal ganz von vorne beginnen«, erwiderte Eliza und seufzte gespielt.

Erst jetzt wurde Kitty bewusst, dass sie seit ihrer Rückkehr noch keinen einzigen Blick in einen Spiegel geworfen hatte. Was war mit ihrer Kopfwunde? Lief sie womöglich die ganze Zeit blutverschmiert durch die Gegend? Und woher stammten ihr Kleid, die Schuhe und der Hut, wenn ihr Leichnam sie doch noch trug?

»So bleich, wie du bist, hast du wahrscheinlich nicht mal etwas zu dir genommen.«

»Ich hatte ein Obsttörtchen, bevor der Unfall passiert ist«, sagte Kitty. Tatsächlich war sie seit Stunden unterwegs und verspürte dennoch keinerlei Hunger. Warum sollte eine Seele ohne echten Körper denn auch etwas essen müssen? Oder trinken? Besaß sie als Dämonin eine funktionierende Verdauung? Rätsel über Rätsel türmten sich in ihrem Kopf auf, bis ihr ganz schwindelig wurde.

Eliza lehnte sich vor, griff nach Kittys Kinn und zwang sie zum Blickkontakt. »Engelchen. Ich meine dämonische Nahrung. Wie lange warst du drüben, dass du nicht einmal das weißt? Hat dich am Ende so ein Scharlatan herbeigerufen, ohne einen Bannkreis zu errichten?«

Kitty schlug die Hand der anderen beiseite und blickte aus dem Fenster. Ihr wurde das alles zu viel. Worauf sollte sie sich konzentrieren? Wie viel musste sie über dieses Dämonendasein wissen, um ihren Auftrag ausführen zu können? Mehr wollte sie doch gar nicht. Warum musste diese Welt plötzlich so kompliziert sein, nachdem sich jahrzehntelang ein Tag wie der andere angefühlt hatte?

Auf der Straße lungerten zwielichtige Gestalten im Schatten, Ratten suchten in den Abwasserrinnen nach Fressbarem und huschten in ihre Löcher, sobald die Pferdehufe ihnen zu nah kamen. Und noch etwas sah Kitty Carter.

Immer wieder glomm kurz dieser Schimmer auf, den sie an Eliza entdeckt hatte. Fast so, als hätte sich ein zusätzlicher Sinn für das Unwirkliche in ihrem Auge geöffnet. Oder waren es nur Reflexionen? Der Mondschein, der sich in einem Fenster oder ein paar Glasscherben spiegelte?

Eliza schien ihr die rüde Reaktion nicht übelzunehmen,

nichts von Kittys Überforderung zu merken oder sie einfach zu ignorieren und auch sonst keine Lust zu haben, die Lehrstunde zu unterbrechen. Stattdessen streckte sie Kitty ein kleines Fläschchen entgegen. »Nimm einen Schluck. Das wird dir helfen, deine Gedanken zu sortieren.«

Kitty wollte nicht. Keinen Schluck und kein weiteres Gespräch. Was sie wollte, war Ruhe, die beruhigende Stille in ihrer Behausung, und Raum, um nachzudenken. Doch Eliza war und blieb hartnäckig. Sie entkorkte die schlanke Phiole und hielt sie Kitty direkt unter die Nase.

Der Inhalt roch entfernt nach Schokolade. »Was ist das?«

»Spucke einer naschhaften Dame. Kaum eine Stunde alt«, kam die prompte Antwort.

Kitty sah Eliza an und forschte in ihren Gesichtszügen nach Anzeichen einer Lüge. Doch ihr Blick war offen und unverfälscht. »Spucke?«

»Was hast du erwartet? Einen Cocktail aus frischen Eingeweiden?« Eliza lachte. »Oder dachtest du, du würdest wie ein Vampyr durch die Fenster unschuldiger Frauen klettern, um ihren Hals zu malträtieren?«

»Wieso muss ich überhaupt irgendetwas zu mir nehmen? Ich dachte, ich bin tot?«

»Bist du. Unwiderruflich. Und als Tote gehörst du ins Jenseits. Wenn du dich entgegen der Regel trotzdem ins Diesseits gemogelt hast, brauchst du etwas, das dich und deine Hülle erdet. Wie ein Anker, den man setzt, um vom Wind nicht zurück in den Hafen getrieben zu werden.«

»Den Teil eines lebenden menschlichen Körpers«, spann Kitty den Gedanken weiter. »Allerdings erklärt das nicht, warum es ausgerechnet Spucke sein muss.«

»Muss es nicht. Aber mein Gefühl sagt mir, dass du für andere Elixiere dieser Art noch nicht bereit bist.« Sie grinste schief.

Kitty aber erschauderte, als ihr Geist sich die Möglichkeiten ausmalte.

»Nimm es und steck es ein. Die erste Probe ist kostenlos. Wenn du mehr brauchst, weißt du ja jetzt, wo du mich findest«, sagte Eliza.

»Du handelst damit?«, fragte Kitty, während sie das Fläschchen tatsächlich nahm und in ihrem Retikül verschwinden ließ. Selbst als Dämonin würde sie keine Gelegenheit vorbeiziehen lassen, etwas von ihrem hart erkämpften Geld zu sparen.

Eliza zuckte die Achseln. »Auch Dämonenwesen müssen von irgendetwas leben.«

»Gibt es denn so viele im Diesseits? Ich dachte, der Übergang sei verboten?«

»Verbote sind nur etwas für zahme Schäfchen. Das solltest du doch wissen. Oder glaubst du, du bist die Erste und Einzige, die sich seit Jahrtausenden darüber hinweggesetzt hat?«

»Mir wurde gesagt, dass …« Kitty biss sich auf die Lippe. Beinahe hätte sie ausgeplaudert, dass sie von Gott persönlich entsandt worden war. Aber das war wohl wie bei ihrem alten Job: Wenn die Leute erfuhren, dass sie bei der City of London Police arbeitete, gingen die meisten auf Abstand. Aus Angst, Kitty könnte eines ihrer zahlreichen Geheimnisse aufdecken und ausplaudern. Wie richtig und gleichzeitig falsch sie damit lagen, brachte sie immer wieder zum Schmunzeln.

»… ich meine, ich weiß nicht, was ich überhaupt noch glauben kann«, erwiderte Kitty. Das stimmte zumindest zum Teil, wenn auch in völlig anderem Sinne.

»Glaube wird überbewertet. Es kommt viel eher darauf an, was du aus dem machst, was du hast«, sagte Eliza und deutete mit beiden Händen auf sich selbst. »Mein Talent ist es, das zu besorgen, was andere haben wollen. Was ist deines?«

Kitty wich ihrem offenen Blick aus und nestelte am Griff ihrer Tasche. Sie erzählte ungern von ihren Vorahnungen, ganz besonders Fremden. Sollte sie etwas erfinden? Aber dafür kannte sie sich zu wenig aus. Außerdem war Lügen eine Sünde, oder zumindest hatte sie das viele Jahrzehnte lang geglaubt. Galten die Gebote auf Erden noch etwas? Insgesamt und im Besonderen für sie als auferstandene Dämonin?

»Kein Grund, sich zu schämen, du findest deines schon noch heraus«, sagte Eliza, die ihre Miene offenbar falsch gedeutet hatte.

Als die Kutsche hielt, wollte die Dämonin aussteigen, doch Kitty kam ihr beim Griff nach dem Türöffner zuvor. »Ich danke dir, für diese Gratislektionen. Sie haben mich einiges klarer sehen lassen. Aber ich bin wirklich müde.«

Eliza lachte. »Gratis gibt's nicht, Engelchen. Du bist mir was schuldig, wenn wir uns wiedersehen. Besonders nach so einer hässlichen Abfuhr. Soll ich dir nicht doch das Bett ein wenig wärmen?«

Als Kitty überrascht die Brauen hob und den Mund öffnete, lachte Eliza erneut. »Schon gut, wir verschieben das auf ein anderes Mal. Schöne Träume, wünsche ich. Und vergiss mich nicht.«

»Das werde ich ganz bestimmt nicht«, nuschelte Kitty, während sie ausstieg.

Die Kutsche rauschte davon und sie war wieder allein. Ihr Blick glitt hinauf in den Himmel. Der Mond hatte den Zenit seiner nächtlichen Reise bereits überschritten und steuerte auf seine Ruhestätte am Horizont zu. Keine vierundzwanzig Stunden war es her, dass Kitty als ganz normaler Mensch aufgestanden war und sich frisch frisiert auf den Weg zur Polizeistation gemacht hatte. Seitdem war so viel passiert, dass es sich wie eine ganze Woche anfühlte.

Kitty ging die wenigen Schritte bis zum Hauseingang. Ihre Füße hätten vom vielen Laufen schmerzen und ihre Beine hätten sich geschwollen anfühlen müssen, aber das taten sie nicht. Alles war so merkwürdig und anders. In ihrem Kopf schwirrten so viele ungeklärte Fragen durcheinander, dass sie keinen klaren Gedanken fassen konnte.

Als sie in ihrem Täschchen nach dem Haustürschlüssel suchte, berührten ihre Finger erst die Phiole und dann die Papiere aus der Aufbahrungshalle. Ob die Feuerwehr den Brand womöglich gelöscht hatte, bevor der arme Gordon Harkot zur Unkenntlichkeit verbrannt war? Hatte sie wirklich alle Hinweise auf sich selbst und den Einbruch entfernt? Kitty wusste es nicht mehr.

Sie sperrte auf, knipste das Licht an und kreischte auf, als unvermittelt ein Mann im weißen Anzug vor ihr im Flur auftauchte.

»Amari!«, rief sie atemlos. »Was machst du hier?«

»Nach dir sehen«, erwiderte Gottes Gesandter mit breitem Grinsen.

»Ein wenig spät, würde ich meinen«, sagte Kitty unwirscher, als sie vorgehabt hatte. Doch ihre Nerven waren zu strapaziert, um falsche Höflichkeit zu heucheln. »Du und Ruff, ihr habt mir da so einiges verschwiegen.«

Amari hob abwehrend die Hände. »Nicht verschwiegen. Wir wollten dich nur nicht mit zu vielen Informationen auf einmal überfordern.«

Kitty trat in den kleinen Salon und ließ sich wenig damenhaft auf das Sofa fallen. Nur Elizas Mantel verhinderte, dass sich der Schmutz von ihrem Kleid auf dem abgenutzten, samtenen Stoff verteilte.

Doch der göttliche Bote ließ sich augenscheinlich weder von ihrem lädierten Aussehen noch von dem Gestank beeindrucken. Er stellte sich hinter den gegenüberliegenden Sessel, die Hände ineinander verschränkt und auf der Lehne abgelegt.

Stille füllte den Raum, während sie sich gegenseitig einfach nur ansahen. Amari, weiterhin lächelnd, und Kitty, die regelrecht spüren konnte, wie ihr die Wut als borstige Masse die Kehle hinaufstieg.

Als sie glaubte, platzen zu müssen, ballte sie die Hände zu Fäusten und fragte mit bebender Stimme: »Wann wolltest du mir sagen, dass ich Nahrung zu mir nehmen muss, um als Dämonin hierbleiben zu können? Und mit Nahrung meine ich Körperflüssigkeiten!«

Für einen Moment gefror sein Lächeln. »Die Zeit dafür wäre noch gekommen«, antwortete er schließlich, während sein Blick in dem ihren forschte.

Offenbar war Gott nicht allwissend und allsehend, oder aber er hatte seine Erkenntnisse über Kittys Tag nicht mit seinem dämonischen Schergen geteilt, bevor er ihn auf die Reise geschickt hatte.

Amari sprach es nicht aus, doch es war ihm anzusehen, dass er neugierig war, woher ihr neues Wissen stammte. Und gerade deshalb würde Kitty nichts über die Begegnung mit Eliza erzählen.

»Also?«, sagte sie stattdessen. »Fang an, damit wir das baldmöglichst hinter uns haben. Ich bin müde und zu ausschweifender Konversation längst nicht mehr imstande.«

Seine Brauen schossen abermals hinauf und dann war da wieder sein seliges Lächeln. »Wie ich sehe, hast du dich bereits gut in dein neues Ich eingefunden. Ein guter erster Schritt, denn nicht jeder Mensch kann so schnell akzeptieren, dass er nach dem Tod nicht nur von seinem physischen Körper befreit worden ist.«

Nun wurde Kitty doch hellhörig und richtete sich auf ihrem Platz auf. Ihr neues Ich? Sie ließ die letzten Stunden Revue passieren. Vielleicht war sie tatsächlich etwas forscher und tatkräftiger gewesen, als das für sie üblich gewesen wäre. Womöglich ein wenig störrischer und vorlauter, auch wenn sie nie eine Duckmäuserin gewesen war.

»Erzähl mir etwas über diese Nahrungsregel. Wie oft und wie viel von was braucht es, damit ich diese Hülle behalten kann?«, fragte sie geradeheraus.

»Das hängt davon ab, wie sehr du dich mit deinen Kräften verausgabst«, antwortete Amari diplomatisch wie immer.

»Ich brauche Fakten, kein schönes Drumherumgerede.«

»Im Regelfall wird es alle drei Tage nötig sein. Spätestens dann, wenn sich erste Ausfallerscheinungen zeigen. Sollte das passieren, bleibt dir höchstens noch eine Stunde, um eine Rückkehr ins Jenseits aufzuhalten.«

Kitty nickte. Das klärte das Wie oft.

»Ein größerer Schluck reicht aus, wenn die Substanz nicht künstlich verwässert wurde.«

Das erklärte das Wie viel.

Vor der letzten Antwort fuhr sich Amari einmal flüchtig mit den Fingern über den Mund, als wollte er sich selbst das Sprechen verbieten. Doch Kitty blieb stumm und hielt stur den Blickkontakt.

»Es ist vieles möglich«, sagte er ausweichend.

»Also könnte ich einem Kerl einfach sein Ohr abbeißen und es hinunterschlucken?«, hakte Kitty unerbittlich nach.

»Sein Blut oder selbst das Ohrenschmalz würden reichen. Oder du leckst ihn von oben bis unten ab. Allerdings sollte er dafür geschwitzt haben.«

Kitty verzog das Gesicht. »Dann doch lieber ein Gläschen Spucke mit Schokoladengeschmack.«

Amari verstummte und wieder richtete sich sein bohrender Blick auf sie. »Du weißt noch sehr wenig, Kitty Carter. Also hüte dich vor allzu aufdringlichen neuen Freunden. Möglicherweise haben sie andere Motive, als du dir mit deiner kleinen Seele vorstellen magst.«

»Welche? An meinem Talent können sie wohl kaum interessiert sein. Denn wenn ich das richtig sehe, hat mein neues Ich es verloren.«

»Oder du musst es einfach nur neu für dich entdecken«, entgegnete Amari.

Kitty schloss die Augen und schüttelte den Kopf. Was sollte das nun wieder bedeuten. Gab es in einem dämonischen Leben denn gar keine Gewissheit mehr? Keine klaren Regeln?

Wahrscheinlich sollte sie nachhaken, wie man sich selbst wiederentdecken konnte, aber sie konnte nicht mehr, wollte nicht mehr. Nicht noch mehr von all dem.

Als sie die Augen öffnete, um Amari das zu sagen, war er bereits fort.

Kapitel 5

Kitty schlief tief und fest, bis das geschäftige Treiben auf der Straße unter ihrem Fenster sie weckte. Es war bereits hell und damit höchste Zeit, aufzustehen und sich anzuziehen. Selbst für eine Dämonin.

Frisch gewaschen, frisiert und in die Schichten aus Leinen, Musselin und Batist gekleidet, die zusammen eine ansehnliche Garderobe für die Dame dieser Zeit ausmachten, trat Kitty wenig später aus dem Zimmer.

Nora, ihr Hausmädchen, servierte wie immer Tee und Toast im Salon. Entweder hatte sie nichts von Kittys temporärem Tod und dem nächtlichen Herrenbesuch mitbekommen oder sie war eine bessere Schauspielerin, als Kitty für möglich gehalten hatte.

»Die Zeitung, Madame«, sagte Nora und legte das gefaltete Bündel neben dem Glas mit der Orangenmarmelade ab.

Kitty hatte es sich zur Gewohnheit gemacht, morgens die Nachrichten zu studieren, um mögliche Eingebungen besser in das aktuelle Tagesgeschehen einordnen zu können. Es war wie bei einer groß angelegten Schnitzeljagd, die wahre Glücksgefühle auslösen konnte. Dann, wenn man ein neues Puzzlestück gefunden hatte, das zu einem nächsten führte.

An diesem Tag zögerte Kitty jedoch, die kleine Schnur zu entfernen und die erste Seite aufzuschlagen. Was, wenn einer dieser neumodischen Fotografen vor dem Café gewesen war und ihren Leichnam in einem Bild festgehalten hatte? Das wäre deutlich schwerer schönzureden als die Meldung eines jungen, verschreckten Constables.

Womöglich stand bereits etwas über den verbrannten Leib neben der Aufbahrungshalle im Nachrichtenteil. Noch so eine Schlagzeile, die Kitty nicht lesen wollte. Im Nachhinein erschien es ihr geradezu unwirklich, dass sie das alles getan hatte. Viel zu tollkühn für ihre Natur, als wäre sie jemand anderes gewesen. So, wie Eliza es angedeutet und Amari es bestätigt hatte. Wie viel war noch von ihrem alten Ich übrig? Konnte sie so überhaupt wie gewohnt zur Arbeit gehen?

Bei genauerem Nachdenken und nach ein paar Schlucken Tee erschien Kitty diese Grübelei die falsche Herangehensweise. Sie musste zurück an ihren Platz in der Polizeistation, um an die benötigen Informationen zu gelangen, die sie zu dem mordenden Dämon führen würden. Besonders, da ihr Talent in dieser Angelegenheit noch Anlaufschwierigkeiten hatte.

Das rußverschmierte Tuch, bei dem ihre Vorahnung versagt hatte, musste etwas Dämonisches an sich gehabt haben. Das hieß, Lucy Wigem war ein Opfer des gesuchten Dämons geworden. Aber war sie auch das einzige?

Kitty stellte die Tasse scheppernd auf dem Unterteller ab und stand so hastig auf, dass der Tisch zu kippen drohte. Tee schwappte auf das Spitzentischtuch und das Buttermesser fiel zu Boden. Sie musste sofort los, musste den Leichnam der Hurenmutter mit eigenen Augen sehen und ihn berühren, Regeln hin oder her.

Die Absätze ihrer ausgetretenen, tannengrünen Riemenschuhe klapperten über das Parkett der Eingangshalle. Kitty wandte sich nach links und erreichte durch eine weitere Tür ihren Platz vor dem Büro des Chief Inspectors.

Patt Wallet brütete an seinem Schreibtisch über irgendwelchen Dokumenten. Erst als sie grüßte, hob er den Kopf und starrte sie einen langen Moment an.

»Miss Carter«, sagte er schließlich und erhob sich. »Schön, Sie nach Ihrem Unfall und den schauerlichen Märchengeschichten wohlauf zu sehen.«

Kitty setzte ihr lieblichstes Lächeln auf und winkte in gespielter Sorglosigkeit ab. »Das war alles nur ein unglückliches Missverständnis. Mir geht es gut. Eine Carter bekommt man nicht so einfach in die Knie gezwungen. Auch nicht durch eines dieser dampfenden Ungetüme.«

Der Inspector lächelte und trat näher. »Dann haben Sie es deutlich besser weggesteckt als der arme Dalton Frey. Der sah den Rest des Tages wie ein Gespenst aus.«

»Die Jugend von heute, ist offenbar nicht mehr so hartgesotten wie unsereins«, sagte Kitty und ließ ihren Blick mit einem Zwinkern über Patts massigen Körper gleiten.

Sie mochte ihn. Die vielen Gründe, die sie früher davon abgehalten hatten, offen mit ihm zu flirten, erschienen ihr rückblickend geradezu lächerlich. Sie war eine ungebundene Frau und er ein unverheirateter Mann. Ihre Familie mochte im Gegensatz zu seiner vermögend sein, aber nicht so sehr, dass eine Verbindung nicht standesgemäß gewesen wäre. Ihr Vater hätte gewiss mit Freuden seine Zustimmung gegeben.

In Wahrheit war sie einfach zu feige gewesen, ihm ihre Zuneigung zu zeigen und damit gewissermaßen den ersten Schritt zu wagen. Denn Patt Wallet war in diesen Dingen verschlossener als eine Auster. Eine Zurückweisung hätte ihr das letzte bisschen Hoffnung auf Glück geraubt.

»Sind Sie sicher, dass Sie schon wieder arbeiten können?«, fragte der Inspector und neigte leicht den Kopf.

Er war größer als Kitty, mit kräftigen Armen und kleinen klugen Augen. Sie hatte sich schon oft vorgestellt, von ihm verhaftet und an die Wand gedrückt zu werden. Sein Atem dicht an ihrem Ohr, während er ihre Hände hinter dem Rücken fesselte und sich ungehörig an sie ranmachte.

»Ich kann Sie doch nicht mit all dem Papierkram allein lassen«, antwortete Kitty, während die Lust in ihr aufflammte.

Früher hätte sie sich dafür geschämt, aber das war vorbei. Sie würde sich selbst nichts mehr verbieten, sich nicht mehr aufgrund von Regeln und Geboten kasteien, die doch nur von Menschen gemacht waren. Ihre Seele war nun frei und begierig darauf, die Welt mit allen Sinnen zu kosten.

»Sie zu verlieren, wäre in der Tat ein herber Schlag«, antwortete der Inspector. Es war das erste Mal, dass er ihr so ein Kompliment machte.

Als er sich abwandte, um zurück an seinen Schreibtisch zu gehen, sagte Kitty hastig: »Ich hatte noch gar keine Gelegenheit, ihren Constables ein paar Tipps für den Mord am Hafen zu geben. Oder ist der Fall schon aufgeklärt?« Sie musste sich Schritt für

Schritt an das Thema heranpirschen, um mit ihrer eigentlichen Bitte nicht zu forsch zu wirken.

»Nach der Befragung des Wirts der Spelunke und der Gäste, die identifiziert worden sind, hat sich noch kein klares Bild der Geschehnisse zeichnen lassen«, gab der Chief zu.

Kitty wollte gerade über ihre Eingebung sprechen, als ihr siedend heiß einfiel, dass sie damit womöglich weitere Untersuchungen provozieren würde. Etwas, das auf keinen Fall passieren durfte, schließlich steckte mittlerweile *ihr* Körper in dem Leichensack.

Ein Gewissenskonflikt, den vor einem Tag noch die rechtschaffene Gesetzesstimme in ihrem Inneren gewonnen hätte. Auf der anderen Seite würde eine Aufklärung des Falls nur auf dem Papier einen Sieg darstellen. Niemand würde davon profitieren. Was machte da schon eine kleine Notlüge?

Das zumindest redete sich Kitty ein, als sie dem Inspector in vagen Andeutungen vormachte, der arme Säufer wäre betrunken gegen ein Fuhrwerk am Kai gelaufen, hätte sich dabei den Kopf gestoßen und wäre womöglich an den Folgen gestorben, als er seinen Weg in die Kneipe fortgesetzt hatte.

Womöglich. Damit ließ sie offen, ob das der Wahrheit entsprach. Womöglich war er auf seinem Weg auch einer Frau mit mintfarbenem Hut begegnet.Einem Blumenmädchen zum Beispiel, dem er schon seit Wochen nachstellte.Dann wäre es doch fahrlässig, sie als Täterin zu benennen. Immerhin hätte sie sich ja nur selbst verteidigt, wäre er diesmal über Gebühr handgreiflich geworden. Frauen mussten zusammenhalten in dieser Welt.

»Wie steht es denn bei dem Fall Lucy Wigem?«, schwenkte

Kitty zur eigentlich wichtigen Frage über.

Der Inspector zog die Brauen zusammen und kräuselte die Lippen, so wie er es immer tat, wenn ihn etwas gehörig wurmte. Kitty glaubte schon, sie wäre mit ihrer Neugier zu weit gegangen, als er leicht den Kopf schüttelte und ihr ein schiefes Lächeln schenkte.

»Tja, ich fürchte, da sind wir auch noch nicht viel weiter gekommen.«

»Kennt man denn schon die Todesursache? War es tatsächlich eine brennende Fackel, die man ihr in den Rachen gerammt hat?«, hakte Kitty nach.

»Sieht so aus. Aber die Untersuchungen an der Universität haben keine Rußspuren ergeben. Die Verfärbung wurde im Hautgewebe lokalisiert. Wie ein sehr schwerer Bluterguss. Aber das macht im Gesamtkontext noch wenig Sinn.«

Kitty sah ihn erwartungsvoll an.

Wallet seufzte, doch in seinen Augen spiegelte sich immer noch ein Lächeln. »Ich werde veranlassen, dass man ihre Habseligkeiten herbringt. Offenbar kann uns nur eine göttliche Eingebung auf den richtigen Pfad führen.«

»Ich könnte sie selbst abholen«, erwiderte Kitty und lächelte ihn schelmisch an. »Das wäre eine gute Gelegenheit, um nach den Gerüchten zu beweisen, dass ich noch unter den Lebenden wandle.«

Sie konnte förmlich sehen, wie der Instinkt des Detectives in Patt Wallet aufhorchte. Aber so weit, wie sie in diesem Gespräch schon gekommen war, so viel Interesse und Aufmerksamkeit, wie der Chief ihr ungewohnter Weise bereits geschenkt hatte, konnte sie jetzt nicht locker lassen.

»Es wäre nicht richtig, die Kräfte der Constables mit solcherlei einfachen Botengängen zu verschwenden. Zwei Tote in einer Woche. Da sollten sie besser durch die Gassen patrouillieren. Sonst glauben die Londoner noch, sie könnten das Gesetz ungestraft in die eigene Hand nehmen«, setzte Kitty nun wieder ernster nach.

Patt Wallet nickte ein paar Mal, als würde er die Dinge durchdenken. »In Ordnung. Achten Sie darauf, dass die nötigen Formulare bei der Übergabe unterzeichnet werden und nichts fehlt, was auf der Liste der Habseligkeiten notiert wurde.«

»Natürlich. Formulare und Listen sind immerhin mein Spezialgebiet«, erwiderte Kitty. Dann knickste sie als kleine Neckerei, griff ihre Tasche und machte sich schleunigst auf den Weg, bevor der Chief Inspector es sich anders überlegen konnte.

Ein zweites Mal innerhalb weniger Stunden war sie unterwegs, um nach einem Leichnam zu sehen. Der von Lucy Wigem lag allerdings auf dem Seziertisch der Mediziner an der Londoner Universität. Ein immer noch sehr umstrittener Zweig dieses Forschungs- und Lehrbereichs, denn gerade die Kirche sah in der Öffnung von toten Körpern eine Schändung des göttlichen Werkes.

In früheren Zeiten wären Menschen dafür verhaftet und aufgeknüpft worden. Doch das Zeitalter der Wissenschaft hatte einige der mittelalterlichen Ansichten zum Wanken gebracht. Menschen wie Charles Darwin hatten für wahre Revolutionen gesorgt und gleichzeitig für einen Aufschrei unter den Traditionalisten.

Kitty hatte sich in ihrem kleinen Universum wenig Gedanken darüber gemacht, ob seine provokanten Thesen stimmen könnten. Sie zu lesen und mit Tessi darüber zu diskutieren hatte den immer gleichen Themen ihrer Unterhaltungen frischen Wind verliehen.

Jetzt, da sie nicht mehr raten musste, was nach dem Tod auf einen wartete, eröffnete das in allen Bereichen eine ganz neue Sicht. Die Menschheit war närrisch zu glauben, sie könnte die Wahrheit über das Leben in einem alten Buch nachlesen. Die Wissenschaften mochten durch Experiment und Beweislegung Fakten schaffen. Doch ihr Blick war viel zu fokussiert auf winzige Details, um das große Ganze zu begreifen.

Ein Körper war nur ein Gefäß, um das, was sich mit Physik messen ließ, zu spüren. Der Geist konnte auch ohne ihn existieren. Er konnte sogar in neuer Form zurückkehren, als das, was er wirklich war. Wenn auf dieser Seite die Menschen ihre Emotionen nach außen tragen würden, wäre vieles einfacher. Besonders in der Liebe.

Patt Wallet hatte endlich ansatzweise mit ihr geflirtet. Nicht weil er sich dazu entschlossen hatte, sondern weil sie die zündende Kraft dafür gewesen war. Sie hatte die unsichtbare Mauer durchbrochen und ihm eine Reaktion abgerungen. Das bewies, dass er schon vorher Gefühle für sie gehabt haben musste. Er war nur zu sittentreu gewesen, um es ihr zu zeigen.

Es war ein langer Marsch bis zur Universität, doch Kitty fühlte sich weder angestrengt noch erschöpft. Sie hatte vielmehr den Eindruck, zu schweben. Alles erschien ihr plötzlich so leicht.

Das änderte sich schlagartig, als sie sich in der Universität nach der medizinischen Abteilung erkundigte, die für die Obduktionen zuständig war.

Der Pförtner verweigerte ihr den Zutritt auf so rüde Art und

Weise, dass Kitty regelrecht spürte, wie ihr die Zornesröte in die Wangen schoss.

»Ich bin im Auftrag des Chief Inspectors hier, um einen Mord aufzuklären«, rief sie lauter, als es ziemlich war.

»Wohl kaum«, sagte der Mann im dunkel karierten Tweed und Universitätsabzeichen auf der Brust. Sein Blick wanderte abschätzig an ihr hinab.

Zum Glück hatte Kitty für solche Fälle ein Schriftstück bei sich, das sie als offizielles Mitglied der City of London Police auswies. Normalerweise diente das allerdings eher dazu, kostenlose Scones in der Bäckerei um die Ecke zu besorgen.

Sie entfaltete das Papier und hielt es dem Mann demonstrativ vor die Nase. »Lesen Sie, wenn Sie denn lesen können, und dann lassen Sie mich entweder durch oder rufen jemanden, um mich in die medizinische Fakultät zu geleiten. Und zwar umgehend!«

Ihr Ton war dabei so scharf, dass der Mann verunsichert blinzelte, sich dann vorbeugte und mit leicht zusammengekniffenen Augen das Dokument zu lesen versuchte. Nicht jeder konnte sich eine Brille oder zumindest ein Monokel leisten.

Seine Sehkraft reichte schließlich aus, um ihre Worte bestätigt zu sehen. Das änderte allerdings nichts an seinem Unwillen, seine Ansicht zu ändern oder hauseigene Regeln zu brechen. Um sich aus der Affäre zu ziehen, kommandierte er schließlich einen der Studenten ab, Kitty in die gewünschte Abteilung zu führen. Nicht ohne ihn zu ermahnen, sie nicht aus den Augen zu lassen, bis sie das Gebäude wieder verlassen hatte.

Sie hatte sich durchgesetzt und dabei nicht einmal zugeben müssen, dass sie nur als Botengängerin geschickt worden war. Das allein war schon ein Sieg.

Der Junge, der sie begleitete, wirkte so bleich wie durchscheinendes Papier. Etwas, das die meisten der Lernwilligen teilten, wenn sie ein paar Semester hinter sich hatten. Vermutlich, weil sie von morgens bis abends in Vorlesungen oder der Bibliothek saßen. Nur die Cricket-Spieler der Universität bildeten da eine Ausnahme.

»Möchten Sie, dass ich Sie zuerst zum Dekan der Fakultät bringe?«, fragte der Junge.

»Nein, für einen Plausch mit Tee und Gebäck ist keine Zeit. Ich muss den Leichnam von Lucy Wigem und alles, was sie bei sich getragen hat, sehen. Jetzt sofort«, antwortete Kitty Carter bestimmt.

Der Junge riss die Augen auf und wurde noch eine Nuance bleicher. »Da ... da habe ich keinen Zutritt.«

»Dann eben zu jemanden, der ihn hat«, hielt Kitty herrisch dagegen, auch wenn ihr von der eigenen Dreistigkeit geradezu schwindelig wurde.

Der Student hastete voraus durch die langen Gänge des altehrwürdigen Gebäudes. Kitty bedauerte, sich nicht länger an den vielen Schaukästen und Informationstafeln aufhalten zu können. Sie war noch nie im Inneren der Universität gewesen, obwohl ihr Vater hier hin und wieder Vorträge über wirtschaftliche Themen hielt. Nichts, was Kitty interessierte. Aber die Darstellungen vom Aufbau des menschlichen Körpers interessierten sie sehr.

Sie konnte nicht sagen, was zuerst da gewesen war. Das Interesse an detektivischer Arbeit, weil ihre Vorahnungen sie darin so sehr unterstützten, oder die fast schon morbide Faszination, wenn es um die Vorgänge im Inneren eines Menschen ging. Vielleicht hätte sie den medizinischen Berufszweig sogar in Erwägung gezogen, wenn ihr Vater ihr nicht klar gemacht hätte, dass ihr Leben dann aus Dingen wie dem Ausschaben eitriger Wunden, dem Aufwischen von Pisse und Blut und dem andauernden Geruch von Äther und Chlor bestanden hätte.

Da war ihr die Aussicht auf einen kleinen Schreibtisch und das Abheften von Aktenbergen deutlich angenehmer erschienen. Aber auch das konnte zur Qual werden, wenn man nur lange genug in diesem Job auf der Stelle trat. Damit war es jetzt vorbei. Kitty Carter war eine Gesandte Gottes! Sie hatte einen Auftrag zu erfüllen und niemand würde sie aufhalten.

»Halt!«, rief jemand mit heiserer Baritonstimme genau in dem Moment, als der Student eine schwere Eichentür öffnen wollte.

Ein älterer Mann mit schwarzem Haar und erstaunlich üppigem Vollbart eilte auf sie zu. Seine Schritte klangen wie die Schnalzer einer Lederpeitsche. Er trug einen altmodischen schwarzen Frack und ein so blütenweißes, gestärktes Hemd, dass Kitty sich sicher war, den Dekan selbst vor sich zu haben.

»Was soll das werden?«, schnauzte er den Jungen an, ohne Kitty auch nur zu grüßen.

»Die Dame ist von der City of London Police. Sie will die alte Hure sehen«, sagte der mit hochgezogenen Schultern.

»Lucy Wigem«, fuhr Kitty ihm über den Mund.

»Wie bitte?« Der Mann blickte aus braunen Augen, die unter dicht gewachsenen Brauen lagen, zu ihr hinab.

»Das ist der Name der Toten«, erklärte sie und ließ in ihrem Ton dabei keinerlei Zweifel, dass sie das ernst meinte.

Geradeso, als würde er sich seiner Manieren besinnen, straffte sich der Mann und neigte den Kopf zum Gruß. »Thaddeus

Roshford, Professor der Biologie und Medizin.«

Er wollte zu einer Frage ansetzen, doch Kitty kam ihm zuvor. »Sehr schön. Dann haben wir wohl endlich jemanden gefunden, der diesem Burschen seine Last abnimmt und mutig genug ist, einer Abgesandten des Chief Inspectors den nötigen Zutritt zu gewähren. Es wurde schon genug Zeit vertrödelt bei diesem Fall.«

»Nun, das ist eine ungewöhnliche Bitte«, versuchte der Professor anzubringen. Doch auch diesmal ließ Kitty sich nicht beirren.

»Die Umstände des Todes von Miss Wigem sind in der Tat ungewöhnlich und bedürfen einer weiteren Inspektion, genau wie alles, was sie bei sich getragen hat. Sie haben ihre Habseligkeiten doch ordnungsgemäß aufgelistet und verwahrt?«

Langsam gewöhnte sich Kitty an ihr neues Ich. Es war gar nicht so schwer, sich zu behaupten. Man musste offenbar nur eine strenge Miene aufsetzen und laut genug werden.

»Selbstverständlich. Trotz des Lehrbetriebs verfahren wir in diesen Dingen nach strengen Regeln. Ihre Habseligkeiten wurden wie vorgeschrieben in eine Box gesperrt und protokolliert. Ebenso alle vorgenommenen Untersuchungen.«

»Bringen Sie mich zu ihr und zeigen Sie mir die Formulare. Jetzt sofort. Es wäre doch schade, wenn ich dem Chief Inspector von Ihrer mangelnden Unterstützung berichten müsste. Ausgerechnet bei diesem Fall. Man könnte auf die Idee kommen, dass etwas im Zusammenhang mit der Dame Wigem verheimlich werden soll.«

Der Professor riss die Augen auf und schnappte nach Luft. »Ich bitte Sie! Wir sind eine hochgeachtete Institution! Hier arbeiten nur äußerst ehrenwerte Herren!«

Herren, wiederholte Kitty im Geiste. Ein anderes Geschlecht war an dieser ehrenwerten Universität nicht zugelassen. Aber das war ein Kampf, den es an anderer Stelle auszufechten galt. Kitty sah Thaddeus Roshford abwartend an und schließlich bröckelte sein Widerstand.

Erwartungsgemäß führte er sie in den Keller hinab, in einen Raum, in dem die Zimmertemperatur mit großen Eisblöcken heruntergekühlt wurde. Eine Methode, die Kitty sonst nur von Brauereien kannte, um das Bier auch über die Wintermonate herstellen zu können.

Viel Einrichtung gab es nicht. Insgesamt sechs Körper lagen teils abgedeckt, teils in Leichensäcken auf schmalen Tischen. Statt eines Fensters sorgte ein Luftschacht dafür, dass sich der Verwesungsgestank in Grenzen hielt. Und noch etwas fiel ihr auf.

Über einem der Tische hing ein schwacher Schimmer, der sicher nicht von den Lampen verursacht wurde. Wenn Kitty mit ihrer Vermutung richtig lag, würde Lucy Wigem genau dort zu finden sein. Oder steckte in dem Leichensack ihr eigener Körper? Glomm auch er, weil sie zurückgekehrt war? Weil sie jetzt eine Dämonin war? Nein, das machte keinen Sinn. Sie war als normaler Mensch gestorben. Das, was schimmerte, war ihr aktueller Körper.

Während der Professor Kitty zur Leiche der Hurenmutter führte, versuchte sie unauffällig, ihren eigenen Körper ausfindig zu machen. Nach dem Feuer waren alle verbliebenen Leichen sicher schnell bearbeitet und abtransportiert worden.

Der Größe nach zu urteilen, verbarg ihre Leiche sich im linken der beiden immer noch sorgsam verschnürten Säcke, mehrere

Tische von Lucy Wigem entfernt. Unter den Augen ihres Begleiters würde sie also wohl keine Gelegenheit finden, nach ihrem Zustand zu sehen.

Umso wichtiger war es, dem mörderischen Dämon so schnell wie möglich auf die Schliche zu kommen. Dafür musste sie ihr Talent für Vorahnungen erneut erwecken – zielgenau auf alles ausgerichtet, das schimmerte.

Als Roshford das Leinentuch zurückschlug und damit den Blick auf Lucy Wigem freigab, zuckte Kitty instinktiv zurück. Das Gesicht der gealterten Governess sah grauenerregend aus: der Mund weit geöffnet, die Lippen schwarz verfärbt und eingefallen.

»Nehmen Sie das Taschentuch und drücken Sie es sich an die Nase. Ich habe es mit ein paar Tropfen Lavendelöl getränkt. Das sollte den Gestank ein wenig dämpfen«, sagte der Professor und reichte ihr den feingewebten Baumwollstoff.

Kitty nahm es dankbar mit einem Nicken entgegen, während sie die Lippen fest aufeinanderpresste. Nicht so sehr wegen der Fäulnisdämpfe, sondern weil ihr beim Anblick der Verletzungen um ein Haar ihr Frühstück wieder hochgekommen wäre.

»Soll ich Ihnen assistieren?«, hakte Roshford nach.

Kitty schüttelte den Kopf und zwang sich, einen Schritt näher an den Tisch heranzutreten. Für die bestmögliche Verbindung musste sie den Körper berühren.

»Dann hole ich in der Zwischenzeit die Box mit Miss Wigems Sachen.« Der Professor ging auf einen Schrank zu, der im Halbdunkel verborgen lag.

Das war ihre Gelegenheit. Kitty streckte die Hand aus und verharrte über der nackten Schulter der Toten. Die Haut war grau und schrumpelig, wie ausgeleiert und erstarrt. Die Schlüsselbeine zeichneten sich deutlich ab, obwohl die Frau zu ihren Lebzeiten mit üppigen Kurven gesegnet gewesen war.

Kittys Hand zitterte, gerade so, als würde sie gegen das Vorhaben ankämpfen. Doch schließlich gewann ihr Verstand über die Angst und den Ekel. Erst sacht, dann fester legte sie ihre Finger auf den kalten ledrigen Leib und konzentrierte sich auf ihre innere Stimme.

Sprich zu mir, Lucy. Erzähl mir von deinem Mörder, bat sie. Dann ließ sie los, gab die Kontrolle über ihre Gedanken ab, trat innerlich zurück und lauschte, so wie sie es als Kind getan hatte. Eine Übung, um ihre Gabe einzuladen und ihr Platz zur Entfaltung zu schenken.

In den letzten Jahren ihres Lebens war das nicht mehr nötig gewesen. Die Vorahnungen waren ganz von selbst gekommen, als gehörten sie vollkommen natürlich dazu.

Kitty verharrte auf der Stelle und ließ sich treiben, folgte einem herannahenden Gefühl, als wäre es eine Brotkrume, die ihr den Weg wies. Um sie herum war es dunkel. Da war kein Stern, keine Lampe, kein Streichholz, das ihr Erkenntnis schenkte. Nur dieses Gefühl. Als würde jemand neben ihr stehen. Sie beobachten. Wissend, warum sie gekommen war: ihn zu finden, zu fangen und zurück ins Jenseits zu verfrachten.

Kitty wollte sich zu ihm drehen, ihn ansehen und auffordern, sich zu zeigen. Doch sie konnte nicht. Also wartete sie, lauschte und erschauderte, als sich kühle Lippen an ihre Halsbeuge drängten.

»Ist Ihnen nicht gut?«, erklang die besorgte Baritonstimme des Professors.

Erst jetzt merkte Kitty, dass sie die Augen geschlossen hatte. Sie taumelte und wäre wohl gefallen, hätte Thaddeus Roshford sich nicht als wahrer Gentleman erwiesen und sie gestützt.

Kitty war unsicher, ob sie wirklich etwas empfangen hatte oder ihr vielleicht die lüsternen Gedanken an Patt Wallet in die Quere gekommen waren. Oder hatte sich das eine mit dem anderen vermischt? War gerade das ein Hinweis? Konnte der Chief Inspector in die Sache involviert sein? Allein dieser Gedanke machte klar, dass die Aufklärung des Falls schwieriger werden würde, als sie angenommen hatte.

»Danke«, sagte Kitty mit bebender Stimme.

»So ein Anblick kann den stärksten Mann umhauen. Sie haben sich für Ihr erstes Mal gut gehalten.« Thaddeus Roshford schwenkte von seiner Professorenrolle zu einer väterlichen.

Ein guter Mann, mit dem Herz am rechten Fleck. Das spürte Kitty. Ihr Talent war also noch da. Umso unerklärlicher war das, was sie bei Lucy Wigem empfangen hatte.

»Die ... Dame hatte offenbar nicht viel bei sich, als sie starb«, sagte Roshford und ging ein wenig auf Abstand, nachdem Kitty sich gefangen hatte. »Und sie hatte nicht allzu viel an«, fügte er nach einem Räuspern hinzu.

Das ließ Kitty aufhorchen. Ging man also davon aus, dass ihr Mörder ein Freier gewesen war? Einer ihrer Kunden, die sie als Governess auf diese ganz spezielle Art und Weise behandelte?

Kitty wusste zugegebenermaßen nicht allzu viel darüber, wie solche Praktiken aussahen, bei der eine Frau den Mann dominierte und sogar züchtigte. In ihrer Fantasie hatte sie es allerdings durchaus ausprobiert. Heimlich. Im Dunkeln, wenn sie allein in ihrem kalten Bett lag und sich selbst ein wenig Lust schenkte.

»Jeder noch so kleine Hinweis kann helfen, der Toten Gerechtigkeit zu verschaffen«, sagte Kitty. »Wo muss ich unterschreiben, um die Sachen mit auf die Polizeistation nehmen zu können? Ich fürchte, man erwartet mich bereits.«

In Wahrheit hatte Kitty vorerst genug. Der Lavendelduft auf dem Taschentuch war verflogen und dieser fensterlose Raum verursachte bei ihr zunehmend Beklemmungsgefühle. Sie wollte raus und frische Luft atmen, den Himmel sehen und den Gedanken abschütteln, dass ihr eigener Leib bald ebenfalls anfangen würde zu zerfallen.

Roshford schien es ihr anzusehen, denn er nickte knapp, griff nach einer Papiertüte und überreichte sie Kitty. »Ich habe mir erlaubt, die obligatorische Abschrift der bisherigen Untersuchungsergebnisse beizulegen.«

»Das ist sehr zuvorkommend von Ihnen, danke sehr.« Kitty griff danach, hielt allerdings in der Bewegung inne. »Wie lange kann so ein Leichnam in diesem Keller aufbewahrt werden?«

Der Professor fuhr sich durch seinen üppigen Bart. »Eine Woche oder auch zwei. Je nachdem in welchem Zustand der Körper eingeliefert wird. Ich rate Ihnen allerdings dringend, den Tag vorher nichts zu essen, sollten Sie das Bedürfnis verspüren, die Überreste nach dieser Zeit noch einmal in Augenschein zu nehmen.«

Kitty rang sich ein schmales Lächeln ab und ging dann voraus zur Tür, darauf bedacht, nicht den Eindruck zu erwecken, sie würde fliehen. Doch genau das tat sie. Ihre Kehle war trocken, ihr Herz raste und ihr Magen zog sich zusammen. Sie musste raus hier. Sofort.

Kapitel 6

Kitty Carter nutzte ihre Mittagspause für einen ausgiebigen Spaziergang, bevor sie in die Polizeistation zurückkehrte. Ihr Herz raste noch immer. Offenbar hatte der Besuch der Universität sie mehr mitgenommen, als sie wahrhaben wollte.

Dennoch zwang sie sich zur Ruhe, stellte die Tüte mit den Habseligkeiten von Lucy Wigem auf dem Schreibtisch ab und setzte sich.

Vom Chief Inspector war nichts zu sehen. Entweder dauerte seine Pause länger oder er war in dienstlichen Angelegenheiten unterwegs. Kitty bedauerte es, den Flirt vom Vormittag nicht fortsetzen zu können. Andererseits gab es ihr Gelegenheit, einen ersten Blick auf Lucy Wigems Besitz zu werfen.

Sie zog die Papiere hervor, legte sie auf die Arbeitsplatte und strich sie glatt. Dann krempelte sie den Rand der Papiertüte um und begutachtete den Inhalt.

Als Erstes entdeckte sie eine lange Haarnadel, an deren Ende eine künstliche Perle steckte. Daneben lag ein ovales Medaillon, das aussah, als könnte man es aufklappen. Dazu fand Kitty ein samtenes Band, das man als Schmuck um den Hals trug, einen abgestoßenen Ring aus billigem Silber und etwas, das ein halber Goldzahn sein mochte.

Offenbar hatte ihr das Tinker Tanner genug eingebracht, um sich zumindest an dieser Stelle ein wenig Glanz leisten zu können. Ein ansehnliches Lächeln und eine gewisse Mundhygiene waren vermutlich von Vorteil in ihrem Metier. Kitty selbst achtete sehr gut auf ihr Gebiss und verwendete seit einigen Jahren die moderne pastöse Form des Zahnpulvers, um es mit einer kleinen Bürste sauber zu schrubben.

Die Fundstücke wirkten vielversprechend, denn sie schienen alle aus dem persönlichen Besitz der Toten zu stammen. Das würde bei der Verbindung helfen. Mit dem Medaillon würde sie anfangen. Vielleicht verbarg sich darin ein Bild oder sogar ein Haar ihres möglichen Mörders. Es wäre zwar unfassbares Glück, doch auch das hatte Kitty bereits erlebt.

Um nicht versehentlich Spuren zu verwischen, nahm sie einen Stift, angelte damit nach der Anhängeröse des Schmuckstücks und hob es aus der Tüte. Die Oberfläche war abgegriffen, die Kanten an einigen Stellen angeschlagen und auf der Rückseite waren vier kleine Worte eingraviert: »In ewiger Liebe verbunden.« Um eine Vorahnung zu empfangen, würde sie das Kleinod anfassen müssen. Aber noch zögerte sie.

Das Medaillon schimmerte nicht. Das hieß, es stammte wohl nicht von einem dämonischen Wesen, soweit sie das beurteilen konnte. Es war eine Sache, bei der Aufklärung eines Mordfalls zu helfen, eine ganz andere, in intimen Angelegenheiten herumzuschnüffeln, die nichts mit dem Tod einer Person zu tun hatten.

Sie wusste nicht, ob das Foto eines Dämons schimmern würde, falls man diese Wesen überhaupt auf Chlorsilberpapier ablichten konnte. Eine Frage, die auch sie selbst betraf. Schließlich war sie nichts anderes: eine Dämonin auf der Jagd nach einem anderen Dämon. Und wie Kitty dank ihrer abendlichen Bekanntschaft gelernt hatte, gab es überraschend viele davon in London.

Nachdem sie das Für und Wider abgewägt hatte, entschloss sich Kitty zumindest nachzusehen, was sich im Inneren des Schmuckstücks verbarg. Sie legte es behutsam vor sich ab, schob einen Fingernagel in den schmalen Spalt und klappte die gewölbte Oberseite auf. Das Innere offenbarte keine Fotografie, sondern auf der einen Seite eine Art mystisches Symbol und auf der anderen einen eingetrockneten Tropfen, der eindeutig nach Blut aussah.

Verblüfft starrte Kitty auf den verlaufenen, bräunlich-roten Fleck. Ihr Herzschlag hämmerte in ihrer Brust. Nicht etwa, weil sie schockiert war. Es war vielmehr ein unerklärliches, völlig widersinniges Verlangen, davon zu kosten! Ihr eigenes Blut strömte so rasch durch die Adern, dass sie ihren Pulsschlag in den Ohren hören konnte. Falls es denn der ihre war.

Bilder eines Mannes mit filigranen Händen stiegen vor ihrem inneren Auge empor. Er war relativ jung und doch umgab ihn eine Aura von Macht und Herrschertum. Kitty sah seidene Laken und flackernde Kerzen. Dann wechselte die Szene. Ein Stuhl in der Mitte eines Raumes, der ganz mit schwerem, rotem Samt ausgekleidet war. Auf diesem Stuhl saß Lucy Wigem, aufreizend gekleidet, in der einen Hand eine lange Reitgerte, in der anderen eine lederne Leine.

Kitty leckte sich die Lippen und atmete schneller. Gebannt

von einem voyeuristischen Trieb, den sie so nicht kannte. Sie wollte mehr sehen, es hören und riechen. Den Schweiß und die düstere Lust.

Gerade als Lucy an der Leine zog und dicht über dem Boden ein blonder, kurzrasierter Haarschopf ins Bild rückte, erklang im Eingang der Polizeistation die Stimme des Chief Inspectors. Noch ganz trunken von den Eindrücken und den damit einhergehenden Gefühlen, schaffte es Kitty gerade so, das Medaillon zuzuklappen und mit einer fahrigen Handbewegung von sich zu schieben.

»Miss Carter«, sagte Patt Wallet. Doch er sah sie kaum an, als er an ihr vorbei ins Büro stürmte, die Schubladen seines Schreibtisches aufriss und seinen Revolver herausnahm.

»Was ist los?«, fragte Kitty die Constables, die ihm folgten.

»Angeblich gibt's einen weiteren Mord. Aber nicht in einer dunklen Gasse, sondern auf der Ausstellung. Und es soll genau wie bei der Hure sein«, gab Henry bereitwillig Auskunft.

Dalton Frey hingegen blieb mit verkniffener Miene im Eingang stehen und ließ Kitty nicht aus den Augen. Offenbar hatte er den Schock nach ihrer wundersamen Auferstehung noch nicht überwunden.

»Wo ist dieser verdammte Patronengürtel!«, rief der Inspector unterdessen, während er in dem großen alten Schrank wühlte, der gegenüber dem Fenster an der Wand stand. Waffen waren nichts, was man tagtäglich mit sich herumschleppte. Selbst die Detectives patrouillierten für gewöhnlich nur mit einem Schlagstock.

»Hat man den Mörder gesehen? Ihn vielleicht sogar erwischt?«, fragte Kitty nun schon deutlich wacher. Immerhin konnte dieser zweite Mord sie auf die Spur des Dämons führen, wenn das Opfer denn wirklich die gleichen seltsamen Zeichen an sich trug.

»Alle verfügbaren Constables wurden hinbeordert. Das Gelände der Ausstellung ist abgeriegelt. Der Täter könnte sich also noch unter den Anwesenden befinden«, erklärte Henry eifrig.

Kitty hob die Brauen. »Das gesamte Gelände der Weltausstellung? Ganz Umstellt? Dafür bräuchte man doch Tausende Polizeikräfte.«

Der Constable blähte ertappt die Wangen. »Vielleicht nicht jeder Meter. Aber unsere Leute wurden an den meisten Eingängen und Zufahrten postiert. Außerdem ist das hiesige Wachpersonal angewiesen, verdächtige Personen festzuhalten. Ganz egal, welchen Rang und Namen sie haben.«

Bei diesem Stichwort kam Kitty das Treffen mit ihrer Freundin Tessi in den Sinn. Sollte William nicht heute seinen Vortrag halten? War er am Ende das Opfer? Oder der Täter? Wie gut, dass die Queen ihren Besuch abgesagt hatte. Ein Mord zu ihren erlauchten Füßen, ein blutrünstiger Dämon womöglich im selben Raum mit ihr, das wäre ein Skandal geworden, der die ganze Welt des Britischen Empires erschüttert hätte.

»Weiß man, wer das Opfer ist?«, hakte Kitty nach. Doch da stürmte Patt Wallet mit düsterer Miene aus seinem Büro und zusammen mit den Constables hinaus, um diese brenzlige Lage persönlich unter Kontrolle zu bringen. So wie er das immer tat, wenn der Rest seiner Detectives das Flattern bekam.

Kitty Carter zählte nicht zu seiner Entourage. Wenn sie Antworten wollte, würde sie selbst aktiv werden müssen. Und das musste sie schon Tessi zuliebe, wenn die Möglichkeit bestand, dass ihr Mann in irgendeiner Form beteiligt oder zumindest in

Gefahr war. Also bugsierte Kitty das Medaillon von Lucy Wigem zurück in die Papiertüte, verstaute alles in ihrem Schreibtischfach und eilte den Verteidigern von Recht und Ordnung hinterher.

Kitty hatte das Gelände und den pompösen Bau der Weltausstellung in South Kensington zwar bereits von Weitem gesehen, die Dimensionen aber dennoch unterschätzt. Zu wissen, dass der Palast aus Holz und Glas über dreihundertfünfzig Meter lang war und nun direkt vor ihm zu stehen, waren zwei völlig unterschiedliche Dinge.

Ehrfürchtig blickte sie an der kunstvollen Fassade entlang und anschließend hinauf in den wolkenverhangenen Himmel. Auf den Dächern der Eingangsportale wehten Flaggen hektisch im Wind. Von Süden her kam ein Sturm über das Meer auf die Hauptstadt zu und dem Geruch in der Luft nach zu urteilen, brachte er Regen mit sich. Wenn die Leiche also irgendwo im Freien lag, würde Kitty sich beeilen müssen, um sie noch vor dem Abtransport zu sehen.

In Anbetracht der Dringlichkeit hatte sie sich sogar eine Kutsche gegönnt. Dennoch fürchtete sie, zu spät zu kommen. Dieses Gelände war viel zu groß und die Schilder wiesen leider nur auf die unterschiedlichen Ausstellungsbereiche hin und nicht zum Tatort.

Kitty lief durch die lichtdurchfluteten Gänge, an Hunderten nichts ahnenden Besuchern vorbei, die die neuesten Wunderwerke der Technik bestaunten.

Da gab es Familien, die händeringend versuchten, ihre Kinder im Zaum zu halten, verliebte Paare, die die Gelegenheit nutzten, in der Menge ein paar Stunden zusammen zu verbringen, und die Geschäftsleute, die mit Kennerblick Maschinen und Werkzeuge begutachteten, verhandelten und Verträge schlossen. Kitty passierte kleine Verkaufsstände mit Naschwerk, hübsch illustrierte Schautafeln und allerlei erstaunliche Gerätschaften.

Schließlich kam sie sogar an einem Gefährt vorbei, das die Länge von fünf Kutschen besaß und von einer Dampfmaschine angetrieben wurde, ähnlich dem Omnibus, nur sehr viel größer. Doch erst als sie einen Springbrunnen erreichte, der mit lebensgroßen Pferdeskulpturen verziert und von tropischen Pflanzen umrahmt war, fand sie, wonach sie suchte.

Eine Gruppe Uniformierter schirmte den, mit einer Balustrade überdachten, Gang etwas weiter nördlich ab. Zusätzlich waren zu beiden Seiten Absperrseile quer über den breiten Hauptgang gespannt, um die sich versammelnden Leute auf Abstand zu halten. Dort musste sich der Mord ereignet haben.

Als Kitty eilends nähertrat, erkannte sie Patt Wallet, der sich gerade über einen Körper beugte. Den schicken schwarzen Lederschuhen nach zu urteilen, handelte es sich dabei um einen wohlhabenden Mann. Mehr konnte sie nicht erkennen, denn die Constables mühten sich auffallend, die Blicke der Schaulustigen abzuschirmen. Ein weiterer Hinweis darauf, dass es sich bei dem Toten nicht nur um einen einfachen Händler oder Gast handelte.

Und noch etwas entdeckte Kitty bereits aus der Ferne: den Schimmer in der Luft, genau dort, wo sie den Kopf des Opfers vermutete. Er war ausgeprägter als bei Lucy Wigems Leiche. Womöglich verflüchtigte sich solch eine Spur mit der Zeit. Zumindest, wenn die Person nicht selbst ein Dämon gewesen war.

Kitty trat unauffällig näher. Der Chief Inspector würde ihre

Anwesenheit nicht gutheißen, da war sie sich sicher. Es war eine Sache, die Botin für die Habseligkeiten der Toten zu spielen, aber eine ganz andere, sich an einem Tatort herumzutreiben.

Dennoch musste sie es tun. Sie wollte mit eigenen Augen bestätigt sehen, dass die Mordmethode dieselbe wie bei Lucy Wigem war.

Zuerst musste sie aber durch die Absperrung der Wachmänner gelangen. Also zog sie abermals ihren Legitimierungsbeleg aus der Tasche, straffte sich und marschierte mit hoch erhobenem Haupt auf einen der beiden zu.

Der Kerl war hager, seine Uniform, die ihn als Personal der Weltausstellung auswies, zu weit und gleichzeitig zwei Fingerbreit zu kurz an den Ärmeln und Hosenbeinen. Offenbar hatten die Ausgaben für den Bau keine Rücklagen für ordentliche Kleidung übriggelassen.

Doch das schien den Wachmann nicht zu stören. Auf der Brust prangte in einfarbiger Stickerei das Wappen der Veranstaltung. Vielleicht war es der Stolz, es zu tragen, oder aber der aktuellen Situation geschuldet, dass sein Blick dem eines Adlers glich, als er sie ins Visier nahm.

Kitty verengte die Augen und spannte die Kiefer, als sich ihre Blicke wie in einem Duell trafen. *Lass mich durch*, befahl sie in Gedanken. Für den Bruchteil einer Sekunde flackerte sein Blick, dann wandte er ihn ab und betrachtete stattdessen das Dokument, das Kitty hochhielt.

»Ich komme von der City of London Police.«

Sein Wangenmuskel zuckte. Er blinzelte mit zusammengezogenen Brauen.

»Soll ich hier warten, bis die Ratten kommen?«, fragte Kitty scharf. Das brach offenbar den letzten Hauch von Widerstand.

»In Ordnung, Sie können passieren«, sagte der Wachmann, griff nach dem Seil und hob es an, sodass Kitty darunter hindurchschlüpfen konnte. Doch der Spießrutenlauf war noch nicht vorbei.

Als Nächstes entdeckte Dalton Frey sie. Erst starrte er Kitty nur ungläubig an. Dann öffnete er den Mund, um etwas zu sagen, bevor er es sich anders überlegte, ihn schloss und geradezu angstvoll zwei Schritte rückwärts machte. Kittys Geschichte mit der Ohnmacht hatte ihn offenbar nicht überzeugt.

Immerhin meldete er sie nicht dem Chief. Daher wagte Kitty sich weiter vor, bis sie zwischen den Schultern einiger Constables einen ersten Blick auf den Rumpf des Opfers werfen konnte. Der Mann trug ein teures Ensemble, bestehend aus Nadelstreifenhose, Seidenweste, tailliert geschnittener Jacke und einem extravagant in Purpur gefärbtem Halstuch. Eine Modeerscheinung, die seit einiger Zeit unter den reichen Adeligen umging.

Doch noch immer konnte Kitty den Kopf nicht sehen. Also nahm sie allen Mut zusammen, atmete tief durch und drängte sich mit ausgefahrenen Ellenbogen vor in die erste Reihe und damit direkt neben den Chief Inspector.

Patt Wallet war mittlerweile in die Hocke gegangen, um das Gesicht des Toten genauer zu betrachten. Es sah genauso aus wie das von Lucy Wigem: die Lippen eingefallen und bläulichschwarz angelaufen, die Haut durchzogen von Dutzenden ebenso gefärbten Äderchen. Sein Mund war wie zu einem stummen Schrei aufgerissen. Kein schöner Anblick, doch zumindest hatte Kitty die Gewissheit, dass es sich nicht um William handelte, Tessis Mann.

Hinter den blank polierten Zähnen zogen sich die gleichen schauerlichen Spuren bis tief in den Rachen. Im Gegensatz zu dem präparierten Leichnam der Hurenmutter hatte dieser hier allerdings die Augen weit geöffnet und eine Mischung aus Speichel und Blut rann ihm aus Mundwinkel und Nase.

Kitty schluckte und ihr Herz pochte einmal mehr. Diese starren Pupillen drückten nicht wie erwartet Schrecken aus. Es lag vielmehr Hingabe in ihnen. Und das, obwohl er Schmerz verspürt haben musste, wenn sie den aufgerissenen Mund und die verkrampften Finger richtig deutete. Das ergab keinen Sinn. Oder doch? Ging es am Ende um eine dieser Praktiken, die auch Lucy Wigem als Governess angewandt hatte? Lustvolle Folter, die zu weit getrieben worden war?

Aber doch nicht mitten am Tag auf einer Ausstellung zwischen all den anderen Menschen. Außerdem ging es hier um einen Dämon und noch hatte Kitty keine Ahnung, wozu er fähig war. Wieso er Menschen umbrachte und das ausgerechnet auf diese Weise.

Ihr Blick fing sich erneut am Mundwinkel des Toten. Wieso war da Blut? Hatte er sich vor Qual auf die Zunge gebissen? Oder stammte es vom Täter? Ihr Herz pochte schneller.

»Miss Carter.« Die Stimme von Patt Wallet riss sie aus ihren Gedanken und er klang ganz und gar nicht erfreut.

Kitty bemühte sich um ein möglichst harmloses Lächeln und setzte zu einer Begrüßung an, doch eine einzige energische Handbewegung genügte, um ihr das Wort abzuschneiden.

»Ich will die Ausrede nicht hören. Nicht jetzt. Aber wenn ich später zurück ins Büro komme, dann erwarte ich eine Erklärung für Ihr seltsames Verhalten heute.«

Kitty nickte.

»Haben Sie das verstanden?«

»Ja, Sir«, sagte sie mit zerknirschter Miene. Sie wollte den Kopf senken, doch ihr Blick wanderte automatisch zurück zum Toten.

»Dann gehen Sie! Jetzt!«, rief Wallet so unbeherrscht, dass ein Raunen durch die Reihen der Constables lief.

Als Kitty sich immer noch nicht regte, ergriff einer ihren Arm und zog sie so weit zurück, bis die Umstehenden ihr die Sicht auf den Chief und das Opfer versperrten.

Doch ihr Puls hörte nicht auf zu rasen. Bilder des Leichnams tauchten wie Blitzgewitter vor ihrem geistigen Auge auf. Sein grausam entstelltes Gesicht, gefolgt von einer Szene in einem prunkvollen Saal. Ein herrschaftlicher Ball mit lauter Musik, Gelächter, Champagner und Tanz. Er gehörte einer Adelsfamilie an, die weitreichende Beziehungen mit dem Königspalast pflegte. Angesehener Berater in der Öffentlichkeit und frivoler Lebemann, wenn die Reichen unter sich waren. Halbnackte Menschen, jeder Couleur und jedweden Geschlechts.

Kitty spürte die aufgeheizte Stimmung am eigenen Leib. Sie begann zu schwitzen und wollte sich von den Bildern lösen, die sie geradezu gewaltsam überfielen. Aber es ging nicht.

Irgendwo im Hintergrund redete ein Constable auf sie ein, sie möge die Ausstellung verlassen. Doch Kitty war wie gebannt von den Eindrücken. Sie sah sich selbst auf dem Ball und spürte die überbordende Präsenz einer dunklen Macht.

Da waren Augen, die sie beobachteten. Angstvoll. Neugierig. Hände, die sie berührten. Viele, fordernde Hände. Und Klauen, die nach ihr griffen.

Kitty hob abwehrend die Arme und drehte sich um sich selbst – dort auf dem Ball und gleichzeitig mitten im Gang auf der Ausstellung. Bis sie über den Köpfen der Gäste einen verräterischen Schimmer erblickte und innehielt.

Gleichzeitig gewann sie ihren Fokus zurück und blieb ruckartig stehen. Die Vision verschwand, Kittys Sicht klärte sich und doch war da immer noch dieser Schimmer.

Auf der anderen Seite des Absperrseils, hinter dem Brunnen, stand eine Gestalt. Offenbar eine Dämonin, aber nicht Eliza. Bei genauerer Betrachtung erkannte Kitty, dass es sich vielmehr um eine elegant gekleidete Dame handelte, die interessiert zu Kitty und dem Tatort hinübersah.

In dem Wissen, dass auch sie selbst dieses verräterische Erkennungszeichen trug, marschierte sie los, direkt auf die Unbekannte zu. Vielleicht hatte sie etwas gesehen und würde Kitty gegenüber – unter Schwestern im Geiste sozusagen – mitteilsamer sein, als sie das vielleicht bei den Detectives wäre.

Die Dämonin trug langes schwarzes Haar, das zu einer kunstvollen Frisur hochgesteckt war. Ihr weißes Kleid und die dazu passende Jacke waren durchwirkt mit Goldfäden, die am Saum eine gemusterte Borte bildeten.

Kitty glaubte, sie lächeln zu sehen. Doch bevor sie die Frau erreicht hatte, griff diese nach ihrem voluminösen Rock, hob ihn an und floh den Hauptgang entlang Richtung Ausgang.

»Warten Sie! Bitte!«, rief Kitty.

Doch es half nichts, wenn sie mit der Dämonin sprechen wollte, würde sie ihr nachlaufen müssen. Und genau das tat sie.

Mit einer Hand hielt sie ihren Hut, raffte mit der anderen ebenfalls den Rock und stürmte los, im Zickzack durch den

Strom der Gäste, die Gänge entlang, über die Ausstellungsflächen und schließlich hinaus aus dem Gebäude bis auf den weitläufigen Vorplatz.

Die Dämonin befand sich bereits mehrere Längen vor ihr. Kitty wollte schon aufgeben, als die Fremde anhielt, sich nach ihr umdrehte und lächelte. Der Sturm hatte London erreicht und zerrte an ihrer Kleidung und dem Haar. Donner erklang und Kitty spürte die ersten Regentropfen.

Kurz schalt sie sich, nicht an einen Schirm gedacht zu haben. Dann begriff sie, dass ihr keine Erkältung oder Lungenentzündung mehr etwas anhaben konnte. Ganz egal, wie nass sie werden würde. Sie war bereits gestorben und als Seele in einem bloßen Abbild ihres Körpers wiedergekehrt.

Als sie daher mit neuer Entschlossenheit einen Schritt auf die Dämonin zu machte, grinste diese und setzte sich erneut in Bewegung. Sie lief quer über den weiten, gepflasterten Platz nach Nordosten, Richtung Paddington Station.

»Du willst Spielchen spielen? Nur zu, so schnell gebe ich nicht auf«, rief Kitty und setzte, ungeachtet der Passanten, zur Verfolgung an.

Das Tröpfeln weitete sich zu einem Gussregen aus, während Kitty der Dämonin auf den Fersen blieb. Obwohl ihr das Haar mittlerweile nass und schwer am Kopf klebte, sie außer Puste war und ihre Muskeln sich geradezu heiß anfühlen, erreichte sie nie den Grad der Erschöpfung, der in einem menschlichen Körper zu erwarten gewesen wäre. Gerade so, als würde ihr Leib die üblichen Reaktionen nur simulieren. Eine überaus nützliche neue Fähigkeit, wie Kitty fand. Nur war sie damit leider nicht allein. Auch die Dämonin wurde nicht müde, vor ihr wegzulaufen.

Nachdem sie die belebten Ecken wie South Kensington und auch den Bahnhof hinter sich gelassen hatten, wurden die Straßen leerer, die Verfolgung aber dennoch schwieriger. Sie rannten durch enge, verwinkelte Gassen. Die Häuser drängten sich dicht an dicht, wie schief gewachsene Zähne eines fauligen Gebisses.

Die Fenster waren in diesem Viertel Londons an vielen Stellen mit Zeitungspapier abgeklebt. Entweder weil die Scheiben fehlten oder die Bewohner neugierige Blicke scheuten. Hier und da hingen Wäscheleinen zwischen den Fassaden. Irgendwo hinter den Backsteinmauern schrie ein Mann seine Frau an, weil ihm das Essen nicht passte. Eine greise Alte goss einen Nachttopf auf die Straße.

Und gerade als Kitty dachte, es könne nicht schlimmer werden, bog die elegant gekleidete Dämonin vor ihr in einen Hinterhof ein, kletterte mit bis zu den Knien erhobenem Rock eine Leiter hinauf und balancierte einen Sims entlang zu einem Fenster im ersten Stock.

Nie im Leben wäre Kitty auf die Idee gekommen, so etwas nachzumachen. Aber als Dämonin war das etwas anderes. Sie hatte es bis hierher geschafft, da würde so eine Leiter und ein Drahtseilakt in schwindelerregender Höhe sie nicht mehr aufhalten.

Oben auf dem Sims schwand ihr Mut allerdings schlagartig. Als sie hinabblickte, wirkte der Abgrund deutlich tiefer als noch vom Boden aus. Wenn sie fiel, würde sie vielleicht nicht sterben, aber wehtun würde der Aufprall mit Sicherheit. Was, wenn sie sich etwas brach und die Knochen nicht mehr richtig zusammenwuchsen? Sie musste schließlich beweglich bleiben, um

Gottes Auftrag zu erfüllen. Oder hatte sie gar keine Knochen?

Während Kitty noch zögerte, erschien die Hand der Dämonin im offenen Fenster und winkte sie heran. Eine Provokation, die Kittys Willen über die Angst siegen ließ. Sie suchte mit dem rechten Fuß Halt, presste sich mit ausgestreckten Armen an die Hauswand und schob sich Stück für Stück weiter, bis sie die Öffnung erreicht hatte. Erleichtert griff Kitty nach dem Fensterrahmen, ging in die Hocke und schwang das erste Bein ins Innere.

Kapitel 7

Der Raum war karg möbliert. Ein einfaches Bettgestell mit einer dünnen, durchgelegenen Matratze. Eine alte Holzkommode, ein windschiefer Schrank an der Wand neben der Tür. Und sie. Die Dämonin stand in der Zimmerecke. Ganz unbewegt, den Blick auf Kitty fixiert.

Kitty strich sich eine lose Haarsträhne aus dem Gesicht und schob sie unter ihren festgesteckten Hut. Ein Reflex – weniger, weil sie um ihr Äußeres besorgt war, sondern um sich einen Moment des Durchschnaufens zu gönnen. Was jetzt?

Genau genommen hatte sie der Frau nachgestellt und war wie eine dreiste Diebin bei ihr eingebrochen. Womöglich hatte sich die Dämonin einfach von ihr bedroht gefühlt und war deshalb vor ihr davongelaufen. Eine harmlose Besucherin, die nichts getan und nichts gesehen hatte.

»Du bist hartnäckig.« Allein der Klang ihrer Worte widerlegte Kittys Gedanken. Sie war alles andere als ängstlich, eher amüsiert, herausfordernd, lauernd.

»Und du bist verdammt ausdauernd«, erwiderte Kitty in

gleichermaßen vertraulicher Art.

»Du nicht minder. Das bringt unser Dasein mit sich, neben so vielem anderen. Aber das weißt du ja sicher.« Die Dämonin lächelte wölfisch und machte zwei Schritte auf Kitty zu.

Ihr Kleid raschelte leise und verriet damit den teuren Stoff. Aus der Nähe betrachtet, wirkte die Frau unter den enganliegenden Lagen deutlich kurviger, als Kitty auf den ersten Blick vermutet hatte. Ihr Dekolletee war prall gefüllt und die Brüste wurden eindeutig mit Hilfe eines Korsetts in Position gehalten. Um den Hals trug sie ein weißes Band mit winzigen aufgenähten Perlen. Im Gegensatz zum eher dezenten Make-up waren ihre Lippen altmodisch grellrot geschminkt und bildeten einen wundervollen Kontrast zu ihrer teichgrünen Augenfarbe.

Kitty war unsicher, ob die Dämonin mit ihren Worten auf irgendetwas anspielte. Wollte sie damit sagen, dass sie wusste, wie neu alles für Kitty war? Oder war es ein Versuch, sich mit ihr von gleich zu gleich zu verbünden? So oder so, sie durfte sich auf keinen Fall eine Blöße geben, nun da sie ihr Gegenüber wortwörtlich in die Ecke gedrängt hatte.

»Warum bist du weggerannt?«, fragte Kitty geradeheraus.

»Warum bist du mir nachgelaufen?«

»Weil du nicht stehen geblieben bist, als ich dich gerufen habe.«

»Dann lebst du offenbar in einer anderen Welt als ich. In meiner müssen Frauen nicht springen, wenn man nach ihnen ruft.« Wieder zeigte die Dämonin dieses herausfordernde Lächeln.

»Ich bin unabhängig und kein Vogel im Käfig, der nur von Freiheit träumt, wenn du das damit sagen wolltest«, entgegnete Kitty.

»Ganz offensichtlich nicht.« Die Dämonin ließ ihren Blick an ihr entlang gleiten. Viel zu anzüglich, als dass es schicklich gewesen wäre.

»Und das war ich auch vorher nicht!«, sagte Kitty energischer, als sie gewollt hatte. Es war mehr als unklug, schon bei einem ersten Gespräch seine wunden Punkte zu offenbaren. Sie musste Ruhe bewahren, mitspielen, wenn sie etwas erreichen wollte.

Diese Dämonin würde sie nicht an die Hand nehmen, so wie Eliza es getan hatte. Diese hier würde Kitty mit Haut und Haar fressen, sollte sie Schwäche zeigen. Für diese Erkenntnis brauchte es keine besonderen Kräfte. Da reichte ein wacher Verstand vollkommen aus.

Sie war doch früher nicht so impulsiv gewesen. War das wirklich sie? Laut Amari trug sie ihr Innerstes nun im Außen. War das auch auf ihren Charakter bezogen? Und wenn ja, warum kamen ihr diese Wesenszüge so gar nicht bekannt vor? Sie mochte die ein oder andere Leidenschaft unterdrückt haben. Aber jetzt bekam sie zunehmend das Gefühl, sich selbst gar nicht wiederzuerkennen. War das normal?

»Was nun, Vögelchen? Ist dir dein Mut über den Kopf gewachsen oder hast du dich daran verschluckt?«, fragte die Dämon, als Kitty so untätig dastand und mit ihrem inneren Chaos kämpfte.

»Vielleicht sollten wir noch einmal ganz von vorne beginnen. Mein Name ist Kitty Carter. Ich arbeite für die City of London Police und war auf der Ausstellung, um einen Tatort zu begutachten«, sagte sie schließlich so ruhig und sachlich wie möglich.

Fakten, die für sich gesprochen stimmten, auch wenn sie zusammengenommen ein Bild zeichneten, das nicht ganz der Wahrheit entsprach. Dass sie auf eigene Faust handelte, musste sie der Dämonin ja nicht auf die Nase binden.

»Schau an, ich wusste gar nicht, dass die Detectives neuerdings Kleider und Hut tragen. Und dazu noch in einer so adretten Kombination.« Die Dämonin machte einen weiteren raschelnden Schritt auf Kitty zu.

Ihre Augen reflektierten das Tageslicht unnatürlich, als würde sich hinter der menschlichen Pupille eine weitere, raubtierhafte verbergen. Alles an ihr schien zum Sprung bereit – nicht um zu fliehen, sondern um sich auf die ahnungslose Beute zu stürzen.

Kitty war instinktiv versucht zurückzuweichen, doch sie hielt stand, verharrte auf der Stelle und suchte ihrerseits händeringend nach einer geeigneten Erwiderung.

»Äußerlichkeiten werden überbewertet. Dafür sprechen Taten manchmal Bände«, sagte sie schließlich.

Langsam fand sie zu ihrer sonst so gerühmten Besonnenheit zurück. Sie atmete einmal durch und lächelte. »Hast du Angst, ich könnte dich mit deinem Namen bannen? Oder bist du von Natur aus so unhöflich, eine Vorstellung nicht zu erwidern?«

Die Dämonin grinste ein wenig zu süßlich, um freundlich zu wirken. »Du weißt offenbar noch sehr wenig über dich selbst. Aber ich lasse mir ungern nachsagen, unfair zu spielen. Also schön, du kannst mich Rose nennen.«

»Und weiter?«

»Rose genügt für den Anfang. Schließlich hast du mir immer noch nicht verraten, warum du so dringend in meine prunkvollen Gemächer eindringen musstest.« Sie machte eine ausladende Armbewegung, die den Raum umfasste, wandte sich von Kitty ab, ging zu ihrem Bett und setzte sich ungeniert zwischen die zerwühlten Laken.

»Ich bin hier, um dich zu fragen, ob dir etwas am Tatort aufgefallen ist. Ob du jemanden gesehen oder etwas Ungewöhnliches gehört hast.«

»Ich habe viel Seltsames gesehen und sogar ganz Empörendes gehört. Lady Gathlow zum Beispiel hat erzählt, dass der altersschwache und verwirrte Gatte von Lady Bayford die Damen beim Tee gestört hat. In Unterwäsche. Sichtbar benutzter Unterwäsche wohlgemerkt«, sagte Rose und ihre Mundwinkel zuckten vor Amüsement.

Kitty seufzte und rieb sich über die Stirn. Wenn diese Dämonin überhaupt etwas über den Mordfall wusste, würde es ein hartes Stück Arbeit werden, es aus ihr herauszubekommen.

Andererseits hatte sie ihr Talent für Vorahnungen gerade erst wiederentdeckt. Vielleicht konnte es hierbei von Nutzen sein. Sie müsste nur etwas Persönliches von Rose berühren, am besten etwas, das sie auf der Ausstellung getragen hatte oder immer noch trug.

»Ich wusste nicht, dass Dämoninnen sich in diese Welt stehlen, nur um weiterhin dem Klatsch und Tratsch der Upperclass lauschen zu können«, entgegnete Kitty.

Ein winziges Zucken im Augenwinkel der Dämonin verriet, dass sie mit ihren Worten einen Treffer gelandet hatte. Trotz der rauen, geradezu vulgären Art war Rose noch menschlich genug, um sich gekränkt oder zumindest falsch eingeschätzt zu fühlen.

»Was ist mit dem Toten? Hast du gesehen, wie es passiert ist? Oder ist dir davor oder danach etwas Nennenswertes aufgefallen?«, hakte Kitty nach.

»Es gab einen Mord?« Einen Wimpernschlag lang klang Rose aufrichtig überrascht. Eine großartige schauspielerische Leistung.

Doch ihr Blick verriet sie, verriet, dass sie immer noch Katz und Maus mit Kitty spielte.

»Eine ziemlich mysteriöse Sache. Aber das weißt du sicher, immerhin war es kein gewöhnlicher Täter.« Sie wollte noch nicht preisgeben, dass es sich mit hoher Wahrscheinlichkeit zusätzlich um einen Serienkiller handelte. Es wäre unklug, Rose einzuweihen, bevor sie selbst offenbart hatte, was sie wusste.

Die Dämonin ließ sich Zeit mit ihrer Antwort, warf ihren kleinen Zierhut neben sich auf die Matratze, legte den Kopf in den Nacken, öffnete ihr Haar und schüttelte es. »Was bekomme ich dafür, wenn ich dir helfe?«

»Kannst du mir denn helfen? Es wäre immerhin töricht von mir, ein Angebot zu machen, ohne zu wissen, ob du etwas zu bieten hast.«

»Hmmm.« Rose hob ein Knie auf das Bett, sodass ihr Rock hochrutschte und ein Stück Bein freilegte. Alles an ihr war eine einzige Provokation und Kitty überlegte, ob das ein Hinweis darauf sein mochte, dass Rose tiefer in der Sache drinsteckte, als sich anfangs vermuten ließ. Vielleicht hatte sie das erste Opfer gekannt, hatte womöglich sogar für Lucy Wigem gearbeitet.

Doch auf den zweiten Blick erschien diese Annahme lächerlich. Das Tinker Tanner war eine billige Absteige. Rose mochte unkonventionell und ihre Wohnung bescheiden sein, ihr Auftreten, die Kleidung und der Schmuck zeugten allerdings durchaus von Geld. Egal, ob es nun ihres oder das eines Mäzens war, sie hatte es nicht nötig, in einer Absteige anzuschaffen. Wenn sie eine Hure war, dann sicher keine, die für Lucy gearbeitet hatte.

Kitty sah sich abermals im Zimmer um, doch außer dem Bett gab es keine andere Sitzgelegenheit. Sie würde also weiter stehen oder sich zu Rose auf das Bett bequemen müssen.

»Vielleicht habe ich etwas zu bieten, dass du dringender brauchst als Informationen.« Rose sah Kitty nun wieder direkt an, während sie mit einer Hand an einer dünnen Kette zog, die sie um den Hals trug. »Etwas, das deinen Puls neuerdings unkontrolliert zum Rasen bringt. Genau wie dein kleines dämonisches Herz.«

Kitty hob die Brauen. Die Worte der Dämonin mochten erneut anzüglich gemeint sein, dennoch fühlte sie sich ertappt. Ihr Körper hatte sich in den letzten Stunden tatsächlich unnatürlich oft und intensiv gestresst gezeigt. Sie hatte es auf die Anspannung, Angst oder gar Panik geschoben. Aber Rose schien es besser zu wissen.

Wie auf Kommando beschleunigte sich Kittys Herzschlag. Ihr Mund wurde zunehmend trocken und sie hörte abermals das Blut in ihren Ohren rauschen, während sie gebannt auf die kleine Phiole starrte, die als Kettenanhänger zum Vorschein gekommen war.

Und mit einem Mal verstand Kitty den Zusammenhang. Sie erinnerte sich an das Gespräch mit Amari und an das Fläschchen, das Eliza ihr überlassen hatte. Weil sie von Zeit zu Zeit etwas Menschliches brauchte, um in dieser Welt bleiben zu können.

»Sag mir, was du gesehen hast!«, rief Kitty, während sie um Haltung rang.

»Komm und hol dir, was du willst«, erwiderte Rose.

Hin- und hergerissen ging Kitty ein paar zögerliche Schritte auf das Bett zu. Auf keinen Fall würde sie in diesen Hinterhalt tappen. In diesem Anhänger konnte wer weiß was sein. Das traf natürlich auch auf das Geschenk von Eliza zu, aber die stand nicht mit lauerndem Blick vor ihr und schwenkte den Köder.

Ich werde mir holen, was ich brauche, dachte Kitty mit grimmiger Entschlossenheit. Doch ihre Hand zitterte, als sie sie nach dem Fläschchen ausstreckte. Mühsam kontrolliert setzte sie einen Fuß vor den anderen. Ihre Brust fühlte sich an, als würde sich eine Schraubzwinge darum schließen.

Rose hingegen harrte in ihrer Position aus und beobachtete Kittys Kampf mit offenkundiger Genugtuung. Dabei war sie sich viel zu sicher, dieses Spiel gewonnen zu haben.

»Sag mir, was du gesehen hast. Bitte. Wer war der Täter?«, wiederholte Kitty ihre Aufforderung durch zusammengebissene Zähne.

»Ein Monstrum.« Rose drehte für einen Moment den Kopf zur Seite, als wolle sie der Erinnerung ausweichen.

»Kennst du seine Identität?«

Kitty hatte das Bett erreicht und sah auf die Dämonin hinab. Sah auf die kleine Phiole und versuchte mit aller Macht, dem Drang zu widerstehen, einfach danach zu greifen.

Rose schüttelte den Kopf. Doch es blieb unklar, ob sie Kittys Frage damit verneinte oder in ihre Gedanken vertieft war. »Wenn du leben willst, dann hör auf, dieser Spur zu folgen«, sagte sie schließlich und hob den Blick.

Kitty lachte auf. Was für ein Hohn. Wenn sie *wirklich* wieder leben wollte, musste sie dieser Spur folgen und den Mörder zur Strecke bringen. Mit oder ohne Rose' Hilfe.

Dieses abartige Verlangen nach dem, was dort in dem Kettenanhänger wartete, wurde schier übermächtig. Doch Kitty würde den Teufel tun und es nehmen. Stattdessen tat sie das einzig Sinnvolle: Sie packte die Dämonin an der Schulter und rief zwischen all dem Chaos und Verlangen nach einer Vision.

Ein Bild flackerte vor Kittys innerem Auge auf. Der Tote, wie er mit jemandem flirtete und dann abrupt zur Seite sah.

»Nein!« Rose Stimme riss sie zurück ins Hier und Jetzt. Die Dämonin klang nicht länger amüsiert und ganz und gar nicht mehr weiblich.

Kitty wurde von einer unsichtbaren Macht zurückgestoßen. Ein Sturm fuhr in das kleine Zimmer, riss das Bettlaken in die Höhe und ließ die Fensterläden klappern. Höchste Zeit, den Rückzug anzutreten.

Sie rannte zur Tür, doch die war verschlossen. Also blieb nur das Fenster als letzter Ausweg. Hinaus in das Tosen, das sich dort zusammenballte und mit seinen Armen in das Zimmer griff. Ihr Unterrock verhakte sich am Fensterbrett, als sie, mühsam gegen die Luftwirbel ankämpfend, hinaufkletterte.

»Du liegst falsch«, erklang die Stimme der Dämonin wie Donnergrollen aus der Mitte des Sturms.

Kitty hatte nicht vor, nachzufragen, wie das gemeint war. Stattdessen krallte sie sich in den Fensterrahmen und setzte den ersten Fuß auf den Mauervorsprung. Doch noch bevor sie auch nur einen Schritt gemacht hatte, wurde ihr der Hut aus dem Haar gerissen. Eine Sturmböe packte Kitty und wirbelte sie herum. Sie verlor das Gleichgewicht, sah den Hof unter sich und ruderte verzweifelt mit den Armen.

Hatte sie wirklich geglaubt, von einer einfachen Bürokraft zu einer Dämonenjägerin werden zu können? Einfach so? Weil sie hin und wieder Dinge sah oder roch? Das war wohl die größte Selbstüberschätzung des Jahrhunderts gewesen.

Als sie dem Abgrund bereits entgegenblickte, flatterte neben ihr der Vorhang. Reflexartig griff Kitty zu, doch die Haltestange brach und Kitty stürzte in die Tiefe.

Kapitel 8

Der Aufprall tat höllisch weh. Kitty glaubte, noch verschwommen das Antlitz von Rose im Fensterrahmen zu erkennen, dann schwanden ihre Sinne. Doch erstaunlicherweise blieb ihr Geist wach. Blind und taub zwar, ohne Gefühl oder die Möglichkeit zu sprechen, aber ihr Verstand arbeitete noch.

Bin ich tot? Schon wieder? Konnten dämonische Wesen überhaupt sterben? Oder nur gebannt und zurückgerufen werden? Immerhin waren sie ja nur ein Ausdruck ihrer Seele. Zwar in einem manifesten Körper, aber nicht menschlich. Oder blieb einem nur ein formloses Nichts, durch das die Seele trieb, wenn man in diesem Zustand starb?

Hatte Ruff ihr deshalb diese seltsame Pistole übergeben, um den mordenden Dämon einzufangen? Weil er sich auf herkömmliche Weise nicht töten ließ? Das klang zumindest in Kittys Gedankenwelt erst mal logisch.

Oder hatte sich ihre Seele nur von der physischen Form gelöst, weil sie die Regel, etwas Menschliches zu sich zu nehmen, so sträflich missachtet hatte? Schwebte sie von nun an als reiner Gedankenstrom, ohne jede Sinneswahrnehmung, durch die Welt der Lebenden?

Die Vorstellung ließ Kitty erschaudern. Sie bäumte sich auf und schlug schreiend um sich, bis ihre Faust etwas traf und Schmerz durch ihren Körper zuckte.

»Verfluchtes Miststück, verfluchtes! Ich reiß dir deine niedlichen Fingerchen einzeln aus, sobald ich wieder etwas sehe!«

Zu Kittys maßloser Überraschung war es Rose, die da schimpfte. Damit war der Seelenflug schlagartig vorüber. Ihre Sinne funktionierten wieder. Sie versuchte, die Augen zu öffnen, blinzelte gegen ein milchiges Weiß an und erkannte schließlich schemenhafte Umrisse einer Gestalt und der Umgebung. Es war tatsächlich Rose und sie befanden sich in genau dem Zimmer, aus dem Kitty gerade erst geflohen war. Und wenn sie sich nicht gänzlich täuschte, lag sie in Rose' Bett!

»Bin ich tot?«, fragte Kitty noch einmal laut und versuchte sich aufzurichten.

»Ja, das bist du. Immer noch«, kam die prompte Antwort.

Der Sturm im Zimmer war vorüber und Rose hatte bereits angefangen, das entstandene Durcheinander zu beseitigen. Sie hob ein paar Briefe vom Boden auf und legte sie zurück auf den Nachttisch, rückte ein Gemälde an der Wand zurecht, das den Hafen Londons zeigte, und klaubte die Tücher und Kleidungsstücke zusammen, die vorher hinter einem einfachen Paravent versteckt gewesen waren.

»Was ist passiert?«, fragte Kitty, immer noch verwirrt.

»Du bist törichterweise aus dem Fenster geklettert und hinabgefallen«, antwortete Rose so beiläufig, als würde sie über das letzte Teekränzchen sprechen.

»Aber warum liege ich dann hier? Und warum scheint mir außer einem kurzen Stück Erinnerung nichts weiter zu fehlen?«

»Du weißt wirklich noch verdammt wenig über unser Dasein«, erwiderte Rose tadelnd und trat an das Fußende des Bettes.

Eine Bemerkung, die die Dämonin nun schon zum wiederholten Male in den Raum geworfen hatte. Und langsam begriff Kitty, wie recht sie damit hatte. Es wurde höchste Zeit, ein paar dieser Wissenslücken zu schließen.

»Sind wir unsterblich?«

Die Dämonin lachte auf, diesmal weniger aus Spott als vielmehr aus echter Überraschung.

»Wir sind flüchtiger als die Lebenden, aber dadurch auch zäher. Man kann uns einsperren, bannen und mit den richtigen Waffen auch vernichten; aber nicht im herkömmlichen Sinne mit Messer, Klinge oder einem kleinen Sturz umbringen. Wir können bluten, wenn wir übermäßiger Gewalt ausgesetzt sind, so wie wir auch Qualen erleiden können, wenn der Schmerz nicht von außen kommt, sondern unseren eigenen Gedanken entspringt. Doch auslöschen kann man uns nicht, zumindest nicht durch die Hand eines durchschnittlichen Lebenden.«

Kitty nickte ein paar Mal, während sie die Informationen gedanklich sortierte. »Und welche überirdische Kraft hat mich nach dem Sturz ausgerechnet in dein Bett verfrachtet? Und versuch erst gar nicht mir einzureden, es wäre mein sehnlicher Wunsch gewesen, der sich da durch Gedankenkraft erfüllt hat.«

Wieder lachte Rose auf und Kitty konnte nicht umhin, ebenfalls zu lächeln. Die Situation war einfach zu absurd, um ernst zu bleiben. Ihr Leben hatte sich seit der Rückkehr seltsam unwirklich angefühlt, als würde sie eine Theaterrolle spielen. Das hier mit Rose war so viel echter, auf widersprüchliche Weise normaler und natürlicher als alles andere zuvor.

»Ich habe Georg gebeten, dich hinaufzutragen. Er wohnt im Untergeschoss und hat sich selbst zu meinem Beschützer erkoren. Auch wenn es altertümlich anmuten mag, dass eine Frau in diesen Zeiten noch so etwas benötigen könnte«, erklärte Rose mit einem Augenzwinkern. »Außerdem war es für den Ruf des Viertels nicht gerade förderlich, eine Dame der City of London Police im Hinterhof liegen zu haben.«

Als sie mit ihrem Finger die dünne Kette um ihren Hals entlangfuhr, erinnerte sich Kitty schlagartig wieder an den Moment, bevor die Dämonin einen Sturm heraufbeschworen hatte. An das unbändige Verlangen und an das Bild, das in ihr aufgeflackert war, als sie Rose berührt hatte.

»Keine Angst, ich habe dir nichts eingeflößt, während du bewusstlos warst. Das heißt aber auch, dass du das selbst baldmöglichst nachholen solltest.«

»Was genau passiert, wenn ich es nicht tue?«, hakte Kitty nach.

»Dann rastest du entweder komplett aus und leckst dem Nächstbesten den Schweiß von der Haut oder dein Körper löst sich auf. Je nachdem, ob die Gier oder deine Selbstbeherrschung größer ist. Nach allem, was ich bisher gesehen habe, fürchte ich, wirst du dich schon in der nächsten Stunde äußerst undamenhaft auf jemanden stürzen.«

Allein die Erinnerung an Rose' Anhänger ließ Kittys Herz schneller schlagen. Die Dämonin hatte recht. Sie musste sich dringend mit diesem Thema auseinandersetzen. Aber nicht hier. Sie hatte immer noch die Phiole von Eliza in der Tasche.

Auch wenn der Inhalt weiterhin wenig verlockend war.

Vorsichtig stand Kitty auf und sah sich um. »Wo ist mein Retiküͤl?«

Rose funkelte sie herausfordernd an. Doch als Kitty die Augen verengte und den Kiefer anspannte, schien die Dämonin den Ernst der Lage zu begreifen. »Unter dem Laken, am Fußende. Und keine Angst, es fehlt nichts.«

Kitty schob das Leinen beiseite, griff sich die Tasche und tastete nach dem Geschenk von Eliza. »Wird es mich verändern?«

Rose schüttelte den Kopf. »Nicht dich, nur deine Laune. Wenn du dich regelmäßig mit dem Nötigsten versorgst, wirst du nicht mehr so aufbrausend und sprunghaft sein.«

»Ich bin nicht …!«, rief Kitty und erkannte im selben Moment ihren Irrtum.

»Wenn du es nicht hier tun willst, tu es woanders. Aber tu es bald. Es wäre zu schade, eine wie dich so schnell wieder zu verlieren.«

»Eine naive, übermütige Neudämonin?«

»Eine Spielgefährtin«, sagte Rose.

Wie gern hätte Kitty ihr in die Gedanken geblickt. Aber das würde warten müssen, denn ihr dämonischer Hunger trieb ihren Herzschlag erneut in die Höhe und zwang ihr widerwärtige Bilder in den Kopf. Also ging sie.

Diesmal ließ sich die Tür ohne Probleme öffnen. Kitty blickte noch einmal zurück. »Du schuldest mir Antworten.«

»Und du schuldest mir einen neuen Vorhang.«

Einen Moment lang maßen sie sich mit Blicken. Dann setzte Rose hinzu: »Wenn du wirklich Antworten willst, versuch dein Glück im Souls Harbour.«

Eine Brotkrume, die Kitty gedanklich abspeicherte, auch wenn ihr der Name spontan nichts sagte. Dann schloss sie die Tür und eilte die Treppe hinab und hinaus in den Hof.

Auf den Pflastersteinen fand sie ihren Hut direkt neben einem noch frischen, dunkelroten Fleck. Kitty fasste instinktiv an ihren Hinterkopf und betastete ihn. Das Haar war zwar ein wenig zerzaust, aber nicht verklebt.

Dennoch sah sie allein bei dem Gedanken Blut vor sich. Frisches, menschliches Blut, nach dem es sie dürstete. Ein Verlangen, das widerwärtig war und Kitty gleichzeitig unerklärlich euphorisch machte. Sie musste zurück in ihre Wohnung. In ihre eigenen sicheren vier Wände. Rasch!

Sie rannte los, hastete hinaus auf die Straße und weiter zwischen Dutzenden von Menschen hindurch. Bei jedem, an dem sie vorbeikam, stieg ihr ein wahres Potpourri an Gerüchen in die Nase. Schweiß, Talg, Fett, Eiter und noch so viel mehr, das Kitty gar nicht riechen wollte. Doch ihr Leib verzehrte sich nach alldem.

Sie taumelte, rempelte einen älteren Herren an, wich vor seinem herben Eigengeruch zurück und wäre um ein Haar gegen einen mit Mehlsäcken beladenen Karren gelaufen. Es ging nicht. Sie schaffte es nicht allein.

»Eine Kutsche!«, rief sie viel zu laut und hob energisch die Hand, als sich ein Gespann im Trab auf sie zubewegte.

Kitty gab dem Kutscher ihre Adresse, raffte den Rock, stieg ein und schloss die Tür. Erst als sie das Treiben auf der Straße mit all seinen fürchterlichen Verlockungen ausgesperrt hatte, erlaubte sie sich ein Keuchen und Wimmern.

Ihre Brust hob und senkte sich in schneller Folge. Ihr Kleid fühlte sich eng an. Viel zu eng. Sie wollte sich den Stoff vom Körper reißen, sich befreien und ihre unsagbare Gier hinausschreien. Doch noch war da ein letzter Funke Verstand, der sie daran hinderte.

In der Willow Street angekommen, zahlte Kitty die Fahrt und stürmte in ihre Wohnung. Sie ignorierte den fragenden Blick des Hausmädchens, rannte die Treppe hinauf in ihr Schlafzimmer und schloss die Tür. Ihr ganzer Körper schmerzte vor Verlangen. Es war egal geworden, wie sich dieser Hunger stillen ließ. Sie wollte es schmecken. Es sich einverleiben. Das Fläschchen. Hektisch schüttelte Kitty den Inhalt ihrer Tasche auf das Bett.

»Wo bist du?« Mit zittrigen Fingern stocherte sie zwischen ihrer Börse, bestickten Taschentüchern, einer Dose mit Malzbonbons, ein paar Papieren und Frisierartikeln herum, bis sie endlich die kleine Phiole fand.

Schokogeschmack oder nicht, es war Kitty egal. Also haderte sie nicht länger, entkorkte das Fläschchen, setzte es an die Lippen und schluckte den zähflüssigen Inhalt in einem Zug hinunter.

Die Flüssigkeit hinterließ einen süßlichen Geschmack in ihrem Mund, den Kitty hastig mit einem Schluck Wasser aus der Waschschüssel fortspülte. Dann kauerte sie sich auf den Boden und wartete.

Es dauerte quälend lange Minuten, bis die Wirkung einsetzte. Ihr Herzschlag wurde langsamer, ihre Gedanken klärten sich und die Anspannung ließ nach.

So mussten sich Opiumabhängige fühlen, wenn sie nach langer Qual wieder etwas zu rauchen bekamen. Gefoltert von der Sehnsucht nach der nächsten Pfeife, die sich laut den Zeitungsberichten sogar als körperlicher Schmerz und geradezu wahnhaftem Verhalten ausdrückte. So wie bei ihr. Nur dass es dabei nicht um eine Droge ging. Oder doch?

Erst im Rückblick begann Kitty zu begreifen, wozu sie fähig gewesen wäre. Wie viele ihrer moralischen und ethischen Grenzen sie für die Befriedigung einer ihr unbekannten Gier um ein Haar überschritten hätte. Und dazu noch in der Öffentlichkeit, vor den Augen zufälliger Passanten!

Sie starrte die gläserne Phiole in ihrer Hand an und schüttelte den Kopf. Warum hatte Amari sie nicht besser darauf vorbereitet? Warum ließ der große, allmächtige Gott so etwas überhaupt zu? Hätte sie den Auftrag angenommen, wenn sie gewusst hätte, dass sie zu einem Monster werden würde?

Denn genau das war es, was sich in ihr gezeigt hatte. Etwas Monströses, Rücksichtsloses, das nur noch den eigenen primitiven Instinkten folgte. In ihrem neu Selbst waren eine Skrupellosigkeit und ein Gewaltpotenzial erwacht, das sie nie für möglich gehalten hätte.

Als es klopfte, schloss Kitty ihre Finger um das nun leere Fläschchen, atmete einmal tief durch und wandte sich zur Tür. »Komm herein, Nora.«

Das Hausmädchen öffnete, sah sich verstohlen um und senkte dann den Blick. »Benötigen Sie etwas, Madame?«

Kitty fühlte, wie der Klammergriff um ihre Brust sich lockerte. Zumindest ein Mensch sorgte sich um sie. »Ein Tee wäre schön. Und ein wenig Gebäck im Salon.«

Nora nickte, machte einen kleinen Knicks und huschte davon.

Kitty sammelte ihre auf dem Bett verstreute Habe ein und räumte sie, zusammen mit der Phiole, zurück in die Tasche. Dann wusch sie sich den Schweiß von Gesicht und Nacken, ordnete ihr Haar und frischte die Farbe ihrer Lippen auf. Nicht etwa, weil sie Besuch erwartete. Es erinnerte sie vielmehr an die Konventionen und Regeln, die ihren Alltag normalerweise bestimmten. Oder zumindest zu Lebzeiten bestimmt hatten.

Erfrischt und mit zurückgewonnener Ruhe setzte sie sich an den gedeckten Tisch und wollte gerade ihren ersten Schluck Tee nehmen, als es an der Haustür klingelte. Bevor sie reagieren konnte, war Nora bereits auf dem Weg. Kitty hörte, wie das Hausmädchen jemanden begrüßte. Die Stimmen wurden lauter und einen Moment später stand Barnabas Carter im Salon.

Nora stand hinter ihm und ihre aufgerissenen Augen verrieten, dass sie keine andere Wahl gehabt hatte, als den eigentlichen Herrn des Hauses ohne weitere Ankündigung eintreten zu lassen.

»Vater«, sagte Kitty und erhob sich.

Erst jetzt fiel ihr wieder ein, dass man ihn über ihren vermeintlichen Tod informiert hatte. Er sah müde und knurrig aus, so wie sie ihn in Erinnerung hatte.

»Wie ich sehe, bist du wohlauf?«

»Das bin ich, Vater. Möchtest du Tee?«

»Einen Bourbon. Immerhin hatte ich schlechte Nachrichten zu verdauen, auch wenn sie sich als falsch erwiesen haben«, sagte Barnabas Carter.

Statt sich zu ihr zu setzen, marschierte er durch das Zimmer, betrachtete flüchtig das alte Familienfoto auf der Kommode, begutachtete die Bücher im Regal und stellte sich dann mit hinter dem Rücken verschränkten Armen ans Fenster.

Ein Unbeteiligter hätte meinen können, er wäre verärgert, dass die Meldung über ihr Ableben nicht der Wahrheit entsprach. Doch Kitty wusste, dass allein die Einstufung als schlechte Nachricht ein Ausdruck seiner Zuneigung war. Obwohl dieses Wort in seinem Fall unpassend erschien, denn Barnabas Carter liebte nicht. Er erduldete die verwandtschaftlichen Bande. Einen Anflug von Gefühlen verscheuchte er wie eine lästige Fliege. Und doch war er hier.

»Der Chief Inspector sagte etwas von einem Unfall. Ich hätte erwartet, dich im Krankenbett anzutreffen. Stattdessen scheinst du ganz neuen, ungewohnten Interessen nachzugehen.«

Ihr Vater blickte weiterhin aus dem Fenster, doch sein Ton genügte, um seine Missbilligung deutlich zu machen. Was genau wusste er? Und was hatte Patt Wallet ihm alles erzählt?

»Die Königin selbst hat empfohlen, die Weltausstellung zu besuchen und sich die neuen technischen Errungenschaften anzusehen. Allein die Innenarchitektur des Gebäudes ist spektakulär«, erwiderte Kitty aufs Geratewohl.

»Erstaunlich, dass dir das aufgefallen ist, wo du doch angeblich nur Augen für einen Toten hattest.« Barnabas Carter drehte sich zu ihr um. »Ist dir überhaupt klar, was dein Auftritt für Folgen haben könnte?«

Kitty versteifte sich. Trotz ihrer neunundvierzig Jahre behandelte ihr Vater sie immer noch wie ein Kind statt wie eine gleichberechtigte Erwachsene. Sie würde es ihm nie recht machen können, würde nie gut genug als Tochter sein. Sie war das schwarze Schaf der Familie, das man ertragen und von der Gesellschaft abschotten musste, um die Schande für die eigene Person so gering wie möglich zu halten.

»Ist Schweigen alles, was dir dazu einfällt?«, setzte ihr Vater nach. »Du hast die Befehle deines Vorgesetzten missachtet, hast dich wie vom Teufel besessen aufgeführt, nachdem man dich von einem Tatort entfernen musste!«

Kitty schwieg beharrlich. Was hätte sie auch antworten sollen? Dass sie gestorben und von Gott persönlich auf eine Mission geschickt worden war, gegen einen mordenden Dämon zu ermitteln? Ihr Vater hätte sie, ohne zu zögern, in eines dieser Sanatorien für geistig Verwirrte eingewiesen. Sie hatte nichts zu ihrer Verteidigung vorzubringen. Denn selbst das beste Argument hätte ihr Vater in diesem Zustand als lächerlich oder unwahr abgeschmettert.

»Man hat dich gesehen! Und ich kann nur dafür beten, dass daraus keine Schlagzeile von morgen wird. Der Chief Inspector hat mir ans Herz gelegt, dich aufs Land zu schicken. In einem vertrauten Umfeld und mit der nötigen Ruhe können deine, durch den Unfall erlittenen, Schäden vielleicht heilen.« Er drehte sich zu ihr um. »Und genau das werde ich tun. Du hast bis heute Nachmittag Zeit, um zu packen. Die Kutsche, die dich zum Zug nach Codicote bringt, ist bereits bestellt.«

Codicote war ein malerischer Ort im Norden nahe Luton. Die Carters besaßen dort seit Generationen einige Hektar Grund. Der Landsitz selbst lag auf einer Anhöhe, umrahmt von Wald und Fischteichen.

Als Kind war Kitty gern dort gewesen. Fernab der Stadt, umgeben von Natur hatte sie durchatmen können und ein kleines bisschen Freiheit genossen. Aber so schön ihre Erinnerungen an diesen Ort auch waren, sie würde sich nicht wegsperren lassen, um Daddys guten Ruf nicht zu gefährden. Denn darum ging es hier doch eigentlich: nicht um ihre Gesundheit, sondern um Barnabas Carter und seine gesellschaftliche wie auch politische Reputation.

»Danke, aber ich komme zurecht«, erwiderte Kitty kühl.

Die Brauen ihres Vaters zogen sich so eng zusammen, dass sie zwischen ihnen eine Unheil verheißende Falte bildete. »Das war keine Bitte.«

Kitty fuhr hoch. »Und meine Antwort war kein Versuch, mich künstlich zu zieren. Ich führe mein eigenes Leben und entscheide selbstständig, wann ich mich wo aufhalte.«

»Du denkst, du bist selbstständig, nur weil du an einem Schreibtisch sitzen darfst? Eine Stelle, die ich dir vor Jahren mit einer überaus großzügigen Spende erkauft habe und von der du dich seither kein Stückchen wegbewegt hast! Dafür scheint die Familie also noch gut genug zu sein. Mal ganz abgesehen von dieser hübschen kleinen Wohnung im Stadtzentrum und dem Hausmädchen, für das ich monatlich die Rechnungen und Gehälter zahle! Du weißt doch überhaupt nicht, was es heißt, auf eigenen Beinen zu stehen!«

»Und ob ich das weiß!«, schrie Kitty. »Aber du scheinst vergessen zu haben, wie man sich als Gentleman benimmt!«

»Vielleicht liegt das daran, dass meine Tochter auch keine Dame ist!«

Seine gebrüllten Worte erstickten jede weitere Antwort aus Kittys Mund. Wie paralysiert starrte sie ihren Vater an und er starrte zurück. Bis er gewann und sie den Kopf zur Seite drehte. Ihre Wut wandelte sich in maßlose Enttäuschung, in Verzweiflung und das Gefühl, unendlich allein auf dieser Welt zu sein. Sie senkte den Blick und ließ sich zurück auf den Stuhl sinken.

Das Schlimmste daran war, ihr Vater hatte recht. Ihr Leben war eine groß angelegt Lüge. Sie war nicht frei, sondern nur die geduldete Ausnahme. Sie konnte dieses Leben führen, weil sie privilegiert war. Weil ihr Vater ihr den Weg dafür bereitet hatte und immer noch für sie zahlte. Sie war eine Närrin gewesen, selbst über den Tod hinaus!

»Es ist doch nur zu deinem Besten. Die frische Luft in Codicote wird dir helfen dich zu erholen und wieder einen klaren Kopf zu kriegen. Die Landschaft ist zu dieser Jahreszeit überbordend schön. Und wenn du seelischen Beistand benötigst, dann wird dir Pfarrer Higgins sicherlich zur Seite stehen.«

Kitty lachte auf, ein schales hartes Lachen. »Du glaubst, ich brauche einen Pfarrer? Wozu? Damit er mir meine Sünden vergibt und mich durch religiöse Katharsis wieder auf den rechten Pfad führt? Damit ich nicht in die Hölle komme? Dort bin ich doch längst gelandet!«

»Du wirst hysterisch«, war alles, was Barnabas Carter dazu sagte.

Kitty schüttelte mit bitterer Miene den Kopf. »Wenn du wüsstest, was ich weiß, würdest du mitlachen, statt weiter den Moralapostel zu spielen.«

»Nora, rufen Sie den Arzt. Meine Tochter ist nicht mehr bei sich.«

»Nora, bitte geleite meinen Vater zur Tür. Er ist hier nicht mehr willkommen«, sagte Kitty ruhig, aber bestimmt.

»Treib es nicht zu weit! Sonst bis du die längste Zeit meine Tochter gewesen!«

Das Hausmädchen blickte hilflos von einem zum anderen.

»Guten Tag, Vater«, erwiderte Kitty mit solcher Kälte in der Stimme, dass Nora einmal mehr die Augen aufriss.

Barnabas Carter hingegen presste die Kiefer aufeinander und stolzierte mit erhobenem Haupt hinaus. Sekunden später fiel die Eingangstür krachend ins Schloss. Kitty hatte gewonnen, zumindest für den Augenblick. Doch ihr Vater war nicht bekannt dafür, leicht zu vergeben.

Im Grunde sollte sie das gar nicht kümmern. So etwas wie Liebe fühlte sie schon lange nicht mehr für ihn. Als Kind hatte sie voller Ehrfurcht zu ihm aufgeblickt, als Jugendliche hatte sie ihn gefürchtet und als erwachsene Frau war daraus langsam, aber sicher Verachtung geworden. Weil seine Welt sich allein durch gesellschaftlich-politische Normen definierte, statt dadurch, was einen Menschen ausmachte: Gefühle.

Erst jetzt hatte Kitty allerdings begriffen, dass selbst seine Unterstützung für sie reines Kalkül gewesen war und ganz sicher kein Ausdruck von Liebe und Vertrauen. Er hatte sie in eine von ihm gewählte Ecke geschoben, in der sie zwar immer noch ein Ärgernis war, aber zumindest das kleinstmögliche.

Wie hat es meine Mutter nur mit ihm ausgehalten? Wieso hat sie ausgerechnet ihn zum Mann erwählt? Oder hatte sie das gar nicht? War das auch nur ein strategischer Schachzug ihrer Eltern gewesen? Über ihren Kopf hinweg?

»Soll ich den Tisch abräumen?«, fragte Nora zaghaft vom Gang aus.

»Bring mir eine Kanne frischen Tee und mein Schreibzeug«, erwiderte Kitty.

Es wurde Zeit, dass sie sich einen Plan zurechtlegte. Sowohl für ihr neues Leben als auch für die Jagd nach dem Dämon. Immerhin hatte sie auf der Weltausstellung und beim anschließenden Zusammentreffen mit Rose trotz ihres halsstarrigen Benehmens einige interessante Dinge erfahren.

Der Schimmer an der Leiche hatte bestätigt, dass bei diesem

Mord dämonische Kräfte involviert gewesen waren. Die Dämonin hatte sowohl das Opfer als auch den Täter mit ziemlicher Sicherheit gesehen, sonst hätte Kitty diese kurze Vision nicht empfangen können, als sie Rose berührt hatte. Und dann war da noch dieser Hinweis am Ende gewesen.

Leider wusste Kitty nicht, wo sich dieses Souls Harbour befand. Dem Namen nach musste es sich um ein Etablissement nahe der Themse handeln. Womöglich eine dieser Hinterhofkneipen ohne Konzession oder eine illegale Spielhalle. Vielleicht fand der Dämon dort seine Opfer.

Kitty musste dringend mehr über den adeligen Toten in Erfahrung bringen. Wer er war, was für Gewohnheiten er gehabt hatte und welchen Leidenschaften er nachgegangen war. Doch dafür würde sie zur Polizeistation gehen und Patt Wallet gegenübertreten müssen. Ein Kreuzweg, für den sie sich einen Tag Zeit lassen würde. Schon deshalb, um ihm für seinen Verrat nicht einfach den Kopf abzureißen.

Wenn sie bis dahin mit zusätzlichen Informationen über den Täter aufwarten konnte, würde der Chief Inspector Kitty ihre Unverfrorenheit auf der Ausstellung vielleicht verzeihen. Es würde ihn daran erinnern, wem die City of London Police in Wahrheit die gute Aufklärungsquote zu verdanken hatte.

Nein, Patt Wallet würde sie nie einfach so gehen lassen, ganz egal, was er mit ihrem Vater besprochen hatte. Sie war viel zu wichtig für ihn.

Kapitel 9

Bis zum Abend hatte Kitty ihre Gedanken sortiert und in Form eines Einsatzplans zu Papier gebracht. Dabei hatte sich ein Punkt herauskristallisiert, der oberste Priorität besaß: Sie musste Eliza finden.

Die blonde Dämonin war nicht nur Kittys Quelle, um an weitere Phiolen zu kommen, sondern wusste vermutlich auch, wo sie dieses ominöse Souls Harbour finden würde. Denn Eliza war die einzige zwielichtige Person, die Kitty persönlich kannte und so etwas fragen konnte.

Das hieß, sie würde einen weiteren Ausflug Richtung Liverpool Station unternehmen müssen. Allerdings besser gerüstet. Sie benötigte unauffälligere Kleidung und Schuhe, mit denen sie im Notfall schnell davonlaufen konnte. Denn in ihrem Viertel flanierte nicht gerade die herrschaftliche Prominenz Londons, wie sie selbst bereits festgestellt hatte.

Trotz der Gefahr, ausgeraubt zu werden, holte sie zusätzlich Geld aus der Schließkassette. Ihr geheimer Schatz, den sie in der obersten Schublade ihres Arbeitstisches verwahrte. Eliza hatte deutlich gemacht, dass nur die erste Kostprobe ihrer Ware kostenlos sein würde. So grauenvoll dieser Gedanke auch war, sich mehr davon einzuflößen, Kitty wollte auf keinen Fall noch einmal so einen Moment des Kontrollverlustes erleben.

Nach eingehender Prüfung ihres Kleiderschrankinhalts entschied sie sich schließlich für ein schlichtes schwarzes Gewand mit passendem Umhang – eine Kombination, die sie normalerweise auf Beerdigungen trug. Das letzte Mal war vor drei Jahren gewesen, als Tessis Cousin bei einem schrecklichen Sturm auf See ums Leben gekommen war. Eines der Risiken, wenn man andere Kontinente erkunden wollte.

Kitty hatte in ihrem Leben nie diese Sehnsucht verspürt, in die Ferne zu reisen. Für sie war ihr Kampf um ein selbstbestimmtes Leben bereits Abenteuer genug gewesen. Zumindest hatte sie sich das eingeredet. In der Rückschau empfand sie die vielen Jahre hinter einem kleinen Schreibtisch als Niederlage und nicht mehr als Sieg.

Sie hatte sich von ihrem Vater auf ein Abstellgleis schieben lassen, um ja kein größeres Aufsehen zu erregen. Das hatte sein Besuch mehr als deutlich gemacht. Und im Grunde hatte sie das gewusst. Schlimmer noch, sie hatte es akzeptiert, um die Illusion von Selbstbestimmung aufrechtzuerhalten.

Die Wut, die bei all diesen Gedanken empordrängte, war wie ein Feuer, das die Wahrheit unter dem Gestrüpp ihres langweiligen Daseins freilegte. Entblößt und schamvoll stand sie vor sich selbst und sah zum ersten Mal klar und deutlich, wie viele schreckliche Kompromisse sie eingegangen war. Genau das würde sie in einem zweiten Leben ändern, nachdem sie ihren Auftrag erfüllt hatte.

Viel Zeit blieb ihr nicht. Aber für den ersten Tag als Gesandte Gottes hatte sie durchaus schon gute Hinweise erhalten. Und noch war der Tag nicht vorbei. Mit neuer Entschlossenheit machte Kitty sich zu Fuß auf den Weg, im Dunkeln einen Friedhof zu besuchen und eine Dämonin zu finden.

»Ich hatte schon Sorge, du würdest nicht kommen«, sagte Eliza. Die Dämonin stand im dunklen Treppenaufgang der alten Kirche. Nur ihr Schimmer erleuchtete das katzenhafte Gesicht.

»Wir waren nicht verabredet«, entgegnete Kitty.

»Nicht direkt, und doch erwartet man von einer Dame, dass sie ein so großzügiges Geschenk innerhalb eines angemessenen Zeitraums erwidert, nicht wahr?« Elizas Stimme klang einmal mehr honigsüß und ein wenig neckisch.

Bei ihr schwang kein aggressiver Unterton mit, anders als bei Rose, auch wenn beide in gewisser Weise Raubtiere waren. Rose mochte in so einem Vergleich einen Panther verkörpern, Eliza hingegen wohl eher ein wendiges, pfiffiges Hermelin.

Kitty drückte ihre Tasche an den Körper, gab sich einen Ruck und trat auf die Dämonin zu. »Du meinst wohl die Warenprobe, mit der du mich als Kundin ködern wolltest.«

»Das war wohl eher eine Spende an eine Bedürftige«, hielt Eliza mit einem süffisanten Grinsen dagegen.

Kitty sah ihrem Gegenüber forschend in die Augen. »Oder wolltest du mich etwa süchtig machen?«

»Das warst du doch schon längst. Das sind wir alle, sobald wir das Jenseits verlassen. Weil der Stoff uns in dieser Hülle und in dieser Sphäre hält.« Eliza schritt die zwei steinernen Stufen hinab und trat in den schwachen Schein der Straßenlaterne.

Ihre glimmende Aura verschmolz mit dem gelbgrauen Licht.

Erst jetzt bemerkte Kitty ihre überaus gewagte Kleidung unter dem dünnen Mantelstoff. Rock und Unterrock waren vorne in einem Bogen bis deutlich über die Knie ausgeschnitten, sodass beim Gehen ein dunkles Strumpfband aufblitzte. Ihr Oberteil wirkte, als hätte der Schneider ein Korsett außen statt innen angenäht. Und ihre Schultern waren mit nichts weiter als durchscheinendem Tüll bedeckt, den man sonst wohl höchstens für Hutschmuck verwendete.

Eliza kicherte belustigt, als Kitty sie mit leicht geöffnetem Mund betrachtete. »Möchtest du die Adresse meiner Modistin?«

»Ich wüsste keinen Anlass, zu dem ich so etwas tragen könnte«, erwiderte sie mit schiefem Lächeln. Doch in Gedanken stellte sie sich vor, wie sie Patt Wallet darin gegenübertrat, wie sein begehrender Blick auf ihr ruhte und sie ihn mit verführerischen Worten in ihr Bett lockte.

»Wenn du nicht für eine Stilberatung hier bist, dann also doch, weil ich dein Interesse an meinem Warensortiment geweckt habe?« Eliza wechselte in einen geschäftsmäßigen Ton.

»Sagen wir, ich habe sehr deutlich vor Augen geführt bekommen, dass ich diese eine Regel ernst nehmen muss, wenn ich mein aktuelles Dasein verlängern möchte«, sagte Kitty und verzog bei der Erinnerung das Gesicht.

»Also möchtest du mehr kaufen? Und die Betonung liegt dabei auf dem Wort Kaufen.«

Kitty schürzte die Lippen und nickte. »Da ich solche Dinge wohl kaum im Krämerladen um die Ecke bekomme und du eine der wenigen Dämoninnen bist, die ich kenne, bleibt mir wohl nichts anderes übrig.«

Eliza hob die Brauen. »Welche anderen Dämoninnen kennst du denn sonst noch außer mir?«

Kitty schloss die Hand an ihrer Tasche zu einer Faust. Es war unvorsichtig gewesen, das so dahinzusagen. Denn es ging niemanden etwas an, wem sie bei der Erfüllung ihres Auftrags begegnete oder mit wem sie freiwillig oder unfreiwillig Bekanntschaft machte.

»Das war nur so dahingesagt«, wiegelte Kitty mit einem gespielt lässigen Achselzucken ab und warf unwillkürlich einen Blick über die Schulter, als könnte Rose hinter ihr auftauchen und sie für diese Lüge auslachen.

Eliza stieß ein leises Knurren aus. Bei ihr schienen die Gefühle weniger äußerlich sichtbar zu sein, sondern drückten sich vielmehr in Wort und Laut aus. War das Misstrauen? Konnten erfahrene Dämonenwesen womöglich am Schimmer erkennen, wenn jemand log? Oder war das bereits Teil ihrer Verkaufstaktik, um ein Feilschen im Keim zu ersticken?

»Vielleicht habe ich ja bis zum nächsten Mal eine Freundin gefunden, die mich bei der Wahl der richtigen Phiole beraten könnte«, sagte Kitty und lächelte.

»Das testet man am besten selbst aus. Geschmäcker sind bekanntlich verschieden«, gab Eliza zurück. Doch ihr Blick ruhte noch immer auf Kittys Antlitz.

Es war schwieriger als gedacht, den Handel über die Bühne zu bringen. Schon weil Kitty sich nicht recht überwinden konnte, über den Inhalt in den Fläschchen zu reden. Trotzdem musste sie es tun.

»Was steht denn zur Auswahl«, sagte sie schließlich.

»Schweiß, Spucke, Sperma oder Blut sind die haushohen

Favoriten bei meiner Käuferschaft. Und theoretisch Urin, wenn er aus kontrollierter Produktion stammt. Aber heutzutage, mit all diesen neuen Gesetzen, ist es schwer geworden, eine Gruppe Menschen abzusondern und sie mit einem speziellen Menü zwangszuernähren«, antwortete die Dämonin und zog einen Mundwinkel hinauf.

»Das wäre ja auch pervers und widerlich, genau wie alles andere, das du aufgezählt hast!«, rief Kitty.

Eliza zog eine Phiole unter ihrem Umhang hervor und schwenkte sie vor ihrer Nase. »Und trotzdem verzehrst du dich danach.«

Tatsächlich spürte Kitty, wie sich ein schweres Band um ihren Brustkorb legte. Doch diesmal blieb ihr Puls stabil und sie bei Sinnen. »Hör auf, Spielchen zu spielen. Hast du etwas zu verkaufen oder nicht?«

»Natürlich habe ich das. Aber nicht hier. Die Phiolen sind nur Kostproben. Den richtigen Stoff gibt's per Kurier zugestellt, sobald ich die Bezahlung erhalten habe. Ich rate dir allerdings, es nicht bis zum letzten Moment hinauszuzögern. Womöglich habe ich sonst die gewünschte Geschmacksnote nicht vorrätig.«

Eliza steckte das Fläschchen wieder ein und überreichte Kitty stattdessen ein gefaltetes Stück Papier. »Hier, meine aktuelle Karte. Auf der Rückseite steht die Adresse, an der du deine Bestellung abgeben kannst. Auch wenn ich persönliche Besuche durchaus bevorzuge. Zumindest, wenn es sich um so betörend unschuldige Seelen wie bei dir handelt.«

Kitty schnaubte. Was erlaubte sich diese diebisch-dämonische Rotzgöre? »Ich bin fast fünfzig Jahre alt und ganz sicher nicht mehr unschuldig.«

»Erzähl mir davon.« Eliza rückte so nah, dass ihr kurzer Rocksaum Kittys Kleid streifte. Die Dämonin strahlte unnatürlich viel Wärme aus und roch verführerisch nach Kirschblüten und herbem Waldhonig.

»Erzähl du mir lieber, wo das Souls Harbour ist«, konterte Kitty, bemüht, jede andere Ablenkung auszublenden. Ganz egal, wie sehr solche Sinneseindrücke ihre Begierde neuerdings weckten.

Eliza hob sichtlich überrascht die Augenbraue. »Das ist ja ein Ding. Das Lämmchen will sich unter die Wölfe mischen. Ob das eine gute Idee ist?«

»Die Entscheidung kannst du getrost mir überlassen. Sag mir einfach, wie ich hinkomme.«

Die Dämonin blickte ihr abermals forschend in die Augen. »Weißt du überhaupt, was das Souls Harbour ist? Da geht man nicht einfach vorbei, klopft an und wird eingelassen.«

Natürlich wusste sie das nicht, aber sie hatte keine Lust, weiter die Zielscheibe für Elizas Spott zu sein. Also zuckte sie nur unbestimmt mit den Schultern. »Gib einfach zu, wenn es nicht in deiner Macht steht, mich dort reinzubringen.«

Ein viel zu offensichtlicher Köder und doch erteilte ihr die Dämonin keine direkte Abfuhr. Ihrem Ausdruck nach schien sie regelrecht mit sich zu ringen. Unklar blieb, ob sie Kitty nicht für vertrauenswürdig genug hielt, ihr diesen offenbar geheimen Platz zu zeigen, oder ob sie Kitty tatsächlich vor diesen angeblichen Wölfen schützen wollte.

»Okay«, sagte sie schließlich. »Ich bring dich rein, aber raus musst du es allein schaffen. Ich habe eine Schwäche für tollpatschige Kätzchen wie dich, aber ich spiel deshalb nicht den Babysitter.«

»Und das ist auch gar nicht nötig. Ich kann sehr gut auf mich selbst aufpassen, Mäuschen«, erwiderte Kitty bissig.

Insgeheim war sie dankbar, dass ihr Besuch bei Eliza so erfolgreich gewesen war. Sie würde nicht nur erfahren, wo das Souls Harbour war, sondern dazu noch offiziell Einlass in dieses geheimnisvolle Etablissement erhalten. Und ganz vielleicht würde sie sogar Rose wiedersehen.

Kapitel 10

Sie und Eliza wanderten bereits seit über zwei Stunden durch die Stadt. Erst hin zum Hafen und dann im Zickzack die Themse entlang nach Osten.

»Langsam bekomme ich das Gefühl, dass du mich einfach nur ohne Ziel durch jede kleine Gasse in ganz London führst«, sagte Kitty.

»Niemand geht auf direktem Weg zum Souls Harbour«, antwortete die Dämonin.

Kitty seufzte. Was sollte das nun wieder bedeuten? Lag irgendein Zauber auf dem Eingang? Brauchte es womöglich eine Art Bienentanz-Ritual, um Einlass zu erhalten? Oder war der Ort so geheim, dass man vorher alles daransetzen musste, mögliche Verfolger abzuschütteln?

Allerdings wirkte Eliza weder sonderlich beunruhigt noch wachsam. Vielleicht war es viel eher so, dass man bestimmte Checkpoints passieren musste, um am Ende des Laufs Zutritt zu erhalten. Oder Eliza hatte einfach nur einen ganz eigenen Sinn für Humor und wollte Kitty durch diesen Spaziermarathon mürbe machen. Dieser Dämonin traute sie alles zu.

»Gibt es das Souls Harbour überhaupt?«, fragte Kitty, als sie immer tiefer in das Hafengebiet im Osten vordrangen. Auf der Isle of Dogs, wie diese Gegend genannt wurde, wohnten fast ausschließlich Hafenarbeiter, die tagsüber dort in den West India oder East India Docks arbeiteten. Eine trostlose Landzunge, die die Themse zu einem Umweg zwang.

Hier wurden zahllose Schiffe in Akkordarbeit beladen und entladen. Die Häuser waren architektonische Klötze, die in schier endloser Reihe an den künstlichen Wasserbuchten Spalier standen. Keine Gegend, in der sich eine Frau von Welt freiwillig aufhielt. Und schon gar nicht in der Nacht.

Eliza warf ihr einen belustigten Blick zu. »Du quengelst wie so ein verwöhntes Gör, das sein Frühstücksei mit einem vergoldeten Löffel isst.«

»Und du tust so, als würdest du mich in die Schatzkammer der Königin einschleusen«, entgegnete Kitty.

Eliza gluckste. »Dann wohl eher Ali Babas Räuberhöhle.«

Kitty hob die Brauen. Sie kannte das orientalische Märchen. Eines von vielen, das in der Geschichtensammlung »Tausendundeine Nacht« enthalten war. Sie hatte das Buch als jugendliches Mädchen regelrecht verschlungen und sich dabei vorgestellt, all die Heldentaten selbst zu vollbringen. Überhaupt gab es für ihren Geschmack viel zu wenig Geschichten, in denen Frauen die Siege errangen, die Monster besiegten und als Lohn die Prinzessin gewannen. Oder den Prinzen.

Kitty war so in diesen Gedanken vertieft, dass sie Eliza für einen Moment aus den Augen verlor. Die Dämonin war vor einem Haus stehen geblieben, auf dessen Außenwand jemand eine große Neun gemalt hatte. Doch das eigentlich Interessante war die schmale gusseiserne Treppe, die seitlich am Gebäude nach unten ins Dunkel führte.

Dämonisches Dasein hin oder her, die bodenlose Schwärze machte Kitty Angst.

»Noch kannst du es dir anders überlegen«, sagte Eliza. »Wenn du erst mal drin bist, gibt es keinen Weg zurück.«

Kitty trat unschlüssig einen Schritt näher und reckte den Hals. »Wie meinst du das?«

»Wer einmal dort unten war, ist für immer verändert«, sagte die Dämonin in gewichtigem Tonfall. Doch Kitty glaubte, ihre Mundwinkel zucken zu sehen.

Sie hätte gern genauer nachgefragt, aber sie wollte nicht schon wieder wie ein Kind wirken, dass sich vor dem Schattenmann fürchtete. »Geh nur, ich bleibe dicht hinter dir«, sagte sie stattdessen mit fester Stimme.

Die Dämonin lächelte und der entfernte Schein einer Straßenlaterne ließ ihre Augen seltsam funkeln. »Ganz wie du willst.«

Ihre Absätze klangen auf den eisernen Stufen wie Taktschläge, wie das Crescendo vor dem nächsten Paukenschlag. Entweder, um die aufgebaute Spannung aufzulösen und heiter fortzufahren oder aber, um damit den Bösewicht, Widersacher und das namenlose Unglück einzuführen.

Zu Kittys Überraschung erreichten sie am Ende der Treppe keine Tür, sondern einen offenen, gemauerten Gang. Die Backsteinwände wirkten trocken, genau wie der Boden. Es handelte sich also nicht um einen Einstieg in das Abwassersystem. Kitty erinnerte sich daran, dass sie vor ein paar Jahren einen Fall bearbeitet hatten, bei dem das Mordopfer unterhalb der Themse gelegen hatte.

Damals hatte Kitty noch gedacht, das wäre die etwas sperrige Umschreibung für einen Ertrunkenen gewesen. Bis Patt Wallet sie darüber aufgeklärt hatte, dass es Tunnel unterhalb des Flusses gab, die es den Arbeitern möglich machten, von einem Ufer zum anderen zu gelangen. Gleichzeitig boten diese Katakomben aber auch die beste Möglichkeit, Schmuggelgut ungesehen von Greenwich in die Innenstadt zu transportieren.

In diesem Fall war es um eine gestohlene Ladung Gin gegangen, die ausnahmsweise nicht rein, sondern raus aus London gebracht worden war. Wobei einer der beiden Halunken die Beute nicht hatte teilen wollen. Es war zu einem Handgemenge gekommen, bei dem der Kerl seinen Kumpan in einem der Gänge mit bloßen Fäusten erschlagen hatte. Etwas, das Kitty mit Hilfe ihres Talents aufgedeckt hatte. Bei der Erinnerung an den zertrümmerten Schädel durchlief sie noch immer ein kalter Schauer.

»Angst vor der Dunkelheit?«, fragte Eliza.

»Eher vor dem, was sich darin verbirgt«, gab Kitty zu.

»Du kannst immer noch einen Rückzieher machen, dir ’ne Kutsche schnappen und zurück in dein warmes Bettchen kriechen.«

»Nein«, antwortete Kitty. »Ich will diesen Ort sehen. Und frag gar nicht erst, warum. Denn es geht dich nichts an.«

»Ganz wie du willst.« Die Dämonin seufzte. »Aber komm später ja nicht an und mach mir Vorwürfe. Ich habe dich gewarnt. Das Souls Harbour ist nichts für solche wie dich.«

»Wie genau bin ich denn?«, hakte Kitty nach.

»Zu gut für diese Welt. Ein Leuchtfeuer an Tugend. Ein Wunder, dass dir keine Flügelchen gewachsen sind.«

Kitty war unsicher, wie ernst Eliza das meinte. Aber so sittsam wie sie glaubte, war Kitty nicht. Und es wurde Zeit, das auch zu demonstrieren. »Du kannst dir deine Flügelchen sonst wo hinstecken!«

»Später vielleicht«, erwiderte Eliza unbeeindruckt und hielt ihr einen Kerzenstummel entgegen. »Vorerst müssen wir damit vorliebnehmen. Nicht, dass du dir sonst in dein hübsches Höschen pinkelst.«

»Reizend. Wirklich ganz reizend«, erwiderte Kitty grimmig.

Sie nahm die Kerze und Eliza entzündete ein Streichholz, das sie aus einer verborgenen Rocktasche gezaubert hatte.

Der schummrige Lichtschein warf flackernde Schatten an die Backsteinwände und offenbarte einen kleinen Vorsprung, auf dem ein ganzes Arsenal an Kerzen lag. Offenbar war Kitty nicht die einzige Besucherin, die das Licht der Dunkelheit vorzog.

Wie sich herausstellte, existierte ein ganzes Labyrinth aus Gängen unterhalb der Isle of Dogs. Immer wieder bog Eliza ab, durchwanderte Räume, an deren Ende weitere Abzweigungen auf sie warteten. Dennoch marschierte die Dämonin zielsicher vorwärts.

Dank des Kerzenscheins entdeckte Kitty an den Ecken und Wänden Symbole, die offenbar zur Orientierung dienten, deren Code sich ihr aber nicht erschloss. Erst als sie eine der, mit Kreide gezeichneten, Markierungen berührte und die Eindrücke von einem ganzen Dutzend an Leuten gleichzeitig auf sie einprasselten, verstand sie allmählich.

Querstriche gaben die Entfernung an, diagonal gesetzte Linien die Richtung. Und die Kreissymbole standen offenbar für eine

Art Angebotskarte für Waren und Dienste. Mit diesem Wissen würde Kitty es zur Not hoffentlich allein wieder herausschaffen. Das eigentlich Verblüffende an diesen blitzlichtartigen Erinnerungsfetzen war das vielfältige Klientel, das all diese Gänge durchwandert hatte.

Neben den zu erwartenden Lumpengestalten gab es mindestens ebenso viele Herrschaften, die ihrer exquistien Kleidung nach zur gehobenen Gesellschaft zählten. Amtsträger, Gelehrte, Politiker und dann wieder Künstler, Handwerker und sogar Geistliche. Menschen jeglichen Geschlechts. Normalerweise eine undenkbare Mischung für die Londoner Gesellschaft.

Hier unten schien das anders zu sein. Und nicht nur in dieser Hinsicht. Denn wenn Kittys Vorahnung sie nicht täuschte, waren viele der Besucher keine Menschen, sondern Dämonen.

Kitty wollte gerade fragen, was genau dieses Souls Harbour denn nun war, als vor ihnen ein weiterer Lichtschein auftauchte. Sie vernahm Gemurmel und beim Näherkommen schließlich auch leise Musik. Eine einzelne Geige spielte eine langsame, getragene Melodie, die Kitty seltsam vertraut vorkam.

»Mach die Kerze aus und leg sie zu den anderen«, sagte Eliza und deutete auf eine weitere Nische im Mauerwerk.

Der vor ihnen liegende Gang war erstaunlich hoch, mit einer gewölbten Decke. Der Boden war in diesem Teil des Labyrinths nicht mehr eben, sondern wie ein flaches Becken geformt. Das hier musste Teil eines unterirdischen Gewölbes sein, das als Wasserreservoir gedacht war. Allerdings ohne Wasser.

»Na los, schau dich um. Es wird dich schon keiner beißen. Und es wäre besser, du würdest das auch nicht tun. Aber das bleibt natürlich ganz dir überlassen.« Eliza wippte anzüglich mit den Brauen.

»Kommst du nicht mit?«, fragte Kitty alarmiert.

»Ich muss ein paar Kammern weiter meinen Vorrat prüfen und Leckerbissen für meine Kundschaft besorgen. Irgendwelche speziellen Wünsche?« Eine rhetorische Frage, denn Eliza wartete die Antwort nicht ab, sondern verschwand in einem Nebengang.

Kitty war allein und ohne Plan. Wie sollte sie es anstellen, den einen mordenden Dämon unter vielen zu entdecken? Falls er überhaupt hier war.

Bevor sie darauf eine Antwort hatte, tauchten hinter ihr weitere Gäste des Souls Harbour auf. Zwei kichernde Mädchen, die gerade erst das Erwachsenenalter erreicht haben mochten. Als sie an Kitty vorbeiliefen, packte die eine Kittys Hand und zog sie mit sich. »Was stehst du hier im Halbdunkeln! Los, lass uns feiern!«

Sie roch nach Gin und Zigarettenqualm. Ihre bunte, freizügige Kleidung und die dick aufgetragene Schminke ließen darauf schließen, dass sie Schaustellerin war und aus einem der vielen Londoner Theater oder Varietés stammte. Aber was wollten all diese Leute hier unten? Was genau war das Souls Harbour? Fragen, auf die Kitty wohl nur eine Antwort bekommen würde, wenn sie sich mitten hinein in das Treiben stürzte.

Also ließ sie sich von den Mädchen mitreißen und erhaschte im Vorbeigehen einen Blick in den ersten von mehreren schwach erleuchteten Räumen. Dort drinnen wurde nicht gefeiert. An den Wänden standen Pritschen aufgereiht, auf denen Menschen wie tot dalagen. Mit ausgemergelten Gesichtern. Neben sich die typisch geformten Opiumpfeifen, die Kitty aus der Zeitung kannte. Ein schwerer, süßlicher, geradezu betörender Geruch strömte von dort in den Gang. So intensiv, dass Kitty die Luft anhielt.

Das Mädchen zog sie weiter bis in eine Halle, die mit einem Potpourri aus Aromen angefüllt war, die Kitty noch vor wenigen Tagen als wiederwertig und abstoßend bezeichnet hätte. Schon aus moralischen Gründen. Doch als Dämonin wollte das alte Korsett aus Anstand und Moral nicht mehr passen.

Die Leute in diesem Raum liebten und umgarnten sich auf alle nur erdenklichen Weisen. Mit Blicken und Worten. Im Tanz verschlungen. Im scheinbaren Widerstreit oder voller Ergebenheit. Sanft und versteckt und dann wieder laut und für alle sichtbar. Der Duft von Schweiß, Alkohol und unaussprechlich viel mehr lag in der Luft.

Die beiden Mädchen stürzten sich ins Getümmel, begrüßten die Anwesenden wie alte Freunde und warfen sich ohne Scheu in die Arme von Männern und Frauen. *Wie triebgesteuerte Tiere*, dachte Kitty im ersten Moment. Aber war das wirklich so falsch? Konnte etwas, das so natürlich war, etwas, das das Überleben einer Spezies sicherte, überhaupt falsch sein? Selbst wenn man es nur zum Vergnügen tat?

Wer war sie schon, um darüber zu richten? Jetzt, da sie wusste, dass das Jenseits keinen Himmel und keine Hölle kannte, zumindest nicht im biblischen Sinne. Die überlieferten Gebote erschienen vor diesem Hintergrund hohl und nichtig. Wie sollte sie sich entscheiden, welche Werte und Gesetze für sie noch galten? Für sich als Dämonin und später wieder als Mensch?

Sie arbeitete für die Polizei. Seit mehreren Jahrzehnten half sie Verbrechen aufzuklären und die Schuldigen ausfindig zu machen. War das falsch gewesen? Nein, sicher nicht. »Du sollst nicht töten«, würde für sie immer ein Gebot bleiben, dem sie sich im besonderen Maße verpflichtet fühlte. Schon allein deshalb hatte sie diesen göttlichen Auftrag angenommen. Bei anderen Geboten konnte Kitty das nicht mehr so entschieden behaupten.

»Vergiss die gute Kinderstube und lass dich gehen. Dafür bist du doch hier, oder nicht?«, flüsterte Eliza von der Seite in ihr Ohr. Offenbar hatte die Dämonin ihre geschäftlichen Dinge bereits erledigt.

»Ich wollte nur ...«, begann Kitty und brach dann ab. Es erschien völlig unmöglich, hier jemanden zu finden. Besonders, da sie nicht einmal wusste, wen genau sie suchte.

»Keine Sorge, ich habe dir eine Flasche meiner besten Ware beiseitegelegt. Und wenn du willst, kostet sie dich nur einen Abend voll Spaß und Genuss.«

Elizas Stimme hatte einen raueren, begehrlicheren Tonfall angenommen. Eine Schmeichlerin und Verführerin gleichermaßen. Ganz im Gegensatz zu Rose, deren Auftritt geradezu überwältigend dominant gewesen war. Doch beide berührten etwas in Kitty. Etwas tief Verborgenes. Etwas, das bisher nur ihren Träumen vorbehalten gewesen war. Träumen, die von Patt Wallet gehandelt hatten.

Aber so leicht ließ sich ein altes Ich nicht über Bord werfen. Selbst wenn die innere Stimme einen dazu drängte. Kitty war nicht zum Vergnügen hier. Nicht einmal, um einen Mord aufzuklären. Sie war hier, um ihr Leben zurückzugewinnen. Nur dafür suchte sie diesen Dämon.

»Nein. Das ist nicht, was ich suche. Nicht, was ich brauche«, sagte Kitty an Eliza gewandt. »Ich zahle in harter Münze. Zumindest, wenn ich es mir leisten kann.«

Sie hatte befürchtet, Eliza damit zu verärgern, doch die blonde

Dämonin lächelte nur und schob ihr eine Flasche in die Tasche.

»Wir rechnen später ab«, wisperte sie so dicht, dass ihr Atem über Kittys Wange streichelte. Dann verschwand sie in der Menge und Kitty war auf sich gestellt.

Sie sah sich um. Überall zwischen den Umstehenden und Tanzenden waberte dieser ganz besondere Schimmer. Es war unmöglich, eine genaue Trennung zwischen Mensch und Dämon vorzunehmen. Und das erste Mal kam ihr in den Sinn, dass es genau so sein musste. Dass es richtig war. Dass es egal war.

Was genau machte einen Menschen aus? Körper oder Seele? Und wer durfte darüber bestimmen? Wer hatte Gott diese Macht gegeben? Den Kopf voller Fragen drängte Kitty sich durch die Menge an tanzenden, ringenden und sich liebenden Leibern. Ohne Ziel. Einfach nur, um nicht auf der Stelle zu verharren. Ohne nachzudenken, spreizte sie ihre Finger und strich beim Vorübergehen über Schultern und Arme, Hüften und Haare. Um hinzuspüren.

Die Bilder der aufflackernden Vorahnungen waren bruchstückhaft. Ein Kaleidoskop aus zusammenhanglosen Eindrücken, die eines ganz deutlich zeigten: Egal ob Mensch oder Dämon, sie alle wurden von Begierden angetrieben. Versteckt oder offen gelebt. Artig oder abartig. Unterdrückt und umgelenkt oder ohne Rücksicht auf andere ausgelebt. Visionen mit so vielen Emotionen im Schlepptau, dass Kitty schwindlig wurde.

Noch nie hatte sie sich so intensiv und lange ihrer Gabe hingegeben. Noch nie hatte sie so vielen Gefühlen anderer auf so engem Raum nachgespürt. Und noch nie war ihr die Anrufung ihres Talents so leichtgefallen. Sie konnte nicht aufhören, sich nicht entziehen, selbst als sie die Arme verschränkte und die

Hände dabei an den eigenen Körper presste. Es gab zu viele andere Berührungspunkte. Eine Hand, die ihre Hand berührte. Haar, das ihren Arm streifte, Füße und Beine, die mit ihren kollidierten. Bis Kitty die fremden Emotionen nicht mehr von den eigenen zu unterscheiden vermochte.

Wie im Rausch tanzte und lachte sie, schrie und stöhnte sie mit anderen – als Spiegel, ohne eigene Empfindung, ohne eigenen Willen und Inhalt.

Kitty sah die beiden Mädchen, die sie mit in den Raum gezogen hatten. Sah, wie sie sich gemeinsam an einen Mann schmiegten, ihn mit ihrem ganzen Körper liebkosten. Kitty konnte die Süße ihrer Küsse schmecken. Ihren Hunger nach Erfüllung spüren. Geistig und körperlich ausgefüllt von ihm. Ganz und gar.

Auch Kitty wollte das. Sie drängte sich näher, griff nach ihm - ein Platzhalter für ihre Fantasien. Sie wünschte sich Patt Wallet herbei. Seine großen starken Hände, die sie packten und hielten. Sie wollte sein Aroma einatmen, seinen Schweiß schmecken. Und sie wollte sein Blut, das in ekstatischer Erregung durch seine Adern floss.

Während sich Kitty in wilder Begierde an ihm labte, begann die Welt um sie herum sich zu drehen und zu kippen. Wie auf einem Schiff im Sturm. Und mitten im Auge des Tosens erblickte Kitty ausgerechnet Rose zwischen all den namenlosen Gestalten. Diese so spröde, widerspenstige und gleichzeitig so gefährliche Dämonin, die sie hierhergetrieben hatte.

Und plötzlich wusste sie, dass sie nicht Patt Wallet wollte, sondern Rose. Ihre Freundschaft. Ihre Anerkennung. Ihre Zuneigung und Liebe. Angemessen oder nicht. Sie wollte sie. Und zum ersten Mal überhaupt erkannte Kitty in ihrem Rausch, dass sie keinen männlich oder weiblich geformten Körper, sondern die darin schlummernde Seele begehrte.

Eine Sünde. Ein Frevel. Weil Gottes selbsternannte Diener in ihren Predigten Adam und Eva zum einzig wahren Lebenskonzept erhoben.

Kitty verstand jetzt, dass ihr dieses starre Korsett nie gepasst hatte. Womöglich war das der wahre Kern hinter ihrem Wunsch gewesen, sich als berufstätige Frau zu beweisen. Um diesem Zwang ausweichen zu können.

Alles schien auf einmal so klar. So einfach. Sie wollte zu Rose, wollte all diese Gedanken mit ihr teilen. Doch die Masse an Leibern drängte Kitty immer wieder zurück, egal wie sehr sie versuchte, sich einen Weg hindurch zu bahnen.

»Rose!«, rief Kitty und streckte die Hand nach ihr aus.

Doch die Dämonin war verschwunden, untergetaucht in den wogenden Wellen aus Körpern.

Kitty kämpfte, boxte und drängte sich vorwärts, während erneut Hunderte Eindrücke auf sie einprasselten. Voller Leidenschaft und Betrug, Hoffnung und Enttäuschung, Zärtlichkeit und Gewalt. Im Blitzgewitter der Bilder sah Kitty die Räume der Weltausstellung aufflackern, sah erneut das Mordopfer, wie es den Kopf zur Seite drehte und erstaunt die Brauen hob, gefolgt vom Blick auf seinen entstellten Leichnam.

Kitty spürte den Hass wie brennend heißes Feuer ihre Kehle hinabrinnen. Sie spürte ihr Herz vor Rache lodern, abgelöst von der glühenden Genugtuung, für Gerechtigkeit gesorgt zu haben. *Er ist hier!*

Die Erkenntnis riss Kitty für einen Moment aus dem Delirium

der Lust. Sie drehte sich und packte zu. Griff nach den Armen und Schultern der Umstehenden, um denjenigen wiederzufinden, von dem sie die Bilder empfangen hatte. Doch so sehr sie sich auch mühte, der Mörder war fort und ihr Geist versank abermals im Sog ihrer Fantasien.

Kapitel 11

Als Kitty erwachte, fand sie sich auf einer der Pritschen wieder, die sie beim Betreten des Souls Harbour gesehen hatte. Doch jetzt war der Raum menschenleer. Die Opiumpfeifen wie auch alle anderen Einrichtungsgegenstände waren fort, nur die Pritschen und ein paar brennende Ölfackeln waren geblieben. Alles war still. Aber der Geruch der betäubenden Droge hing noch immer in der Luft. Kitty hatte sich das alles nicht eingebildet. Zumindest das nicht.

Sie richtete sich auf. Ihr Kopf war schwer und dröhnte, als hätte sie zu viel getrunken. Doch das hatte sie nicht. Vielleicht war gerade das ihr Fehler gewesen. Womöglich waren die Symptome und ihre Erinnerungslücken durch Dehydrierung entstanden, sie war umgekippt und hierher getragen worden.

Meine Tasche! Kitty sah sich hektisch um und fand sie direkt neben sich. Ein Blick nach unten verriet, dass ihre Kleidung unversehrt war, wenn auch etwas zerknautscht und verschwitzt von dem Gedrängel.

Warum nur waren die Erinnerungen so verschwommen? Kitty

versuchte sich an die Ereignisse des Abends zu erinnern, doch die Bilder wirkten zusammenhangslos und durcheinander gewürfelt.

Einerseits nahm sie es Eliza übel, dass die Dämonin sie einfach so zurückgelassen hatte. Andererseits war sie nicht ihr Kindermädchen und hatte das auch von Anfang an klargemacht. Sie hatte eingewilligt, Kitty hierher zu bringen, von einem weiteren Escortservice nach Hause war nicht die Rede gewesen. Oder schlief Eliza in einem der anderen Räume?

Als Kitty sich erhob, durchfuhr sie rasender Kopfschmerz. Sie kniff die Augen zusammen und musste sich an der Wand abstützen. Es brauchte mehrere Atemzüge, bis sie ihr Gleichgewicht fand und ihr Kreislauf sich stabilisiert hatte. Sie würde es langsam angehen müssen. Aber die Aussicht auf frische Luft am Ausgang dieses Labyrinths trieb sie an.

Sie trat auf den Gang hinaus. Auf dem Boden kauerte eine Gestalt. Ein Mann, der mit dem Rücken an der Wand lehnte, die Beine gespreizt und ausgestreckt. Sein Kopf war ihm auf die Brust gesunken. Dunkles Haar verdeckte sein Gesicht und doch wusste Kitty auf den ersten Blick, dass es der Kerl war, an dem die beiden Mädchen und später auch sie so lüstern gehangen hatten.

Scham stieg in ihr auf. Wie hatte sie sich in aller Öffentlichkeit so gehen lassen können? Wie hatte sie mit Mädchen, die sicher gerade mal halb so alt wie sie waren, um so einen Kerl wetteifern können?

Kitty war versucht, sich einfach auf Zehenspitzen vorbeizuschleichen, doch ihr jahrzehntelang geschulter Instinkt hielt sie davon ab. Etwas stimmte nicht. Sie trat ein paar Schritte näher und sah sich genauer um. Sie und dieser Mann schienen die einzig verbliebenen Gäste zu sein.

Kitty biss sich auf die Lippe. Eigentlich ging es sie überhaupt nichts an, dennoch hielt ihr wiedererwachter Anstand sie davon ab, ihn einfach so allein zurückzulassen. Die Öllampen würden nicht ewig brennen. Sollte sie ihm zur Sicherheit eine Kerze hinlegen?

Vielleicht könnte sie sich ihm auf dem Weg nach draußen anschließen, statt selbst nach dem Ausgang zu suchen. Sie müsste ihn nur wecken.

Kitty versuchte es mit einem Räuspern, dann mit einem etwas lauteren Husten. Doch der Mann rührte sich nicht. Genau genommen rührte er sich gar nicht. Nicht einmal sein Brustkorb! Alarmiert ging Kitty in die Hocke, kämpfte gegen eine weitere Kopfschmerzwelle an, fasste den Mann schließlich an der Schulter und rüttelte ihn.

Doch schon bei der ersten Berührung spürte sie, dass ihre Ahnung sich als richtig erwies. Der Mann war tot. Sein Oberkörper rutschte zur Seite und Kitty bemerkte ein paar kleine, eintätowierte Symbole auf seiner Brust. Dann kippte der Kopf nach hinten und offenbarte sein Gesicht.

Kitty erstarrte. Selbst im Zwielicht konnte sie die dunklen Male rund um den Mund erkennen. Dieser Mann war nicht einfach nur tot, was schlimm genug war. Er war das dritte Opfer des Serienmörders! Der Dämon war hier gewesen! Mit ihr im selben Raum, während sie sich wie eine Besessene im Drogenrausch aufgeführt hatte!

Sie fuhr so hastig hoch, dass ihr übel wurde. Nicht nur wegen der Kopfschmerzen. Sie hatte als Dämonenjägerin versagt und einen weiteren Mord zugelassen. Und noch eine Erkenntnis trieb ihr die Galle die Speiseröhre hinauf: Sie würde diesen Mord melden müssen. Melden und gleichzeitig erklären, warum sie überhaupt hier unten gewesen war.

Der Chief Inspector war nach dem Vorfall auf der Ausstellung sowieso schon nicht gut auf sie zu sprechen und der Auftritt ihres Vaters auf der Polizeistation hatte es gewiss nicht besser gemacht.

»Du bist selbst schuld an diesem Schlamassel, also reiß dich verdammt noch mal zusammen!«, rief Kitty sich selbst zur Ordnung. Wie zur Bestätigung hallte ihre Stimme von den Wänden wider.

»Was mach ich, was mach ich, was mach ich nur?« Sie rieb sich über die Stirn und massierte die schmerzenden Schläfen. Sie musste logisch und mit Bedacht vorgehen, um nicht noch tiefer in diese ganze Sache verstrickt zu werden. Auf keinen Fall durfte sie selbst den Fund eines weiteren Toten melden.

Trotz des ganzen Chaos war ihr Ausflug auch ein Erfolg gewesen. Immerhin hatte sie den Mörder aufgespürt, war ihm nahegekommen. Auch wenn sie weder ein Gesicht noch einen Namen kannte. Dennoch mochten all die Visionsbilder wichtige Hinweise enthalten, genau wie der Tote.

Das erste Mal hatte Kitty uneingeschränkten Zugriff auf eines der Opfer, um mit ihrem Talent unbeobachtet und ohne Zeitdruck auf Spurensuche zu gehen. Auch das war so gesehen ein Glücksfall, Kopfschmerz hin oder her.

Trotz allem ließ sie der Anblick eines Toten nicht unberührt. Ob sein Geist in diesem Moment neben ihr stand und darauf wartete, dass sie mehr über den Mörder herausfand? Konnte sie als Dämonin seine Seele womöglich sehen und mit ihr sprechen?

»Hallo, sind Sie da?«, fragte Kitty zaghaft in die Stille hinein.

Oder war bereits ein göttlicher Helfer hier gewesen und hatte die Seele hinüber ins Jenseits geleitet? War Amari hier gewesen? Hatte er sie nebenan liegen sehen?

Realistisch gesehen war er wohl kaum für alle Toten in London zuständig. Dafür starben zu viele, jeden Tag, trotz des so hochgelobten Fortschritts.

Nachdem Kitty erfolglos auf eine Antwort gewartet hatte, holte sie die Öllampe aus dem Nebenzimmer, hockte sich abermals neben den Leichnam und betrachtete sein Gesicht genauer.

Die erstarrten Augen zeigten Überraschung, aber keine Angst, soweit sich das sagen ließ. Sein Mund war geöffnet, die Lippen, wie auch bei den anderen Fällen, eingefallen, verschrumpelt und schwarz. Und wieder war das umliegende Gewebe dunkel verfärbt, ähnlich einem Bluterguss. Mund, Zunge und der gesamte Rachenraum wirkten wie ausgedörrt. Als hätte man dem Toten das Leben regelrecht ausgesaugt.

Unwillkürlich kam Kitty Eliza in den Sinn. Wie genau füllte sie ihre Flaschen und Phiolen? Woher nahm sie all die Flüssigkeiten, um sie an ihre dämonische Kundschaft zu verkaufen? War sie die Mörderin? Immerhin war sie vor Ort gewesen. Mehr noch, sie hatte ausgerechnet hier unten ein Lager.

Oder war gerade das ein Ausschlusskriterium? Einen Tatort und Polizei, die herumschnüffelte, konnte sie hier unten wohl am allerwenigsten gebrauchen. So unüberlegt und impulsiv schätzte Kitty die Dämonin nicht ein. Dafür war sie ihrer Aussage nach schon zu lange im Geschäft.

Auch das war ein Argument, das gegen sie als Mörderin

sprach. Schließlich trat der Mörder erst seit Kurzem mit diesem ganz speziellen Markenzeichen in Erscheinung. Es wirkte viel eher wie die Tat eines unbeherrschten Neudämons, soweit das Kitty beurteilen konnte.

»Dann lass mal sehen, was du mir sonst noch erzählen kannst«, sagte sie und legte dem Mann ihre Hand an die erkaltete Wange.

Es dauerte eine Weile, bis sie den Kopfschmerz so weit aus ihrem Bewusstsein gedrängt hatte, dass die Vorahnungen den nötigen Raum erhielten. Als endlich die ersten Bilder in Kitty aufstiegen, waren sie dunkel und verzerrt. Vielleicht weil der Kerl, genau wie sie, von der Stimmung und den vielfältigen Gerüchen und Empfindungen am Abend wie benebelt gewesen war.

Aber konnte das überhaupt sein? Er war definitiv ein Mensch gewesen. Ihn hätte diese Art des Rausches also gar nicht tangieren dürfen. War das die Wirkung des Opiums?

Kitty versuchte tiefer zu dringen. Wenn sie schon keine erkennbaren Bilder empfing, dann vielleicht hilfreiche Gefühle, neben der Euphorie und hemmungslosen Begierde, die ihr entgegenströmte.

All das musste lange vor dem Mord passiert sein und einige der Eindrücke erinnerten Kitty überaus plastisch daran, dass sie an dem Erlebten beteiligt gewesen war. Verschwitzte Körper, die sich aneinanderrieben. Ihr Körper, der sich wie elektrisiert anfühlte durch so viel Kontakt. Sie hatte nicht gewusst, wie erregend es sein konnte, den Formen eines anderen nachzuspüren. Ihn zu riechen, zu schmecken. Seine Hitze und Geschmeidigkeit und die unter der Haut schlummernde Kraft.

Mittenhinein in das orgasmische Treiben spürte Kitty plötzlich einen Stich. Ein Erinnerungsbild, das geradezu körperlich schmerzte und im nächsten Moment zu brennen begann. Rasende Eifersucht füllte ihren Kopf, bis sie schrie. Bis ihr eigener gellender Schrei sie herausriss aus ihrer Vision und zurück in das Hier und Jetzt holte.

Eifersucht! Das war das Motiv des Mörders! Bei diesem Mann und vielleicht auch bei allen anderen Opfern! Also konnten Dämonen noch wahrhaft lieben oder zumindest noch voller Inbrunst begehren. Wenn sich ihr Innerstes nach außen kehrte, vielleicht sogar mehr als sie es im Menschsein vermocht hatten.

Kitty lachte voller Bitterkeit auf, als die Selbsterkenntnis sie traf. Deshalb agierte sie neuerdings so impulsiv und geradezu unberechenbar: weil sich ihre jahrzehntelang unterdrücke Sehnsucht nach Liebe und Leidenschaft nun endlich zeigen durfte, ihre Rechte einforderte. Wie viel davon würde ihr bleiben, wenn sie nach erfüllter Aufgabe zurück in ihren Körper schlüpfte? Würde sie je wieder die sein können, die sie einmal gewesen war? Wollte sie das überhaupt?

Sie hatte viele Entbehrungen erduldet, weil die Gesellschaft es so verlangt hatte. Oder besser gesagt, weil sie sich diesen gesellschaftlichen Normen unterworfen hatte. In der Rückschau kamen sie Kitty geradezu lächerlich vor. Wie ein ewiges Theaterstück, bei dem Frauen in alte vorgefertigte Rollen schlüpften, die viele von ihnen überhaupt nicht spielen wollten.

Es mochte ihr eigener Fehler gewesen sein, sich im Leben nicht noch höhere Ziele gesteckt zu haben. Sich mit den Siegen zu begnügen, die sie im Kampf mit der eigenen Familie errungen hatte.

Für die Erkenntnis, dass sie mehr wert war, sich mehr wünschen und erlauben durfte, würde sie ihrem Schicksal immer dankbar sein. Auch wenn sie erst sterben und als Dämonin hatte auferstehen müssen, um das zu begreifen.

Wenn aber das Motiv Eifersucht war und zwei von drei Opfern männlich waren, wie wahrscheinlich war da die Annahme, dass es sich bei dem Mörder um einen Mann handelte? Eine Frau erschien da im ersten Moment viel einleuchtender. Denn zumindest das noch namenlose Opfer von gestern Nacht hatte wohl eher das weibliche Geschlecht favorisiert. Andererseits waren das Konventionen der Kirche. Liebe und Begehren kannte solche Schubladen nicht. Das hatte Kitty selbst gerade erst für sich erfahren.

Dennoch hatte sie einen der typischen Anfängerfehler begangen und sich ohne Grund auf einen männlichen Täter eingeschossen. Einfach, weil es häufiger vorkam. Keine ihrer Vorahnungen hatte dafür einen Beweis geliefert. Allerding auch nicht für das Gegenteil. Sie musste dringend mehr Details über Lucy Wigem, den Adeligen und ihre nächtliche Bekanntschaft in Erfahrung bringen. Es musste ein verbindendes Glied geben.

Kitty seufzte und beugte sich abermals über die Leiche. Diesmal, um vorsichtig in seinen Taschen nach Dokumenten zu suchen, die einen Hinweis auf seinen Namen geben mochten. Doch außer ein paar Münzen, einem Schlüsselbund und einem benutzten Taschentuch war da nichts.

Blieb nur die Hoffnung, dass jemand ihn auf den Skizzen für die polizeiliche Anzeige in der Zeitung erkannte oder von sich aus als vermisst meldete. In beiden Fällen würden die Constables es als Erstes erfahren.

Ein Besuch auf der Polizeistation war überfällig, samt einer Entschuldigung beim Chief Inspector. Doch zuallererst würde sie hier rauskommen, den Mord melden, nach Hause fahren und sich frisch machen.

Nachdem Kitty alle Spuren, die auch nur im Entferntesten auf sie schließen könnten, sorgsam verwischt hatte, machte sie sich mit einer Kerze bewaffnet auf den Weg zurück an die Oberfläche. Doch die Gänge schienen endlos zu sein. Immer wieder musste sie innehalten, sich erneut an den Sinn der Strichzeichnungen und ihre vermutete Deutung zurückerinnern.

Gerade als sie alle Hoffnung aufgegeben hatte, jemals wieder Tageslicht zu erblicken, erreichte sie den Tunnelausgang und die Treppe nach oben.

Entgegen ihrer Vermutung stand die Sonne noch tief über dem östlichen Horizont, versteckte sich hinter der für London typischen Nebelwand und warf diffuses Morgenlicht auf die Docks. Dennoch waren die Menschen auf der Isle of Dogs bereits unterwegs, um die wartenden Schiffe zu ent- oder zu beladen.

Kitty fröstelte trotz der milden Temperaturen. Sie fühlte sich erschöpft und ausgelaugt wie selten. Als sie in ihre Tasche griff, um zu sehen, ob die Münzen in ihrer Geldbörse für eine Kutsche reichten, fand sie die Flasche, die Eliza ihr zugesteckt hatte. Vielleicht würde ihr ein Schluck davon neue Energie verleihen. Doch Kitty fühlte sich unfähig, auch nur an den möglichen Inhalt zu denken, geschweige denn ihn runterzubekommen.

Stattdessen zog sie ihre Börse hervor. Bevor sie heim konnte, musste sie noch etwas erledigen. Sie winkte einen jungen Burschen herbei, drückte ihm ganze zwei Penny in die Hand und wies ihn an, dem nächstbesten Constable auf der Straße von einem Toten in den unterirdischen Tunneln zu erzählen.

»Aber sag ihm nicht, wer dich geschickt hat, verstanden?«

Der Junge nickte, schloss die dürre Faust um die Pennys und lief los.

Auch Kitty wollte so schnell wie möglich fort, doch es dauerte, bis eine Kutsche anhielt. Nachdem der Fahrer sie ausgiebig gemustert hatte, durfte sie zwar einsteigen, musste den Preis aber im Voraus zahlen. Unglücklicherweise reichte ihr Geld nur bis zum Monument, der Gedenksäule an den Großen Brand von London. Also musste sie von dort aus wohl oder übel die restliche Strecke bis hoch zum Finsbury Square zu Fuß laufen.

Kitty spürte die Blicke der Leute auf sich brennen. Wie sie sie angafften und sich mitleidige, furchterregende oder obszöne Geschichten ausdachten, die ihren mitgenommenen Zustand erklärten. Doch sie wollte nichts davon hören. Mit gesenktem Blick und zusammengepressten Lippen marschierte sie die Straßen entlang.

»Kitty? Kitty, bist du das?«, erklang ausgerechnet die Stimme ihrer Freundin Tessi, als sie gerade den riesigen Bau der Bank of Scotland hinter sich gelassen hatte.

»Kitty Carter, bleib sofort stehen oder ich schreie!«, rief Tessi, als Kitty keine Anstalten machte, langsamer zu werden.

Kitty seufzte tief und gehorchte. Sie hatte ihre Freundin seit dem Unfall vor dem Café nicht wiedergesehen. Vielleicht hatte Tessi bis eben tatsächlich gedacht, sie sei tot. Etwas, das sie als gute Freundin unter normalen Umständen nie zugelassen hätte. Aber die Umstände waren nun einmal alles andere als normal. Trotzdem schuldete sie ihr eine Erklärung.

»Tessi, ich habe dich gar nicht bemerkt«, begrüßte Kitty sie mit einem entschuldigenden Lächeln und strich sich dabei so unauffällig wie möglich über ihre zerzausten Haare und das lädierte Kleid.

»Ich wollte meinen Augen erst gar nicht trauen«, gab Tessi zurück und musterte sie eingehend. »Ich dachte, du liegst zu Hause im Bett und erholst dich von diesem schrecklichen Vorfall. Ein Constable hat mir alles erzählt, als ich auf der Wache meine Aussage machen wollte.«

»Das Ganze sah schlimmer aus, als es war. Ein kleiner Schock, mehr ist nicht geblieben«, versuchte Kitty sich aus der Sache herauszuwinden.

»Und warum siehst du dann aus, als wärst du gerade eben schon wieder unter die Räder gekommen?«

Statt Missbilligung oder Sorge schwang regelrecht Argwohn in ihrer Stimme mit. Was hatte der Constable ihr erzählt? Oder war sie zu allem Überfluss Kittys Vater über den Weg gelaufen?

»Es ist nichts. Ich bin versehentlich hingefallen, als ich ... als ich über den Markt an der London Bridge geschlendert bin.« Eine zugegebenermaßen dürftige Ausrede für ihren Aufzug, doch Kitty hatte weder die Kraft noch den Willen, sich länger damit aufzuhalten. »Ich bin sicher, du verstehst, dass ich auf schnellstem Weg nach Hause gehen möchte.«

»Natürlich«, erwiderte Tessi. »Ich begleite dich selbstverständlich.«

Kitty starrte sie an. Doch ihre Freundin schien es ernst zu meinen. Also nickte sie ergeben und hakte sich bei ihr unter.

Die ganze Wegstrecke über redete Tessi auf sie ein. Dass ein Schlag gegen den Kopf innere Schäden verursachen konnte, eine Gehirnerschütterung oder Schlimmeres. Sie erzählte von einer entfernten Cousine, die nach einem Sturz vom Pferd angeblich in dämonischer Sprache zu reden begonnen hatte. Bis der Pfarrer sie besucht und ihr die bösen Geister ausgetrieben hatte.

»Du glaubst also, ich bin von Dämonen besessen?«, fragte Kitty und musste lächeln. Immerhin lag ihre Freundin damit nicht völlig falsch.

Von der Direktheit der Frage offenbar überrumpelt, riss Tessi die Augen auf. »Aber nein. Das würde ich nie. Mir liegt einfach nur dein Wohl am Herzen«, redete sie sich heraus.

Doch Kitty wusste auch ohne eine Vorahnung, dass ihre abergläubische Freundin genau das dachte oder man ihr das zumindest eingeredet hatte. Sie war durch ihren William offen für Innovationen und auf der anderen Seite dennoch eine bibelfeste Gläubige. Wenn sich jemand auf unerklärliche Weise veränderte, musste der Teufel seine Finger im Spiel haben. Wie sehr die Wahrheit Tessis Glauben wohl erschüttert hätte?

Als sie endlich die Stufen zu Kittys Wohnung erreichten, folgte das nächste Übel. Statt Nora öffnete Kittys Vater die Tür – und er hatte Verstärkung dabei.

Kapitel 12

Kitty stand zusammen mit Tessi im Eingangsbereich ihrer Wohnung und rang um Fassung. »Ich dachte, ich hätte mich deutlich genug ausgedrückt, was ich von deinem Versuch der Bevormundung halte, Vater.«

Nicht nur, dass er sich erneut ohne ihre Billigung Zutritt ins Haus verschafft hatte, er war auch noch so dreist gewesen, einen Doktor anzuschleppen. Einen Arzt, der sie auf geistige Zurechnungsfähigkeit untersuchen sollte! Und als Krönung des Ganzen hatte ihre Freundin das alles mitbekommen und machte keine Anstalten zu gehen oder Kitty in irgendeiner Weise zu unterstützen.

Nur mit Mühe rang sie ihre Wut nieder. Sie wollte nicht streiten oder auch nur diskutieren, sondern sich waschen, die Kleider wechseln, zusammen mit einem Tee ein Mittel gegen diese Kopfschmerzen schlucken und dann auf dem Sofa dösen. Stattdessen musste sie einmal mehr für ihre Unabhängigkeit und Selbstbestimmtheit kämpfen. Weil sie aneckte, nicht ins gesellschaftliche Schema passte. Weder als Frau noch als Tochter.

Wie naiv sie doch gewesen war, zu glauben, dass ihr damaliger Entschluss, sich gegen eine Heirat zu stemmen und selbst Geld zu verdienen, alles ändern würde.

»Es ist nur zu deinem Besten«, sagte Barnabas Carter, ohne auch nur den Hauch von Mitgefühl zu heucheln.

Es ging ihm vielmehr um sich selbst, um das Familienansehen und ganz sicher auch um sein Erbe, zumindest in wirtschaftspolitischer Hinsicht. Denn Töchter zählten in dieser Hinsicht ja nicht, obwohl das Land von einer Königin regiert wurde.

Diese Welt war so verdreht; geprägt und gesteuert von machthungrigen und gleichzeitig verängstigten Männern. Oh ja, sie hatten in Wahrheit unbändige Angst vor den Frauen. Weil sie die wahren Schöpferinnen waren, Leben gebaren und die Welt mit Weitblick und Anteilnahme betrachteten. Fähigkeiten, die in der männlichen Anatomie zu einem bloßen Anhängsel verkümmert waren.

»Die moderne Medizin hat wirksame Mittel gegen solcherlei Frauenleiden. Wir können Ihnen einen komfortablen Platz in einem Erholungsheim anbieten, um dem verwirrten Geist die Möglichkeit zu geben, sich von seinen Dämonen zu befreien«, meldete sich nun auch der Quacksalber zu Wort.

Ein hagerer Mann mit gezwirbeltem Schnauzbart und grauen Koteletten. Er steckte in einem altmodischen Anzug, dessen übergroßer Kragen den ohnehin langen Hals zusätzlich betonte. Gekrönt wurde das Ganze von dem obligatorischen schneeweißen Stoffschal, der zu einem strengen Knoten geschnürt war.

Um mich von Dämonen zu befreien. Kitty musste trotz der Situation schmunzeln. Wenn sie ihm die Wahrheit erzählte, würde er sie wohl eher in eine der geschlossenen Anstalten stecken statt in ein Sanatorium zur Erholung.

Doch die Bemerkung erinnerte sie auch daran, dass sie nur noch wie ein Mensch aussah, aber keiner mehr war. Das würde ein Mediziner bei genauerer Untersuchung womöglich erkennen. Immerhin war ihre Kopfwunde nach dem Sturz in den Hof unnatürlich schnell verheilt.

»Gehen Sie«, sagte Kitty. Es sollte bestimmt klingen, doch die Worte kamen nur gehaucht über ihre Lippen. »Gehen Sie!«, wiederholte sie energischer.

»Ich erwarte, dass du dich zusammenreißt und den Doktor seine Arbeit machen lässt. Er hat sich auf mein Drängen hin freigenommen, um eine Ausnahme zu machen und dir um diese Uhrzeit einen Hausbesuch abzustatten.« Ihr Vater hatte die Hände in die Hüften gestemmt, das Kinn vorgeschoben und den Blick eisern auf Kitty gerichtet.

»Vielleicht kann er ja wirklich helfen«, meldete sich Tessi hinter ihr zu Wort. »Seit dem Unfall hast du dich verändert. Schau dich doch nur an. Wie du aussiehst. Ganz verlottert und stinkend, als hättest du die Nacht in der Gosse verbracht.«

Kitty sah an sich hinab. Ganz falsch lag ihre Freundin damit nicht, nur ließ sich der Grund dafür nicht ohne Weiteres erklären. Hätte sie Tessi so vorgefunden, hätte sie sich ebenfalls Sorgen gemacht. Vielleicht würde eine kurze Untersuchung ihren Vater zufriedenstellen und dieses Drama beenden.

Sie bestand ja nicht nur aus Luft. Ihr Körper spürte immer noch Schmerzen, sie konnte Nahrung und Flüssigkeit zu sich nehmen und sie war, auch wenn sie es selbst nicht gesehen hatte, dem Blutfleck nach zu urteilen, zumindest kurzzeitig verwundet gewesen.

Kitty wollte sich gerade an den Doktor wenden und einlenken, als hinter den beiden Männern im Gang eine Gestalt auftauchte. Amari! Kitty hielt den Atem an. Wartete ab. Doch der Sendbote Gottes machte keine Anstalten sich in die Unterhaltung einzumischen. Er stand nur da, blickte sie an und schüttelte mahnend den Kopf. Wusste er, dass sie im Begriff gewesen war, der Untersuchung zuzustimmen?

»Miss Carter? Ist Ihnen nicht wohl?« Die Stimme des Arztes riss Kitty aus ihrer Starre.

Sie sah erst ihn an, dann ihren Vater. Beide standen mit dem Rücken zu Amari. Tessi dagegen hätte ihn sehen müssen. Dennoch zeigte sie keinerlei Reaktion.

Amari hob die Mundwinkel und trat so dicht hinter Barnabas Carter, dass er ihn fast berührte. Doch weder er noch Tessi reagierten auf ihn.

»Könntest du das bitte regeln?«, fragte Kitty.

Wieder schüttelte Amari den Kopf, umrundete ihren Vater, trat stattdessen hinter Kitty und flüsterte ihr ins Ohr: »Das ist ganz allein dein Schlamassel. Du hast ihn dir eingebrockt und du musst dich da auch wieder hinausmanövrieren. Allerdings ohne dass er dich untersucht. Denn auch wenn du eine wirklich gute Imitation eines Menschen bist, wird deine Tarnung einer eingehenden Prüfung nicht standhalten. Eine gute Imitation ist immer noch eine Imitation. Du glaubst vielleicht, dein Herz zu hören, aber das heißt nicht, dass auch eines da ist. Und du weißt ja sicher, was Dämonen in diesem Teil der Welt blüht, nicht wahr?«

Kitty erschauderte bei der bloßen Vorstellung daran. Sie hatte quasi aus erster Hand miterlebt, wie die Kirche dabei vorging. Im

Fall Billy Barkley hatte der Ehemann seine Frau und die zehn und zwölf Jahre alten Töchter bestialisch ermordet. Danach war er blutüberströmt durch die Straßen gerannt und hatte geschrien, dass er Gottes Werkzeug sei.

Weitere Tumulte hatten die Kirche dazu genötigt, öffentlich zu erklären, dass der Mann von Dämonen besessen sei. Billy Barkley war daraufhin nicht etwa weggesperrt, sondern einer besonderen kirchlichen Delegation übergeben worden, um einen Exorzismus an ihm durchzuführen. Natürlich unter Ausschluss der Öffentlichkeit.

Dennoch hatte Kitty mehr von den Folterungen gesehen, als ihr lieb gewesen war. Später, dank ihrer Gabe, als nach einem angeblichen Unfall seine Habseligkeiten der Polizei übergeben worden waren. Den Leichnam hatte die Kirche in einem abschließenden Reinigungsritual verbrannt.

Was für ein Wahnsinn das alles gewesen war, verstand Kitty erst jetzt in vollem Umfang. Dämonen waren nichts anderes als Seelen Verstorbener und keine teuflischen Geister, die in die Körper eines Lebenden schlüpften. Sie waren keine Jünger Satans, denn den Teufel und seine Hölle gab es nicht.

»Mir geht es gut«, sagte Kitty mit fester Stimme. »Es gibt nichts zu tun für Sie. Also gehen Sie bitte. Alle.«

»Ich lasse nicht zu, dass du weiter Schande über die Familie bringst«, zischte ihr Vater und packte sie grob am Arm. »Der Doktor wird dich untersuchen, ob du willst oder nicht.«

Von Tessi war ein erschrockenes »Huch« zu hören. Mehr nicht. Ihre Freundin war zu sehr in ihrer antrainierten Geschlechterrolle gefangen, um sich an Kittys Seite gegen zwei Männer in Amt und Würden zu stemmen. Zumindest redete

Kitty sich das ein. Die Alternative wäre unverzeihlich gewesen – wenn ihre Freundin diese Behandlung trotz Kittys ausdrücklichem Widerstand gutgeheißen hätte.

Und Widerstand zeigte Kitty. Sie wand sich, krallte sich in die Hand ihres Vaters, um jeden Finger einzeln zu lösen. Doch ihre Kraft reichte nicht aus. Stattdessen packte nun auch der Doktor zu, fasse Kittys anderen Arm und half, sie in den Salon zu manövrieren.

»Nora, ruf die Polizei!«, schrie Kitty außer sich vor Wut, als sie das Hausmädchen gaffend neben Tessi im Türrahmen stehen sah. Warum hielten Frauen in diesen Dingen nicht zusammen?

Eliza und Rose würden sich so eine Behandlung ganz sicher nicht gefallen lassen. Sie wussten, dass diese ganzen gesellschaftlichen Regeln nur die Regieanweisungen zu einem Drama waren, das Leid und Qual zum Thema hatte, nur um am Ende aller Dinge das Geheimnis zu lüften – die große Erkenntnis nach dem Tod, dass die lebenslange Marter nicht der Wille eines Gottes, sondern unserem eigenen kranken Geist entsprungen war.

Hass auf die Männer, auf die Welt und auf ihre eigene Engstirnigkeit bahnte sich ihren Weg tief aus dem Bauch hinauf, füllte den Platz ihres Herzens und brannte sich in Kittys Gedanken. Nur mehr verschwommen konnte sie Amari und die anderen sehen. Ein Gottesbote, der nichts tat, nur zusah, wenn sie litt! Ein letzter heißer Tropfen, der etwas in ihr zum Explodieren brachte.

Ihr Vater und der Doktor drückten sie gerade auf das Sofa hinab, da sprang Kitty, von unbändiger Kraft durchflutet, wieder auf. Glutheißer Wind umtoste sie und schleuderte die Männer wie trockenes Laub davon. Die Blumenvase auf dem Tisch sauste samt Spitzendeckchen durch die Luft und zerschellte an der

Büchervitrine. Die Stühle rutschten quietschend über das Parkett, kippten um und polterten gegen die Wand.

Kitty aber wurde schlagartig ruhig, ein finsteres Lächeln auf den Lippen. So also hatte Rose das gemacht. Ihre Wut hatte sich in diesem Sturm manifestiert. Welche Fähigkeiten mochten sonst noch in ihr stecken? Und wie konnte sie lernen, diese neuen Begabungen genau wie Rose zu kontrollieren?

Vielleicht von der Dämonin selbst. Die unbeschwerten Tage in ihrem eigenen Heim waren vorbei. Ihr Vater würde seine finanzielle Unterstützung einstellen und nach diesem Vorfall wohl eher einen Priester rufen. Genau wie es damals bei Billy Barkley geschehen war.

Kitty sah zu, wie ihr Vater benebelt über den Boden krabbelte. Von seiner Stirn tropfte Blut auf den teuren Teppich. Doch sie spürte kein Mitleid, sondern etwas viel Schlimmeres. Diese abartige Gier, die ihr Dasein mit sich brachte, stieg in ihr auf. Voller Abscheu schob sie den Gedanken beiseite, sich vor ihren Vater zu knien, um das Blut abzulecken.

Sie musste raus! Fort aus diesem Haus und aus ihrem alten Leben! Doch bevor sie untertauchte, musste sie noch etwas erledigen. Sie musste an ihren alten Arbeitsplatz und Erkundigungen über den Toten von der Weltausstellung einholen, bevor Patt Wallet und jeder verfügbare Detective auf Geheiß ihres Vaters nach ihr suchen würde.

Das Problem war nur, dass sie immer noch aussah und roch, als hätte sie auf der Straße übernachtet. Sie griff ihre Tasche vom Sofa. Als Kitty in den Gang trat, wich Tessi vor ihr zurück und rannte hinaus auf die Straße. Sofort nahm sie die Verfolgung auf. Wenn ihre Freundin einem Detective von dem Vorfall im Hause Carter erzählte, wäre ihr Plan hinfällig.

Tessi lief die Straße hinab Richtung Süden. Mit so großen, ausladenden Schritten, dass man unter dem schwingenden Reifrock ihre Beine bis hinauf zu den Knien sah.

»Tessi, bitte! Du bist meine beste Freundin! Du kennst mich! Lass es mich erklären!«

Die Leute auf der Straße blieben stehen und gafften. Wie sie das immer taten, wenn jemand die übliche Etikette durchbrach und sich wie ein Mensch mit echten Gefühlen benahm. Aber auch Tessi blieb nach drei oder vier weiteren Schritten stehen.

Kitty dankte dem Schicksal für die beste Freundin aller Zeiten. Wie sollte sie es angehen? Wie es ihr erklären, ohne dass sie Kitty für völlig wahnhaft halten würde?

Tessi drehte sich zu ihr um, den Mund immer noch leicht geöffnet, vor Schreck und purer Atemnot. Immerhin war sie solche Sprints nicht gewohnt, auch wenn sie zu den tatkräftigeren Frauen der Upperclass gehörte. Die Schaulustigen tuschelten, blickten von einer Frau zur anderen und spannen sich wahrscheinlich bereits ihre ganz eigenen Geschichten zu diesem vermeintlichen Drama zusammen.

»Wie willst du das denn bitte erklären?«, fragte Tessi und ihre Miene spiegelte ihren inneren Kampf wider. Sie hatte Angst, aber da waren auch Anteilnahme, Sorge und vielleicht sogar ein wenig Neugier.

Kitty schloss zu ihr auf, damit das Gespräch nicht länger der Unterhaltung anderer diente. »Wenn du das Unmögliche für möglich hältst, wird danach alles einen Sinn ergeben. Das verspreche ich dir.«

Ein winziges Lächeln huschte über Tessis Gesicht, als Kitty

den Leitspruch ihres Mannes zitierte. Wer, wenn nicht sie, die Frau eines Träumers und Erfinders, würde genug Vorstellungskraft mitbringen, um selbst ihren Glauben zu überdenken?

Wie zur Antwort erschien Amari mitten auf der Straße hinter Tessi. Und wieder schüttelte er mit ernstem Gesichtsausdruck den Kopf. Seine Worte stiegen in Kittys Erinnerung empor. *Du darfst niemandem verraten, was du bist und welchen Auftrag du hast.*

Sie würde eine andere, aber genauso glaubwürdige Erklärung für ihr sonderbares Verhalten finden müssen. Und zwar eine, die nichts mit ihrer geistigen Gesundheit zu tun hatte. Denn die war besser denn je.

»Tessi, ich weiß, dass ich unendlich viel von dir verlange. Und ich bin dir zutiefst dankbar dafür, dass du dich so um mich sorgst«, sagte Kitty an ihre Freundin gewandt. »Ich werde dir beizeiten alles erklären. Aber erst müssen wir zu meiner Arbeitsstelle fahren.«

»Zur Polizeistation?«, hakte Tessi nach.

Kitty nickte. »Ich bin da etwas Großem auf der Spur.«

Ihre Freundin sah sie aus geweiteten Augen an. »Einem Kriminalfall?«

Wieder nickte Kitty.

»Diesem Mordfall, von dem du mir im Café erzählt hast?«

Kitty warf einen kurzen Blick über Tessis Schulter. Doch Amari war bereits verschwunden.

Um nicht in Versuchung zu kommen, weitere Details preiszugeben, antwortete Kitty ein drittes Mal mit einem bloßen Nicken.

»Ich wusste es!«

Tessi wirkte ein wenig zu fröhlich für Kittys Geschmack.

Immerhin hatte sie vor wenigen Minuten nicht nur einen Familienstreit miterlebt, sondern auch einen ausgewachsenen Zimmersturm. Entweder verdrängte sie also das Geschehene oder sie versuchte Kitty in Sicherheit zu wiegen, um sie dann persönlich bei der Polizei abzuliefern.

Aber das Risiko würde Kitty eingehen müssen. Sie warf einen letzten Blick zurück zu ihrer Wohnung. Die Sache mit ihrem Vater würde sie später bereinigen müssen. Dann, wenn das alles hinter ihr liegen und sie wieder ein Mensch sein würde.

Ihre Freundin winkte eine Kutsche herbei und Kitty konnte nicht umhin, Tessi für ihren raschen Sinneswandel und ihre Tatkraft zu bewundern. Sie hing alten Ideen nicht unnötig hinterher. Da war keine Angst, die Kitty an ihr witterte, sondern jene Aufregung, die man vor einem Abenteuer verspürte. Sie würde Kitty nicht verraten. Sie würde zu ihr stehen und damit war sie aktuell wohl der einzige Mensch, der das tat.

Kitty versprach dem Kutscher eine extra Münze, wenn er die Pferde auf der Strecke besonders antrieb. Und so rauschten sie kurz darauf durch Londons Straßen, als wäre der Teufel hinter ihnen her.

Kapitel 13

Nur wenige Minuten später hielt die Kutsche in der Gasse vor der Polizeistation.

»Schick mir eine Nachricht, wenn du Hilfe brauchst«, sagte Tessi, als Kitty ausstieg. »Und pass gut auf dich auf. Dein Talent macht dich zu etwas Besonderem, aber nicht unverwundbar.« Ehrliche Sorge stand ihr ins Gesicht geschrieben.

»Das mache ich.« Kitty zupfte das Cape zurecht, das ihre Freundin ihr geliehen hatte. Damit ließ sich zumindest die wenig präsentable Kleidung notdürftig verdecken. Zusätzlich hatte Tessi ihr ein paar Spritzer aus ihrem Parfümfläschchen ins Haar und links und rechts in die Halsbeuge gesprüht, um den Schweißgeruch zu überdecken.

Kein besonders erfolgsversprechender Vertuschungsversuch, da die Constables solcherlei nicht von ihr gewohnt waren. Dennoch hatte Kitty es zugelassen, schon weil sie sich damit nicht mehr ganz so entblößt fühlte.

Nach dem Streit mit ihrem Vater führte kein Weg mehr zurück, nur noch nach vorn. Und das lag nicht nur daran, dass sie tot war und einen Dämon jagte. Kitty fühlte sich vielmehr so, als wäre sie ihrem eigenen Leben entwachsen. Selbst wenn sie ihren Körper zurückbekam, erschien es ihr mittlerweile undenkbar, in das zurückzukehren, das einmal ihr Alltag gewesen war.

Dieser Trott, dieses duldsame Aushalten von Tristesse, weil sie geglaubt hatte, sich mit allen Mitteln im Zaum halten zu müssen - bloß nicht auffallen, ja nicht anecken und damit den Status quo verlieren, den sie sich erkämpft hatte. Mit diesem Verhalten hatte sie sich selbst in einen Kerker gesperrt, sich selbst und ihre Wünsche klein gehalten. Ihr dämonisches Ich fühlte sich dagegen an, als wäre sie aus einem jahrzehntelangen Schlaf erwacht. Als hätte sie das erste Mal seit Langem die Opiumpfeife beiseitegelegt und hinter dem Nebelschleier aus düsteren Träumen wieder die reale Welt erblickt. Eine Welt zum Anfassen, Packen und Genießen! Sie wollte endlich etwas vom Leben kosten! Das hatte ihr der Abend in den Katakomben neben allem anderen deutlich gemacht.

Als Tessi zum Abschied noch einmal die Hand aus dem Seitenfenster streckte und die Kutsche anfuhr, besann sich Kitty auf das, was jetzt am dringendsten war. Der Name des zweiten Opfers. Sie raffte ihren Rock und eilte in das Gebäude. Ohne konkreten Plan, aber mit eiserner Entschlossenheit. Um Antworten zu erhalten, würde sie Patt Wallet zur Not die Informationen höchstpersönlich aus den Händen reißen.

Mit diesem Ziel vor Augen stürmte sie durch die Vorhalle und weiter in die Polizeistation. Nur um festzustellen, dass der Chief Inspector gar nicht da war. Es war überhaupt niemand da. Auf ihrem eigenen Schreibtisch stapelten sich Akten, die sie normalerweise längst hätte durchsehen, vervollständigen und archivieren sollen. Die beiden Boxen daneben enthielten mit hoher Wahrscheinlichkeit die Habseligkeiten der beiden letzten Toten. War es wirklich so einfach?

Kitty nahm sich nicht die Zeit, ihr Cape abzulegen. Sie warf ihre Tasche auf den Stuhl und begann noch im Stehen, die Unterlagen durchzugehen.

Eine Akte nach der anderen schlug sie auf, fuhr mit dem Finger die Zeilen des Formulars ab, um anhand von Geschlecht, Tatort und Beschreibung den richtigen Fall zu finden. Jenen, in dem etwas über den ermordeten Adeligen von der Weltausstellung stand. Doch er war nicht dabei. Kitty durchsuchte den Stapel ein zweites und ein drittes Mal, aber keine der Akten passte. Also nahm sie sich die Boxen vor.

In der ersten fand sie neben ein wenig Kleinkram dreckige, zerschlissene Stiefel, wie sie von den Arbeitern in der Kanalisation getragen wurden. Und so rochen sie auch. Kitty vermied es, sie anzufassen, um die Schrecken, die sich unten in der Kloake abgespielt haben mochten, nicht auch noch mit ihren besonderen Sinnen nacherleben zu müssen.

Der andere Karton enthielt zu ihrer großen Enttäuschung die gesammelten Spesenrechnungen der Detectives für den letzten Monat. Das konnte nur bedeuten, dass der Chief Inspector die Fälle aufgrund der Parallelen gesammelt bei sich aufbewahrte.

Kitty hob den Kopf und lauschte. Noch war sie allein, alles war ruhig. Niemand würde mitbekommen, wenn sie in Patts Büro nach den Unterlagen suchte.

Leise schritt sie in das andere Zimmer hinüber und wandte sich als Erstes den Papierstapeln auf dem Schreibtisch zu. Patt war ein gewissenhafter Mann und hatte die alle Akten sauber beschriftet und alphabetisch sortiert. Fälle, die eigentlich schon archiviert worden waren. Suchte er also nach Verbindungen, die weiter zurücklagen? Als sie eine der Akten aufschlug, erkannte sie auf den Papieren das Zeichen der Metropolitan Police. Sie überflog die notierten Fakten und wusste schon nach wenigen Zeilen, dass die Fälle zusammenhingen.

Hektisch schlug Kitty auch die restlichen Dokumente eines nach dem anderen auf. Sie alle trugen bei genauerem Hinsehen die Handschrift desselben Täters. Nur dass die Male im Gesicht von den Medizinern als Leichenflecke, Lepra oder gar Pestanzeichen missdeutet worden waren. Die Morde lagen Wochen, ja sogar Monate zurück. Menschen unterschiedlichster Colour, aus verschiedenen Gesellschaftsschichten, unterschiedlichen Alters und Geschlechts.

Und noch etwas fand Kitty auf Patt Wallets Schreibtisch. Eine Liste von Verstorbenen, deren Todesursache laut Vermerk ungeklärt war In der letzten Zeile hatte er zusätzlich kleine Buchstabenkürzel notiert. Solche, die Kitty auch auf dem Aktenstapel gesehen hatte.

Hatte der Chief Inspector einen Zusammenhang entdeckt?

»Was machen Sie da?«

Es war die Stimme von Dalton Frey - der Constable, der Kitty nach dem Unfall auf der Straße gesehen hatte. Sie war so damit beschäftigt gewesen, die neuen Erkenntnisse zu durchdenken, dass sie sein Eintreten gar nicht bemerkt hatte.

»Dalton.« Kitty lächelte bemüht. »Ich wollte die liegengebliebene Arbeit erledigen, konnte auf meinem Tisch aber nicht alle Unterlagen finden.«

Der junge Constable blickte von Kitty zu ihrem Schreibtisch

und wieder zurück zum Arbeitsplatz des Chief Inspectors. Er schien verunsichert und immer noch ein wenig verschreckt durch ihre spektakuläre Auferstehung.

»Das kann schon mal vorkommen, dass Patt vergisst, mir alles auf den Tisch zu legen«, versuchte Kitty die Situation zu retten.

»Aber wieso sind Sie denn im Büro? Ich dachte, Sie wären ...«

Er stockte, blinzelte sichtlich verwirrt und drehte sich Hilfe suchend zur Eingangstür. Das konnte nur zwei Dinge bedeuten. Erstens, dass er nicht allein gekommen war. Und zweitens, dass Patt Wallet sie nach den letzten Vorkommnissen beurlaubt oder gar gekündigt hatte. Sie musste die fehlenden Puzzleteile schleunigst finden und dann verschwinden.

Ungeachtet des Constables, der immer noch unschlüssig dastand, zog Kitty die Schreibtischschubladen auf. Und endlich fand sie, was sie gesucht hatte: die Unterlagen zu Lucy Wigam, einem Lord Ingram Waterfield und einen noch dünneren Akt zu einem Jesemin Townstood, der in einem der Tunnel im Isle of Dogs Distrikt gefunden worden war – also der Kerl, den Kitty selbst nach der Party dort zurückgelassen hatte.

War Dalton deshalb so ein hilflos stammelndes Bündel? Hatte man bei dem Leichnam etwas gefunden, das auf sie hinwies? Kitty hatte zwar versucht, alle möglichen Spuren zu beseitigen, aber sie war selbst nicht gerade in guter Verfassung gewesen. War sie immer noch nicht. Aber Adrenalin schien selbst bei Dämonen noch für erstaunliche Energieschübe zu sorgen.

Kitty prägte sich gerade die Namen und Anschriften inklusive der Notizen ein, als ein Schatten auf sie und den Schreibtisch fiel.

»Miss Carter, ich denke, Sie haben so einiges zu erklären«, erklang Patt Wallets gestrenge Stimme.

Es war seltsam, aber Kitty fühlte nicht mal Angst, als sie sich aufrichtete und dem Chief Inspector in die Augen sah. Es waren wundervoll ausdrucksstarke Augen. Sie konnte Verärgerung in ihnen ablesen, gemischt mit Verwirrung. Er verstand sie nicht. Und wie sollte er auch?

Sie war nur mehr ein Abbild ihres alten Ichs. Und je länger sie als Dämonin im Diesseits wandelte, umso ausgeprägter fühlte sie die Auswirkungen, die das mit sich brachte. Sie fürchtete sich nicht vor Patt Wallet. Sie wollte ihn nach all der Zeit endlich küssen und von ihm kosten.

Ihre Hand wanderte ganz automatisch zu ihrem Mund. Kitty strich sich mit den Fingern über die leicht geöffneten Lippen und stellte sich vor, wie er schmecken würde. Alles an ihm, vom Speichel bis zum Inhalt seiner Eingeweide.

»Kitty, bitte«, sagte der Inspector geradezu flehentlich. »Sie brauchen Hilfe.«

Die brauchte sie tatsächlich. Aber nicht so, wie er es sich vorstellte. Ihr Verstand funktionierte besser denn je. Sie begriff so viel mehr von der Welt und darüber hinaus. Die Zusammenhänge, die Manipulationen, die patriarchischen Strukturen, die über so viele Jahrhunderte in die Gesellschaft eingepflanzt worden waren. Bis die Mehrzahl der Bevölkerung tatsächlich glaubte, dass sie machtlos war.

Kitty legte den Kopf schief und lächelte amüsiert.

»Natürlich, Herr Inspector. Wie Sie meinen, Herr Inspector. Ich tue alles, was Sie sagen.« Mit diesen Worten schritt sie um den Schreibtisch herum und stellte sich ganz nah vor ihn. So nah, dass ihre Fußspitzen die seinen berührten. Seine Verwirrung schlug in sichtbares Unbehagen um und ließ seine Stimme brüchig klingen. »Was wissen Sie über die Morde?«

»Nichts«, erwiderte Kitty gehaucht. Dabei hob sie die Hände und legte sie dem Inspector an die stoppeligen Wangen.

Seine Pupillen weiteten sich. Er versuchte sich zurückzulehnen, ihrem Griff zu entkommen, während sie ihn mit ihrem Blick gefangen hielt. Genau so fühlte es sich an. Als hätte sie ihn an Ort und Stelle gebannt. Und das heizte ihr Verlangen nur noch mehr an.

Ruckartig zog sie seinen Kopf zu sich herunter und drückte ihm einen Kuss auf den Mund. Sie sog seine Unterlippe ein, lutschte an ihr, bevor ihre Zungenspitze vorwärtsdrängte. Sie wollte tiefer in ihn drängen, sich in ihn hineinfressen!

Als sie ihn biss schrie er gedämpft auf. Sein Blut schmeckte rauchig, wie verkohlte Kartoffeln. Und als sie diesmal in seine Augen blickte, loderte pure Panik darin.

Was tue ich? Kitty ließ von ihm ab und schrak zurück. Wieder hatten ihre neu erwachten Instinkte ihr Handeln übernommen und sie zu etwas Furchtbarem verleitet.

Kitty blickte zu Dalton Frey. Auch er stand mit aufgerissenen Augen und geöffnetem Mund da. Nicht aus Angst, sondern aus purem Erstaunen über so viel Dreistigkeit. Weil sie einen Mann geküsst hatte. In der Öffentlichkeit. Richtig geküsst.

Der Moment dehnte sich, während ihre Sinne so viel mehr wahrnahmen, als für einen Mensch möglich war. Sie sah den Fleck auf Daltons Hemd und wusste, dass er nach ranzigem Fett und gebratenem Fisch schmeckte. Sie sah den losen Faden an seiner Jacke, wo eigentlich ein Knopf hätte sein müssen, und wusste, dass der Constable glaubte, ihn einfach nur verloren zu haben. Doch stattdessen hatte einer der Straßenjungen ihm den Knopf im Gedränge abgerissen.

Eine Fliege zog vom Fenster aus ihre Kreise und klatschte gegen die dreckige Scheibe. Brummend und surrend. Als von der anderen Seite Henry in den Raum trat, sich umsah und die Brauen hob, stürmte Kitty los. An Patt und Dalton vorbei zu ihrem Schreibtisch. Noch in der Bewegung griff sie ihre Tasche vom Stuhl, hetzte an dem verdutzten Henry vorbei und hinaus, bevor einer von ihnen sich aus der Starre lösen konnte, um sie aufzuhalten.

Vor der Tür raffte sie ihren Rock zusammen und rannte so schnell sie konnte die Straße entlang. Ihr Herz hämmerte wie wild. Vor Aufregung und vor Entzückung! Der Gedanke an den Kuss beflügelte ihre Schritte. Sie rannte nicht, sie flog förmlich dahin! Berauscht vom eigenen Mut. Sie hatte Patt Wallet endlich geküsst und er hatte so verdammt gut geschmeckt! Alles an ihm!

»Madame!«

Um ein Haar wäre Kitty mit einem Kerl zusammengestoßen, der gerade aus einem Hutmacherladen kam. Ihr Ellenbogen streifte seinen Ärmel, er hob die geballte Faust und schimpfte. Doch sie lief einfach weiter, die Cheapside Poultry entlang nach Westen.

Nur vage nahm sie wahr, wie sich die Leute verwundert, erschrocken oder gar empört nach ihr umdrehten. Womöglich hielt man sie in ihrem Aufzug für eine mittellose Witwe, die es in die Gosse verschlagen hatte. Doch es war ihr egal. Alles war ihr im Moment egal, wenn sie am Ende nur die Aufgabe erfüllen und diesen Dämon stellen würde.

Zurück in ihrem echten Körper würde sie schon eine Erklärung für alles finden. Oder sie würde London verlassen und sich auf dem Land niederlassen. An einem Ort, an dem sie fernab von ihrem Vater leben konnte, ohne die Schrecken des Todes und ohne Dämonen, die sie an diese Zeit ihres Lebens erinnern würden.

Sie würde das Leben auskosten. Nicht getrieben, ausschweifend und vulgär, sondern mit wachen Sinnen nach ihren eigenen Wünschen. Mit jemandem zusammen, der sie verstand. Einem Menschen, der sie nicht wie ein Kind maßregelte. Mit jemandem, der sie nicht kontrollieren und nach seinem Gutdünken lenken wollte. Egal ob lebendig oder als fiktive Figur in ein altes Buch gebannt. Dann endlich würde sie frei sein.

In diese Gedanken vertieft, rannte Kitty weiter durch Londons Straßen, bis sie sich unvermittelt in einem Innenhof wiederfand, den sie kannte.

Der Fleck auf den Pflastersteinen war nur noch ein dunkler Schatten, aber er war noch da. Kitty konnte die Überreste ihres eigenen Blutes riechen. Hier war sie aufgeschlagen, nachdem ein unnatürlicher Sturm sie vom Fenstersims gerissen hatte. Ein dämonischer Zauber, den auch ihr Vater mittlerweile zu spüren bekommen hatte. War sie deshalb intuitiv zu Rose gelaufen?

Sie wusste nicht, wo sie hinsollte, wo sie sicher war. Tessi hatte ihr geholfen, aber bei ihr würde man wohl am ehesten nach ihr suchen. Viel mehr echte Freundschaften hatte Kitty nicht gepflegt. Und niemand von ihren anderen Bekannten würde ihre aktuelle Lage verstehen.

Ihr blieben nur noch Eliza und Rose. Weil sie ebenfalls dämonisch waren. Sie kannten die Vor- und auch die Nachteile dieses zweiten Lebens und existierten in diesem Zustand schon viel länger als Kitty. Aber konnte sie ihnen trauen? Würden sie ihr helfen, wenn sie ihnen ihren Deal mit Ruff offenbarte?

Auch auf diese Frage hatte Kitty keine Antwort. Aber im Innenhof herumstehen wollte sie auch nicht. Also traf sie eine Entscheidung und ging auf den Hauseingang zu, um Rose einen Besuch abzustatten. Vielleicht würde ein Gespräch mit der Dämonin den Gedankenwirrwarr ordnen und ihr so, auch ohne in den Fall eingeweiht zu sein, eine neue Perspektive eröffnen. Falls Rose sie überhaupt hineinließ.

Bevor Kitty anklopfte, strich sie ihr Kleid, so gut es ging, glatt. Dann griff sie nach dem metallenen Klopfer und hämmerte ihn drei Mal kraftvoll gegen das lackierte Holz.

Ein Mann öffnete die Tür. Vermutlich Georg, Rose' selbsternannter Beschützer, der im Untergeschoss wohnte. Offenbar gab es in diesem Haus niemanden sonst, der sich um Dinge wie den Empfang und die Anmeldung von Gästen kümmerte. Aber das war Kitty nur recht. Weniger Personal bedeutete weniger Tratsch auf den Straßen.

»Mein Name ist Kitty Carter. Ich bin hier, um Rose zu besuchen«, sagte Kitty und deutete der Form halber sogar einen kleinen Knicks an.

Georg nickte nur und verschwand ohne ein Wort im Gang. Kitty konnte seine Schritte auf der Treppe hören. Hatte sie sich Rose gegenüber überhaupt vorgestellt? Ihre Erinnerung an die Begegnung war mehr als verschwommen. Zu viel war passiert.

Wieder erklangen die schweren Schritte auf der Treppe und

kurz darauf erschien Georg, um sie mit einem Handzeichen hereinzubitten und allein hinaufzuschicken. Kein sehr redseliger Typ. Oder war er womöglich stumm?

Kitty nahm sich vor, Rose bei Gelegenheit danach zu fragen, um in kein sprichwörtliches Fettnäpfchen zu treten. Die Tür zu ihrem Zimmer stand offen, also trat Kitty nach einem gut vernehmlichen Räuspern ein.

»Ich hätte nicht gedacht, dass ich dich so schnell wiedersehe.« Die Dämonin hatte sich den Stuhl ans offene Fenster geschoben und trank eine Tasse Tee. So sah es zumindest aus, doch Kittys neue Dämonensinne erkannten die Wahrheit. Trotz des intensiven Lavendelduftes im Raum witterte sie die menschliche Essenz, die an dem filigranen Porzellan haftete.

»Störe ich?«, erwiderte Kitty mit hochgezogenen Brauen.

»Du musst schon weit mehr aufbieten als deine bloße Erscheinung, um mich zu stören«, entgegnete Rose mit einem Schmunzeln. Dann trank sie einen Schluck, leckte sich die rot benetzten Lippen und stellte die Tasse auf der Fensterbank ab.

Kitty erschauderte. Nicht etwas vor Ekel, sondern vor aufwallendem Verlangen. Auch wenn ihr Verstand sich davor zu verschließen suchte, weil es ungehörig, barbarisch und abnormal war. Zumindest, wenn man die Moralvorstellungen und das Wertesystem unter der Führung einer christlich geprägten Monarchie zugrunde legte. Und doch wollte ein anderer Teil von Kitty von dem Tasseninhalt kosten. Nur einen Schluck. Nur einmal mit der Zungenspitze den Rand entlangfahren.

Allein der Gedanke daran ließ ihr Herz schneller schlagen. Und es kostete sie einiges an Kraft, sich auf den eigentlichen Grund ihres Besuches zu fokussieren. »Ich könnte deine Hilfe brauchen.«

»Schon wieder hungrig? Ich dachte, du wärst klug genug, dich selbst zu versorgen. Immerhin siehst du überaus reizend aus.« Rose bleckte die Zähne.

»So etwas tue ich nicht«, antwortete Kitty und erinnerte sich im nächsten Moment daran, dass das eine Lüge war. Genaugenommen hatte sie erst von Jesemin Townstood unten in den Gewölben gekostet, auch wenn die Erinnerung daran verschwommen war, und vor kaum einer Stunde auch noch von Patt Wallet. Nicht etwa aus unschuldiger Verliebtheit oder lodernder Leidenschaft, sondern aus Gier.

Dabei war sie als Dämonin kaum zwei Tage alt. Wie lange würde es dauern, bis dieses neue Ich sich gänzlich durchgesetzt hatte? Wie viel würde von ihr selbst dann noch übrigbleiben, wenn sie es nicht schaffte, den Auftrag rechtzeitig abzuschließen, um zurück in ihren alten Körper zu schlüpfen?

Rose sah sie an, als könnte sie ihre Gedanken erraten. Sie neigte den Kopf ein wenig zur Seite. »Harter Tag?«

»Und die Nacht davor war nicht viel besser«, erwiderte Kitty und hob gequält einen Mundwinkel.

Die Dämonin grinste und sah ihr direkt in die Augen. »Dann willst du also gar nicht deine Gier bei mir befriedigen?«

Kitty spürte Hitze in sich aufsteigen. Warum war sie plötzlich so leicht zu erregen? Denn genau das war es, was Rose in ihr auslöste: Scham und Erregung gleichermaßen. Eine Mischung, die ihr schier den Atem raubte.

Sie war hergekommen, um sich vor ihren Verfolgern zu verstecken, um sich auszuruhen, wenn möglich zu waschen und ihre Gedanken zu sortieren. Sie brauchte einen Plan, um dem mordenden Dämon näherzukommen, jetzt, da sie die Namen der letzten Opfer kannte und Einblick in die Notizen des Chief Inspectors erhalten hatte. Aber alles, woran sie denken konnte, war, wie Rose' Lippen schmecken mochten. Wie ihre Haut sich anfühlen würde, wenn sie mit den Fingern darüberstrich. Kitty sehnte sich danach, diese Frau unter sich aufstöhnen zu hören.

Ihr entfuhr ein Keuchen. »Hör auf mit dieser Hexerei!«

Rose lachte auf. Kein hämisches, sondern ein fröhliches Lachen, bei dem sie den Kopf leicht in den Nacken legte und aufstand. Sie ging auf Kitty zu und selbst ihr ausladendes Kleid verbarg dabei nicht diese katzenhafte Eleganz. »Ich tue gar nichts, Liebes.«

»Und ob du das tust!«, rief Kitty und wich einen Schritt zurück. Doch ihr Herz zog sie in die andere Richtung, wollte sich in die Arme dieser Dämonin werfen.

»Vergiss nicht, du bist zu mir gekommen. Und wie es aussieht, war das auch bitter nötig.«

Rose trat dicht an sie heran, griff nach dem Umhang und zog ihn Kitty von den Schultern. Dann umrundete sie sie und machte sich ungeniert an der Schnürung ihres Kleides zu schaffen, während Kitty bebend dastand und die Luft anhielt.

»Es ist bemerkenswert, dass du kein Korsett trägst und deinen Busen dennoch so prachtvoll präsentierst«, sagte die Dämonin und trieb ihr damit die Hitze bis hinauf in die Wangen.

Dennoch ließ sie es geschehen. Weil sie neue Kleidung brauchte. Weil sie sich waschen wollte. Und weil etwas in ihr danach verlangte, sich mit Rose Haut an Haut auf dem Bett zu wälzen. Ganz egal, was sie war. Mann, Frau, Dämonin. Diese Begriffe spielten keine Rolle mehr für Kitty. Warum sollte sie einem Moralkodex folgen, der nur aus heuchlerischen, verdrehten Ansichten bestand, die kaum etwas mit der Realität gemein hatten? Weder im Diesseits noch im Jenseits.

Rose zog die Schnüre Zoll um Zoll auf, entknotete die Bindung der Rockpolsterung und entfernte Stoffschicht um Stoffschicht, während Kitty jede kleinste Berührung genoss. Sie genoss diese ungewohnte Intimität mit einer Frau, die nicht ihr Hausmädchen war. Rose' Atem in ihrem Nacken, die Lippen, die wie zufällig dicht an ihrer Halsbeuge verharrten, während sie den Stoff über Kittys Schultern zu den Armen hinab schob.

Als die Dämonin selbst an Kittys Unterkleid nicht Halt machte und auch das letzte bisschen Stoff in langsamen, bedachten Bewegungen von ihrem Körper streifte, zog Kitty die Luft nur mehr stoßweise ein und wieder aus. Gefangen zwischen dem Drang sich zu bedecken und der Begierde, die ihr bis in die innersten Winkel fuhr.

Rose griff von hinten sanft nach Kittys Arm und zog sie ein Stück zur Seite. Nicht zum Bett, sondern zum Tisch mit der Waschschüssel. Kitty hörte es plätschern, als die Dämonin die Schale füllte. Sie hörte, wie ein Schwamm eingetaucht und ausgewrungen wurde. Dann spürte sie das vollgesogene poröse Gewebe über ihre Haut streichen. Wasser rann ihr den Rücken hinab, über ihr Gesäß und die Beine.

Nie zuvor hatte sie diesen einfachen Vorgang so erregend empfunden. Ihre Brust hob und senkte sich in schneller Folge, während sich ihr Innerstes hungernd zusammenzog. Es war unendlich lange her, dass jemand Kitty auf intime Weise berührt hatte.

Wie erschütternd, dass sich Frauen nach beinahe zweitausend

Jahren noch immer von vergilbten Buchseiten in ihrer Lebenslust beschneiden ließen. So sinnlos. So krank.

Wie zum Trotz stöhnte Kitty auf, als sie den Schwamm tiefer gleiten spürte. Und vielleicht zum ersten Mal erlaubte sie sich, in diese Wollust hinein fallenzulassen. Sie bewegte die Hüften, ließ sie langsam kreisen, beugte das Becken und spannte im nächsten Moment die Muskeln an, um sich rund zu machen.

Sich nicht umzudrehen und Rose anzusehen, wurde zu einer immer größer werdenden Herausforderung. Gleichzeitig wollte sie dieses Spiel nicht durch einen zu forschen Vorstoß beenden. Ihrer Fantasie nicht die Kraft nehmen. Denn sie war es, die ihren Leib zum Erzittern brachte. Sie und die unschuldigen Berührungen eines Schwammes auf ihrer Haut.

Kitty kniff die Augen zusammen und legte den Kopf in den Nacken, als Rose hinab zu den Beinen wanderte. An den Außenseiten entlangglitt und an den Innenseiten wieder hinauf. Erst sanft, dann mit immer kraftvolleren Kreisbewegungen. Schweiß mischte sich mit dem Wasser auf ihrer Haut und sie konnte auch Rose' Erregung in der Luft schmecken.

Als eine Hand zwischen Kittys Schenkel drang, zuckte ihr Körper unkontrolliert und ein Laut der Lust entkam ihrer Kehle. Es war so unerträglich schön, dass sie das explosive Ende mit zusammengebissenen Zähnen herbeisehnte. Es erflehte. Doch Rose ließ den Schwamm sinken und erhob sich.

»Bitte«, keuchte Kitty.

»Was erbittest du, kleine Dämonin, hm?«, raunte Rose und trat langsam vor sie.

»Nicht … aufhören. Bitte.« Kitty schluckte unter dem intensiven Blick der anderen.

Erneut tunkte Rose den Schwamm in die Schüssel und drückte ihn auf Kittys Haut. Energischer diesmal. Vereinnahmend. Besitzergreifend. Taumelnd und bebend versuchte Kitty zu widerstehen und nicht auf die Knie zu sinken.

Als sie wimmernd ihre eigene Hand in den Schoß wandern ließ, knurrte Rose auf. Sie ließ den Schwamm fallen, schob Kittys Arm beiseite und drängte ihre Hand auf den glühenden Quell.

»Weißt du, was köstlicher ist als jeder Tropfen Schweiß, jedes Schlückchen Blut?«, flüsterte sie, während ihre Finger tiefer glitten und Kittys Mitte mit kreisenden Bewegungen schier bis zur Ekstase reizten.

Kitty vermochte nicht zu antworten. Die Kiefer aufeinandergepresst, schloss sie die Augen und verschwand im Strudel ihrer Gefühle.

In dem Moment, als die Zungenspitze der Dämonin den Platz ihrer Finger einnahm, peitschend und drängend zugleich, brach die angestaute Lust aus Kitty mit einem gellenden Schrei heraus.

Doch noch ließ Rose nicht von ihr ab. Die Hände in Kittys Hintern gekrallt, nahm sie sich – begleitet von Kittys Stöhnen - ihren Anteil; sog ihn ein und leckte ihn auf.

Eine Ewigkeit lang stand Kitty da. Wankend. Schluchzend, während Rose sie in ihren Arm hielt und sanft hin und her wiegte.

Wie schön das Leben doch war. Und wie schmerzvoll zugleich. Ihre Gedanken mäanderten umher. In ihre Vergangenheit. Zu Patt Wallet. Zu den Erlebnissen im Jenseits, bei denen selbst die schönsten nur mehr entartet zum Ausdruck kamen.

Umso mehr wollte sie Mensch sein. Um mehr davon zu kosten. Ohne falsche Hemmungen. Ohne Grenzen im Kopf.

Kapitel 14

Irgendwann musste sich Kitty ins Dunkel verlaufen haben, denn als sie die Augen wieder öffnete, lag sie, eingewickelt in trockene Laken, auf dem Bett.

Rose saß wieder auf dem Stuhl am Fenster und blickte in den nebelverhangenen Himmel. Dem Licht nach zu urteilen, musste es bereits später Nachmittag sein.

»Wie lange habe ich geschlafen?«, fragte Kitty.

»Eine Weile«, lautete die gewohnt kryptische Antwort der Dämonin. Sie drehte den Kopf und sah zu Kitty. »Setz dich her, dann kämme ich dir dein Haar aus und bring deine Frisur in Form.«

Kitty zögerte, blickte zu dem Haufen stinkender Kleider und entschied sich, mutig zu sein. Sie raffte das Laken, stand auf und ging hinüber zum Fenster.

Rose lächelte anerkennend, machte ihr Platz und holte eine Bürste, die neben der aufgeräumten Waschschüssel auf der Kommode lag.

»Du kannst eine Zeit lang bei mir wohnen, wenn du willst«,

sagte Rose, während sie behutsam über Kittys Haar strich und die vielen Knötchen ausbürstete.

Kittys erster Impuls war es, abzulehnen. Aus Trotz und Stolz. Aber sie hatte keine Alternative. Und zu ihrem eigenen Erstaunen fühlte sie sich bei Rose sicher. Daher nickte sie zögernd. »Das würde mich tatsächlich vor einem Schicksal in der Gosse bewahren.«

»Und Spaß würde es auch machen!«, sagte Rose und lachte erneut so ausgelassen, dass Kitty einstimmte.

Vielleicht konnte die Dämonin ihr bei der Suche nach dem Serienkiller helfen, jetzt da sie mehr Vertrauen aufgebaut hatten. Falls solche Werte für sie überhaupt noch relevant waren. Denn selbst Kitty betrachtete diese Dinge mittlerweile anders. Losgelöster.

Aber genau genommen durfte sie Rose gar nicht einweihen. Da war Amari deutlich gewesen. Auch wenn er sich ansonsten als wenig hilfreich erwies. Was sollte das? Mit mahnend erhobenem Zeigefinger auftauchen und dann zusehen, wie sie um ein Haar weggesperrt worden wäre?

Wie lange wäre er noch tatenlos dabeigestanden? Oder konnte er nichts unternehmen? Nicht ohne von Gottes Zorn zu einem Aschehäufchen verbrannt zu werden? Das ergab doch gar keinen Sinn. Ruff hatte genau das Gegenteil dieses jähzornigen Gottesbildes verkörpert. War es also eine Prüfung? Oder von seiner Warte nur ein Spiel? Ein bisschen Diesseitsunterhaltung, um sich vom schnöden Jenseitsalltag abzulenken?

Wie gerne hätte Kitty Rose dazu befragt. Aber sie durfte ihren Deal mit Gott nicht gefährden. Immerhin hatte sie in den letzten Stunden einige Fortschritte auf der Suche nach dem Mörder gemacht. Sie wusste endlich die Namen der letzten beiden Opfer, um in ihrem Umfeld nach Zusammenhängen und Mordmotiven zu forschen.

Außerdem waren in den Unterlagen des Chief Inspectors weitere Notizen und Kürzel zu lesen gewesen. Dinge wie das Alter und die Geschlechtszugehörigkeit, aber auch Maße, die womöglich Größe und Gewicht angegeben hatten. Und noch etwas hatte am Ende jedes Tabelleneintrags der Opfer gestanden. Ein O. Oder eine Null? In dieser Hinsicht waren Wallets handschriftliche Angaben nie besonders eindeutig gewesen.

Für gewöhnlich hatte Kitty sich die Bedeutung mit Hilfe ihres Talents allein zusammengereimt. Aber die Zeit war zu kurz gewesen, um beim Berühren der Akten Verbindung mit den Opfern aufzunehmen. Nur die Adressen der letzten beiden Opfer hatte sie sich eingeprägt.

Gleich morgen würde sie hinfahren und versuchen, mehr über die Personen in Erfahrung zu bringen. Von Lord Ingram Waterfield hatte sie bereits ein paar erste Eindrücke gesammelt, als sie den Leichnam auf der Ausstellung berührt hatte. Bei Jesemin Townstood waren die Botschaften vage geblieben. Aber das mochte an ihrem desolaten Zustand gelegen haben.

Es tat gut, innezuhalten und Kraft zu tanken. Früher oder später würde das Erlebte mit Rose die Situation kompliziert machen. So war es immer, wenn zwischen zwei Menschen Gefühle im Spiel waren. Das beste Beispiel dafür war Kittys Verhältnis zu Patt Wallet.

Jahrzehntelang hatte sie ihn angehimmelt, von ihm geträumt und sich in seine starken Arme gewünscht. Seine bloße Anwesenheit hatte ihr Blut in Wallung gebracht und es hatte sich gut angefühlt, ihn zu küssen. Sie hatte dieses Prickeln in ihrer Magengrube gespürt. Doch es waren keine Schmetterlinge der Verliebtheit gewesen, sondern die dämonische Gier nach seiner Essenz. Ganz im Gegensatz zu dem Moment mit Rose. Sie hatte Kitty mit allen Sinnen begehrt. Womöglich, weil sie kein Mensch war, sondern nur noch ein Abbild. Eine Seele, die sich durch ihre Gefühle definierte.

Der Schweiß einer Dämonin mochte Kitty nicht im Diesseits halten, aber gerade ihn wollte sie voller Hingabe schmecken. Es war aufregend, verführt zu werden. Aber sie genoss auch diese geradezu mütterliche Behandlung. Rose' Hand in ihrem Haar. Das sanfte Ziehen auf der Kopfhaut, wenn sie wieder und wieder über eine Stelle strich, um sie zu glätten. Das war auf eine ganz andere, unerwartete Art sinnlich. Vielleicht dank ihrer neu geschärften Dämonensinne oder weil es nicht irgendein Hausmädchen war, die ihr das Haar striegelte.

Kitty seufzte tief und lehnte ihren Kopf zurück, bis er die Brust der Dämonin berührte. »Machst du das mit allen, die dich besuchen?«

»Ob ich von ihnen koste?« Rose hielt inne und legte ihre Hände auf Kittys Schultern. »Manchmal.«

»Und wieso von mir?« Kitty sprach die Frage aus, obwohl sie wusste, dass es falsch war. Was genau wollte sie hören? Dass sie besonders war? Die eine Auserwählte?

Rose strich ihr die Haare hinter das Ohr und begann, gedankenverloren eine Strähne zwischen den Fingern zu zwirbeln. Kitty konnte ihren ruhigen Atem spüren. Wie sich ihr, vom Kleid eingeschnürter, Körper rhythmisch gegen ihren Hinterkopf wölbte.

Sie hielt den Kontakt, wich nicht zurück. Vielleicht war das ein gutes Zeichen. Kitty wusste es nicht zu sagen. Stattdessen wartete sie seltsam hoffnungsvoll auf eine Antwort.

»Wahrscheinlich aus dem gleichen Grund, aus dem du ausgerechnet zu mir gekommen bist.«

»Weil da niemand anderes ist, zu dem man gehen kann?«, hakte Kitty vorsichtig nach.

»Weil das Schicksal bestimmt hat, dass sich unsere Wege kreuzen.«

»Mehr als einmal«, fügte Kitty hinzu, um keine weitere Pause entstehen zu lassen.

»Und sicher nicht zum letzten Mal«, sagte Rose langsam und klang dabei geradezu melancholisch.

Kitty drehte den Kopf und sah zu ihr auf. »Ist das schlimm?«

»Wir werden sehen.« Die Dämonin hob einen Mundwinkel, beugte sich vor und küsste sie sacht auf den Mund. »Aber die eigentliche Frage ist doch, was wir jetzt mit dir machen?« Sie grinste verschmitzt.

Wieder begegnete Kitty dieser Raubtierblick und sie wusste nicht, was sie antworten sollte.

Rose grinste breiter. »Ich würde sagen, so eine hübsche kleine Dämonin sollte sich der Gesellschaft zeigen. Und dafür braucht es als Erstes ein passendes Kleid!«

Ehe Kitty widersprechen konnte, war Rose bereits auf die andere Zimmerseite geeilt, hatte ihren Schrank geöffnet und zog Kleider daraus hervor.

»Ich kann mich nicht in der Öffentlichkeit präsentieren. Ich werde ziemlich sicher von den Constables gesucht. Da wird eine gutsitzende Frisur und ein geborgtes Kleid auch nicht helfen. Selbst wenn es so berauschend schön wie das da ist.«

Die Dämonin hielt ein blau schimmerndes Satinkleid hoch, das an dem üppigen Ausschnitt mit silbern eingefassten Bernsteinen verziert war. »Dort, wo wir hinfahren, gibt es keine störenden Gesetzeshüter, die einem den schönen Spaß verderben.«

Für einen Sekundenbruchteil schob sich das Bild von Rose unten im Gewölbe vor Kittys inneres Auge. War sie dort gewesen oder hatte der Rausch es ihr vorgegaukelt? Egal. Sie hatte nicht vor, diese Art von Erfahrung zu wiederholen, daher schüttelte sie den Kopf. »Von Partys in dunklen Tunneln habe ich genug.«

Doch die Dämonin ignorierte ihren Einspruch, hielt ihr das Kleid an die Brust und wiegte den Kopf abschätzend hin und her. »Nein, Blau ist nicht deine Farbe. Viel zu ernst und trüb. Für dich braucht es etwas Unschuldigeres, Verspielteres.«

Wieder griff sie in den Schrank und zog eine schlanke rosa Kreation hervor. Eines dieser modernen Designs, die gerade in Mode waren.

»Ich bin zu erschöpft«, versuchte Kitty erneut abzuwiegeln.

»Wir Dämonische sind nicht erschöpft, höchstens hungrig. Und wenn du hungrig bist, ist das nur ein weiterer Grund, auf eine Party zu gehen.«

»Was für eine ist das denn genau?«

»Eine, auf der sich die Crème de la Crème von Londons Adel herumtreiben wird, in der Hoffnung, etwas zu erleben, das ihr blaues But vor Schreck gefrieren lässt«, erwiderte Rose so beiläufig, als würde sie von einem mittäglichen Damenkränzchen reden.

Kitty hob die Brauen. Sprach sie von einem Ball? Das klang unvermutet verlockend, wenn auch aus anderen Gründen, als die Dämonin wohl beabsichtigt hatte.

»Also gut.« Sie stand auf und ließ das Bettlaken zu Boden gleiten. »Wenn ich mit dir ausgehen soll, braucht es allerdings deutlich mehr als nur ein Kleid, um mich vorzeigbar zu machen.«

Kapitel 15

Die Kutsche hielt vor einem prunkvollen Herrenhaus mitten im Metropolitan Borough of Finsbury im Gebiet der ehemaligen Grafschaft Middlesex. In dieser Gegend fanden sich einige der ältesten Häuser Londons und gleichzeitig die mächtigsten und wohlhabendsten Leute dieser Stadt. Fackeln waren die Auffahrt entlang postiert und beleuchteten kunstvoll beschnittene Baumskulpturen und Reihen von Rhododendronbüschen.

Bei diesem Anblick atmete Kitty auf. Das hieß, dass die zu erwartende Partygesellschaft gewiss deutlich komfortabler feierte als die Gruppe aus Dämonen und Menschen in den Tunneln an den Docks. Allerdings bedeutete es auch, dass die anwesenden Gäste mit hoher Wahrscheinlichkeit in Status und Rang über Kitty und ihrer Familie standen. Doch Rose wirkte gänzlich unbekümmert, als sie ausstiegen.

»Haben wir Einladungen?«, fragte Kitty, während sie den Stoff des Überrocks zurechtzupfte.

Die Dämonin lächelte verschmitzt. »Die brauchen wir nicht.«

Kitty wollte nachhaken, doch da eilten bereits zwei Pagen mit

Laternen in der Hand auf sie zu, um ihnen den Weg zum Haus zu erleuchten.

Getragene Orchestermusik drang ins Freie. Eine fremdartige Melodie, die auf eigenartig schief klingenden Seiteninstrumenten gespielt wurde. Aber noch viel seltsamer empfand Kitty die Einrichtung – oder vielmehr Dekoration - des Hauses. Bereits im Foyer hingen große schwarze Tücher über allen Bildern oder Spiegeln, die zahlreich an der Wand verteilt waren. Statt Lampen brannten ganze Heerscharen an Kerzen auf den Treppenstufen, die den Gästen offenbar den Weg hinauf in den ersten Stock weisen sollten.

»Sie sind spät dran, Miss Rose. Die Gesellschaft hat bereits mit dem Ritual begonnen«, erhob sich eine Stimme von der Balustrade über ihnen.

»Ich bin nie zu spät, Mister Backard. Ich komme immer genau zur rechten Zeit«, erwiderte die Dämonin und streckte dem herabeilenden Mann demonstrativ die behandschuhte Hand zum Kuss entgegen.

»Natürlich, Mylady. Es ist ein außerordentliches Privileg, Sie in meinem Heim begrüßen zu dürfen.«

Kitty hob die Brauen.

Rose hingegen zwinkerte ihr amüsiert zu, bevor sie dem Mann ihre Hand entzog und damit auf Kitty deutete. »Darf ich Ihnen meine geschätzte Freundin und Vertraute, Miss Kitty Carter, vorstellen? Kitty, dies ist Sir Thomas Backard, der Eigentümer dieses prunkvollen Baus, ein treuer Diener der Krone und dazu noch ein überaus spendabler Freund und Anhänger des Magisch-Mystischen.«

Langsam dämmerte es Kitty, auf was für einer Party sie

gelandet waren. Ihre Großmutter war bekennende Okkultistin gewesen und hatte selbst hin und wieder auf Festlichkeiten Séancen abgehalten. Ein amüsanter Zeitvertreib mit dem gewissen Gruselfaktor. Aber Kitty wusste, dass es Menschen gab, die diese Sache ernster nahmen und sich zu Geheimbünden zusammenschlossen.

Das hier musste eines dieser Geheimgesellschaftstreffen sein, die sich mit Hexerei oder dem Teufel selbst beschäftigten. Daher die verhängten Rahmen. Und jetzt wusste Kitty auch wieder, woher sie diese seltsamen Töne kannte. Es war der Klang einer indischen Sitar. Mittlerweile war die Musik verstummt und Thomas Backard wandte sich ihr zu.

»Miss Carter, es ist mir eine Freude. Eine Freundin von Rose ist uns immer herzlich willkommen.«

Kitty lächelte, auch wenn ihr Instinkt ihr zur Vorsicht riet. Warum war Rose mit solchen Leuten befreundet? Hatte man sie auf diese Weise in die Welt der Menschen zurückgeholt? Hatte man sie beschworen?

Ruff und Amari hatten klargemacht, dass es eigentlich nicht erlaubt war zurückzukehren, aber im gleichen Zuge durchblicken lassen, dass es dennoch passierte. Das bewiesen allein schon die vielen dämonischen Wesen, die Kitty bereits in der kurzen Zeit ihrer Rückkehr getroffen hatte.

»Darf ich bitten, die Damen?« Backard schwenkte einladend die Hand und ging voran.

Rose und Kitty folgten ihm die Stufen hinauf und weiter bis zu einer schmalen Wendeltreppe, die in einen turmförmigen Erker führte. Der Aufgang war mit einer roten Samtkordel versperrt.

»Wer leitet die Zeremonie am heutigen Abend?«, fragte Rose so unverblümt, wie es wohl nur eine Eingeweihte des inneren

Kreises einer solchen Gemeinschaft wagen würde.

Thomas Backard öffnete den Durchgang und verneigte sich ehrerbietig. »Gordon Harkot hat die Aufgabe übernommen.«

»Und wer ist Bittsteller?«, hakte Rose nach.

»Bittstellerin«, verbesserte Backard, »ist die Witwe des kürzlich verstorbenen Lord Ingram Waterfield. Sie hat um Kontaktaufnahme gebeten und eine überaus großzügige Spende getätigt.«

Kitty riss die Augen auf. Konnte es Zufall sein, dass Rose sie zu einer Séance mitnahm, bei der ausgerechnet die Ehefrau des Toten von der Weltausstellung zugegen war? War das Schicksal? Göttliche Fügung? Oder steckte Rose tiefer in der Sache mit drin, als Kitty es für möglich gehalten hatte? Immerhin war sie vor Ort gewesen.

Hatte sie als eine Art Gehilfin oder im Gegenteil als Schutzengel fungiert? War sie womöglich sogar von Amari beauftragt, auf sie aufzupassen? Immerhin hatte Rose ihr – diesen Besuch eingeschlossen - bereits zum dritten Mal mehr oder weniger direkt geholfen.

Kitty versuchte den Blick der Dämonin einzufangen, doch Rose marschierte zielstrebig die Treppe hinauf bis zu einer Flügeltür, hinter der gedämpfte Stimmen zu hören waren.

Noch bevor Thomas Backard ihnen die Tür öffnete, roch Kitty bereits, was sie erwartete. Schwitzende Menschen, ängstliche Menschen, solche, die voller sensationslüsterner Erwartung waren und jene, die das alles erregte.

Es fühlte sich an, als würden sich Kittys neu gewonnene Dämonensinne mit ihrer Gabe der Vorahnung verbinden und zu einem großen Supersinn verschmelzen. Sie sah kleine flackernde Flammen vor sich, hörte die Herzschläge von mindestens acht

Personen und spürte Bruchstücke ihrer Identität in sich aufblitzen.

Das Bild des Lords tauchte vor ihrem inneren Auge auf und Wollust durchzuckte ihren Körper. Aber es war nicht seine oder ihre, sondern die von Lady Waterfield. Und eine Spur davon klebte trotz der Trauer auch an diesem Abend an ihr.

Als der Hausherr zusammen mit Rose und Kitty eintrat, verstummten die Gespräche und alle Blicke richteten sich auf sie. Es waren knapp ein Dutzend Menschen, einer davon in schwarzer Robe. Das musste Gordon Harkot sein.

Die Vorhänge im Raum waren zugezogen und die Lampen ausgeschaltet. Die einzige Lichtquelle bildete ein großer Ring aus Kerzen auf dem Boden. Die Luft war stickig und barg weitere Geruchsnoten, die Kitty verrieten, was die Anwesenden gegessen oder getrunken hatten. Sie nahm so viele Eindrücke auf einmal wahr, dass ihr erst verspätet das Buch im Kreis auffiel. Es schimmerte! Also musste ihm etwas Dämonisches anhaften.

Kitty griff instinktiv nach Rose' Arm. »Warum sind wir hier?«

»Wir amüsieren uns ein wenig«, antwortete Rose und zog sie mit sich, während Thomas Backard hinter ihnen die Türen verschloss.

Auf einen Wink des Zeremonienmeisters hin stellte sich jeder hinter eine der brennenden Kerzen. Auch Kitty und Rose. Kitty hatte durchaus schon einmal eine Wahrsagerin besucht und sich von ihrer Großmutter früher die Karten legen lassen. Aber an einer okkulten Zeremonie hatte sie noch nie teilgenommen. Nicht nur, weil es im Widerspruch zu ihrem Glauben gestanden hätte, sondern weil sie so eine Veranstaltung vor ihrem Tod schlichtweg für Humbug gehalten hatte.

Jetzt wusste sie, dass es Dämonen wirklich gab und sie über Fähigkeiten verfügten, die wie Magie anmuteten. Auch Ruff und Amari hatten von Beschwörungsritualen gesprochen, die in früheren Zeiten durchaus erfolgreich gewesen waren.

Was, wenn es funktionierte? Wenn sie den Verstorbenen zurückholen konnten? Würde er sich an sein Leben im Diesseits erinnern? Würde er seinen Mörder beschreiben und vielleicht sogar benennen können? Oder würde er sich als eine dieser lethargischen Gestalten manifestieren, die in sich selbst versunken einfach nur dahinvegetierten?

Der Mann in Robe läutete eine kleine Glocke und trat in den Kreis. Als er das Buch vorsichtig anhob, glaubte Kitty, kleine Energieentladungen zwischen dem Einband und seinen Händen aufleuchten zu sehen. Die dämonische Aura wuchs an und umhüllte ihn. Etwas, das nur Rose und Kitty sehen konnten. Dennoch reagierte die Gruppe instinktiv mit fühlbarer Anspannung.

Gorden Harkot sprach ein paar formelhafte Einleitungssätze und rief schließlich Lady Waterfield auf, ihre Bitte laut und deutlich zu verkünden.

Zu Kittys Überraschung trat eine Frau vor, die deutlich älter als der verstorbene Lord war. In ihren Augen loderte ein gefährliches Feuer. Die Trauer um ihren Gatten schien vergessen. Stattdessen war da eine geradezu ungesunde Gier nach etwas, das Kitty nicht recht benennen konnte. War es Macht? Sensationslust? Oder die Verlockung des Übernatürlichen?

In der Literatur gab es viele Geschichten, die von der Berührung mit dem Göttlichen und den damit verbundenen ekstatischen Gefühlen handelten. Aber wenn alle Seelen nach dem Ableben zu

Dämonen wurden und auch Gott davon nicht ausgenommen war, wie genau ließ sich dann göttlich überhaupt noch definieren? War dieses Wort nicht einfach nur ein Synonym für dämonisch? Konnte am Ende sogar Gott persönlich durch solche Zeremonien beschworen werden?

Die Vorstellung war so absurd, dass Kitty den Kopf schüttelte. Sie wollte das nicht miterleben. Aber es war wichtig, dass sie blieb, es aushielt, um mehr über die Waterfields und den mordenden Dämon herauszufinden.

»Ich rufe meinen verstorbenen Mann Ingram an. Wage den Weg zurück durch den Äther und lass uns deine Gegenwart spüren. Lass uns die himmlischen Klänge hören, als Zeichen, dass es dir gut geht.« Die Witwe hob die Hände und der Rest der Gruppe tat es ihr gleich, genau wie Rose und schließlich auch Kitty.

Nur Gorden Harkot blieb in der Mitte des Kreises und begann aus dem Buch zu lesen. Die Worte klangen lateinisch, auch wenn Kitty die Bedeutung nicht verstand. Wieder und wieder rezitierte der Zeremonienmeister dieselbe Passage, während die Umstehenden wie in Trance auf der Stelle im Gleichklang wankten. So, als würden sie sich zu einer stummen Melodie bewegen. Und auch Kitty ließ sich mitreißen.

Sie erlag dem Drang, ihre Augen zu schließen. Die Worte, die Dunkelheit, all die Gerüche verbanden sich zu einer allumfassenden Schwere. Ihre Vorahnungen verselbstständigten sich. Bilder und Gefühle, die nicht ihre waren, fluteten ihr Bewusstsein. Und dann hörte sie es – leise Töne, die so lieblich waren, voller Sehnsucht und Liebe, dass Kitty ihren Mund öffnete und vor Wonne seufzte.

Die Töne verbanden sich zu einer Melodie, die an Kraft gewann, lauter und präsenter wurde. Das Spiel einer einzelnen Geige, geradezu schmerzhaft schön. Ein Gefühl, das Kitty an etwas erinnerte. Erst war es nur eine Ahnung, der Eindruck eines Déjà-vus, bevor die Erkenntnis sie wie ein Hammerschlag traf und sie aus dem Taumel der Verzückung riss. Sie hatte dieses Lied schon einmal gehört. An jenem Tag, als der Dampfomnibus sie überrollt hatte!

Klang so der Tod? Oder die Pforte des Übergangs? Kitty öffnete die Augen und sah zu Harkot. Mittlerweile hatte er das Buch beiseitegelegt und hielt stattdessen einen Dolch in der linken Hand. Den Ärmel des anderen Arms hatte er hochgekrempelt und die Handfläche nach oben gerichtet. Blut quoll aus einer langgezogenen Wunde und tropfte in mehreren kleinen Rinnsalen auf den blank polierten Holzfußboden.

Die anderen standen entrückt an ihrem Platz. Nur Lady Waterfield hatte die Arme vor sich ausgestreckt und bewegte die Lippen. Tränen rannen ihr über die Wangen. So, als würde sie tatsächlich mit ihrem verstorbenen Mann sprechen.

Doch Kitty sah nur Gordon Harkot und das Buch. Der dämonische Schleier hatte sich zu einer Art Nebelsäule geformt, der bis an die Zimmerdecke reichte. War das der Trick? Bildete die gewirkte Magie einen Tunnel hinüber ins Jenseits? Ähnlich wie einer dieser Telefonapparate, nur eben ohne Schnur und Kabel?

Sie blickte zu Rose neben sich. Auch sie hatte die Augen geöffnet und fixierte Gordon Harkots blutenden Arm. Kitty griff ihre Hand und für einen flüchtigen Augenblick konnte sie spüren, was Rose spürte. Gier. Nicht nach Blut, sondern nach Rache. Bilder von Leichen blitzen zwischen dröhnendem Schmerz auf.

Doch bevor Kitty Näheres erkennen konnte, entzog Rose ihr die Hand.

Verwirrt blinzelte Kitty und sah zwischen der Dämonin und dem Zeremonienmeister hin und her. War er der Serienmörder, den Kitty suchte? Aber er war ein Mensch. Oder war es das Buch? Machte es jene, die es berührten, zu mörderischen Werkzeugen ohne eigenen Willen? Nein, das passte nicht. Das ergab keinen Sinn.

Ein Verbrechen diente immer einem Zweck. Meist ging es um Geld, um Eifersucht, um die Lust am Leid anderer oder einfach nur darum, ein Ventil für aufgestaute Wut zu finden. Opfer wurden nicht zufällig auserkoren, sondern ganz bewusst. Selbst dann, wenn sie einfach nur zur falschen Zeit am falschen Ort waren. Ein Mörder wählte aus. Nach Größe oder Geschlecht, nach Haarfarbe, Kleidung oder anderen Verbindungen, die manchmal nur er selbst sah. Verquer und verbogen, um in sein selbst konstruiertes Weltbild zu passen.

Trotz des verführerischen Geigenspiels versuchte Kitty ihre Gedanken weiter zu ordnen. Doch die Atmosphäre war zu erdrückend, die Melodie so dominant, dass alles andere erneut in den Hintergrund rückte. Ihre Gedanken zerfaserten. Zeit wurde relativ.

Als die Zeremonie schließlich vorüber war, Thomas Backard die Vorhänge aufzog und die Fenster öffnete, hatte Kitty das Gefühl, aus einem tiefen Traum zu erwachen. Die Erkenntnisse, die sich so greifbar angefühlt hatten, zerstoben und wehten davon.

Lady Waterfield lächelte selig, die Gesellschaft atmete auf. Der Hausherr lud zu einem späten Mahl im Salon ein und verteilte

Getränke. Doch Kitty fühlte sich immer noch wie benebelt.

»Was genau ist da eben passiert?«, fragte sie an Rose gewandt, nachdem sie eine verspätete Vorstellungsrunde hinter sich gebracht hatten.

Die Dämonin war nach der Zeremonie ungewöhnlich still geblieben. Sie standen etwas abseits zusammen, jede mit einem Glas Champagner in der Hand.

»Das war eine Seelenbeschwörung«, sagte Rose, den Blick ohne konkretes Ziel auf die Anwesenden gerichtet.

»Aber ich habe niemanden gesehen. Da ist nur der Schimmer und dieses betörende Geigenspiel gewesen. Mehr nicht.«

»Mehr nicht?« Rose lächelte. »Was hast du erwartet? Um eine Seele körperlich zu manifestieren, benötigt es weit mehr Blut als nur ein paar Tropfen.«

»Wie viel mehr?«

Das Lächeln der Dämonin wurde grimmig. »Du bist doch ein kluger Kopf. Ich bin sicher, du kommst selbst auf die Antwort.«

Kittys Mund wurde trocken. »Um einen Dämon zurück ins Diesseits zu rufen, muss also jemand sterben? Ausbluten, wie ein abgestochenes Schwein?«

War dies das Motiv, nach dem sie so lange gesucht hatte? Tötete jemand Menschen, um Dämonen zu beschwören? Weil das der einzige Weg war, sie dauerhaft in der Welt zu halten?

Kitty war keine Medizinerin. Die Leichen hatten auf sie grau und puppenhaft gewirkt. Aber ob sie womöglich blutleer gewesen waren, wusste sie nicht zu sagen. Es waren zumindest keine Schnittwunden zu sehen gewesen. Nur diese Verfärbungen, die einerseits wie Verbrennungen und andererseits wie Blutergüsse wirkten. War es möglich, dass jemand die Opfer auf diese Weise ausgesaugt hatte?

»Erkennst du jetzt, wer die wahren Monster sind?« Rose' Stimme zitterte vor unverkennbarer Wut.

»Wenn du die Menschen so sehr verachtest, für das, was sie fähig sind zu tun, warum sind wir dann hier? Warum umgibst du dich mit genau den Leuten, die dir zuwider sind? Es gibt doch auch andere.«

Rose schnaubte. »Gibt es die? Warst du anders? Oder bist du nur nie in eine Situation geraten, in der sich dein wahres Gesicht gezeigt hat.«

Darauf wusste Kitty keine Antwort. Oder doch. Sie kannte sie, aber wollte sie nicht aussprechen, nicht wahrhaben. Es stimmte, sie war zu Lebzeiten nie an solch eine Grenze gestoßen. Das Leben eines anderen hatte nie zwischen ihr und ihren Wünschen gestanden. Bis sie selbst gestorben war.

Das Bild der brennenden Leiche in der Seitengasse neben der Aufbahrungshalle stieg aus dem Dunkeln empor. Es war kein Mord gewesen. Zumindest nicht durch ihre Hand. Aber dennoch hatte sie für ihr eigenes Wohl und für ihre eigenen Sehnsüchte ohne viel Zaudern eine moralische und ethische Grenze überschritten. Kitty vermochte nicht zu sagen, wie weit sie noch zu gehen bereit gewesen wäre – wie weit sie jetzt als Dämonin gehen würde, um ihr altes Leben zurückzubekommen.

War Mord wirklich keine Option? Auch dann nicht, wenn es sich um einen frevlerischen Menschen handelte? Würde sie das Leben eines Mörders gegen ihres tauschen? Kittys Verstand schrie Nein, doch ihr Herzschlag kam bei der Vorstellung aus dem Takt. Die Wahrheit war, dass genau das Teil des Handels mit Gott war. Sie hatte sich bereiterklärt, einen Dämon zurück ins Jenseits zu schicken, in dem Wissen, dass es sich dabei um die Seele eines Menschen handelte. Rose hatte recht, sie war ganz genauso abscheulich.

Kitty setzte mit zitternden Fingern ihr Glas an die Lippen und trank es in einem Zug leer. »Ich will gehen.«

Rose sah ihr in die Augen und nickte dann langsam, als hätte sie ihre Gedanken und nicht nur ihre Worte vernommen. »Das wäre wohl besser. Für uns beide.«

»Vorher muss ich allerdings noch etwas erledigen«, sagte Kitty. Es wurde Zeit, ein paar Fragen zu klären. Entschlossen schritt sie durch den Raum auf Lady Waterfield zu. Die ergraute Frau wirkte immer noch mitgenommen, trotz des Lächelns, das sie ihr schenkte.

Kitty fühlte Schleier aus Liebe und Trauer um sie schweben. Aber da war noch etwas. Etwas Dunkles, tief Vergrabenes, das an ihrer Seele nagte. Und es schmeckte nach Schuld.

»Ich habe von Ihrem großen Verlust gehört und möchte Ihnen mein tiefes Mitgefühl aussprechen«, sagte Kitty und ergriff die Hand der Witwe mit beiden Händen.

Während Lady Waterfield antwortete, durchfuhr ein solcher Schwall an Bildern und Gefühlen Kittys Geist, dass sie nichts verstand und einfach nur nickte.

Und doch erhielt sie durch ihr Talent mehr Antworten, als sie hätte erfragen können. Lord Waterfield war mit seinem Tod für etwas bestraft worden. Die Witwe empfand Schuld, weil sie Mitwisserin und Mittäterin gewesen war. Deshalb hielten sich ihre Trauer- und Verlustgefühle in Grenzen.

»Er war ein wundervoller Zeremonienmeister«, hörte Kitty die Stimme des Hausherrn in ihre Vision dringen.

Seine Worte versetzten sie zurück in den stickigen Raum. Sie roch abermals den Schweiß und den Atem der Menschen, die sich in einem Kreis zusammengefunden hatten. Und sie schmeckte die Angst der Frau, die dort im Kreis vor Lord Waterfield kniete. Gefesselt und geknebelt. Jung war sie, schrecklich jung und unschuldig. Das perfekte Opferlamm, mit dessen Blut die Auferstehung als heiliger Akt zelebriert wurde.

Agnus Dei, das Lamm Gottes, ohne Fehl und Makel, wie es so schön in den Schriften hieß. Und das erste Mal ergab diese thematische Verknüpfung für Kitty einen Sinn. Denn wie sie gelernt hatte, brauchte es Blut für die Wiederauferstehung einer Seele in dieser Welt. Es brauchte Blut eines geopferten Menschen, um einen Dämon körperlich herbeizurufen.

»Geht es Ihnen nicht gut, meine Liebe?«

Kitty nahm nur verschwommen den besorgten Gesichtsausdruck von Lady Waterfield wahr. Ihre Stimme vermischte sich mit dem Gurgeln und Husten des Mädchens aus ihrer Vorahnung. Der Versuch zu atmen, während sich der Knebel in ihrem Mund rot färbte und Blut aus dem Schnitt an ihrer Kehle rann. Mit weit aufgerissenen Augen starrte sie Kitty entgegen.

»Es war wohl etwas viel Aufregung für Miss Carter«, erklang Rose' Stimme.

Die Dämonin ergriff ihren Arm und führte Kitty aus dem Raum und hinaus in die Nacht. Weg von diesem Haus und dem Grauen, das dort geschehen war.

»Er war ein Mörder«, flüsterte Kitty.

»Er und all die anderen«, wisperte Rose und zog sie unerbittlich weiter den mit Fackeln beleuchteten Weg entlang bis vor zur Straße. Sie schob Kitty in eine der wartenden Kutschen und mahnte den Fahrer sich zu beeilen. Mit jedem Meter, den sie sich von dem Anwesen entfernten, wurden Kittys Gedanken wieder klarer.

Das also hatte die Notiz in Patt Wallets Tabelle bedeutet. Das O stand für Okkult. Das war das verbindende Glied. Und trotzdem passten die Fakten nicht zusammen. Denn dem Mädchen aus Kittys Vision war die Kehle aufgeschlitzt worden. Den anderen Leichnamen nicht. Kitty erschauerte, als sie begriff. Das waren keine Blutopfer gewesen, sondern Hinrichtungen. Racheakte. Ein Tod für einen Tod. Jemand brachte Okkultistenanhänger um, die Dämonen beschworen. Das musste es sein. So ergab alles einen Sinn. Lucy Wigam und Jesemin Townstood mussten ebenfalls in diesem oder einem anderen Zirkel an solchen Ritualen teilgenommen haben.

Das Medaillon mit dem Blutstropfen, das unter den Habseligkeiten der Hurenmutter gewesen war. Die tätowierten Symbole, die sie auf Townstoods Brust entdeckt hatte. All das waren Hinweise gewesen, die sie zwar gesehen hatte, die ihr, für sich genommen, aber unwichtig erschienen waren. Bei Lucy hatte ihre Gabe als frisch erweckte Dämonin versagt und bei Jesemin hatten Kittys eigener desolater Zustand und das Opium dafür gesorgt, dass sie die Zusammenhänge nicht hatte sehen können.

War der Rächer einer der gerufenen Dämonen? Denn darauf hatte Gott sie ja angesetzt. War er gegen seinen Willen aus dem Jenseits zurück in diese Welt gezogen worden? Kitty blickte zu Rose.

Die Hufe der Pferde klapperten im Stakkato auf den Pflastersteinen. Durch das halb verhangene Fenster drang bereits wieder der Schein von Londons Straßenlaternen und zeichnete scharfe Schattenkanten in das Gesicht der Dämonin.

»Hast du …«

Die Kutsche machte eine abrupte Seitwärtsbewegung. Kitty wurde zur Seite geworfen. Sie hörte das Rasseln der Pferdegeschirre, als die Tiere tänzelnd anhielten und sich aufbäumten. Jemand brüllte Befehle. Sie vernahm das unverkennbare Geräusch von Ledersohlen und wusste, dass eine Horde Detectives auf den Wagen zustürmte. Die Tür wurde aufgerissen, doch Kitty hatte den Geruch des Chief Inspectors bereits in der Nase, bevor sein Gesicht in der Öffnung erschien.

Kapitel 16

Patt Wallet blickte Kitty mit düsterer Miene an. »Miss Carter, Sie sind verhaftet. Steigen Sie mit erhobenen Händen aus.«

Zögernd blickte sie zu Rose, doch die Dämonin regte sich nicht. Ihr Gesicht war wie versteinert, ihre Lippen zu einem schmalen Strich verzogen. Hatte sie die Detectives gerufen, um Kitty auszuliefern und gleichzeitig von sich selbst abzulenken? Aber wie? Wann?

»Wessen werde ich beschuldigt?«

»Das werden Sie erfahren, wenn Sie vor dem Richter stehen«, erwiderte der Inspector. Und es brachte keine übernatürliche Gabe, um zu erkennen, dass er es bitterernst meinte.

Verwirrt und ratlos folgte Kitty den Anweisungen und trat hinaus auf die Straße. Patt Wallet hatte ein ganzes Dutzend Constables an seiner Seite. Ausgerechnet Dalton Frey legte ihr die metallenen Schlingen der Handschellen um die Gelenke. Niemand sprach ein Wort, doch Kitty konnte die Furcht riechen, die an ihnen klebte. Sie hatten Angst, Angst vor ihr.

Kitty sah noch aus den Augenwinkeln, dass Rose in ihrer

Kutsche davonfuhr, während sie selbst in eines dieser gepanzerten Dampfmaschinenvehikel verfrachtet wurde. Ein Gefängnis auf Rädern, das sonst nur für den Abtransport der gefährlichsten Banditen und Mörder verwendet wurde.

Kitty wurde flau im Magen. War es das? Dachte der Chief Inspector, dass sie etwas mit den Serienmorden zu tun hatte?

Die Tür wurde zugeschlagen, ein Riegel vorgeschoben, ein Schlüssel im Schloss herumgedreht. Sie war gefangen. Eingesperrt wie eine Verbrecherin, ohne zu wissen, warum.

Stampfend und zischend setzte sich das Gefährt in Bewegung und sie wusste, wohin die Reise gehen würde. In das neu ausgebaute Newgate Gefängnis mitten in der City of London.

Kitty fröstelte allein bei der Vorstellung, hinter diesen dicken Mauern eingesperrt zu sein. Trotz der Modernisierungen und den Einzelzellen, die es mittlerweile gab, waren die Klatschblätter voll mit fürchterlichen Geschichten über diesen Ort. Und Tessi hatte ihr jede einzelne in allen Details erzählt.

Darin war die Rede von Gewalt und Korruption, von Übergriffen auf Frauen wie auch auf Männer. Und die Verhöre des Wachpersonals hatten keinen besseren Ruf. Es gab Gerüchte über Folterungen und erpresste Geständnisse, gerade wenn es um gotteslästerliche Anklagen ging.

»Warum bin ich hier?«, rief Kitty gegen das Schnaufen der Dampfmaschine an.

Der Mond schien durch das kleine vergitterte Fenster in der Tür. Ein einzelner heller Strahl, der wie ein Schwert aus Licht durch die Dunkelheit schnitt.

»Amari! Hilf mir!«

Wieder und wieder rief sie nach Gottes Sendboten, fluchte,

schimpfte und betete abwechselnd. Doch niemand kam, um sie zu retten. Stattdessen regte sich eine andere Stimme. Eine, die nach Nahrung verlangte.

Als der Wagen endlich hielt und die Tür geöffnet wurde, zitterte Kitty am ganzen Leib. Auf dem Weg zu dem schmalen Eingangstor stolperte sie mehrere Male und wäre gefallen, hätten die Constables, sie nicht an den Armen gehalten und wieder auf die Beine gezogen.

Ihr war nie klargewesen, wie wenig Fenster dieser Bau besaß. Eine Festung aus Stein, in der eigene Regeln galten. Kitty versuchte sich zu konzentrieren und einmal mehr einen Sturm hervorzurufen. Irgendetwas, um sich zu befreien. Doch je mehr sie sich anstrengte, umso deutlicher spürte sie den Hunger in sich rumoren. Ihr dämonisches Selbst dürstete nach einem Schluck menschlicher Essenz, um sich hier in dieser Welt zu halten.

Ihre Tasche mit dem Vorrat hatte Dalton an sich genommen. Die einzige verfügbare Quelle, die ihr blieb, war ein Mensch. Doch wenn es bei ihrer Verhaftung um Patt Wallet und den Kuss ging, wäre es wohl wenig hilfreich, sich auf dem Weg in die Zelle auf den nächstbesten Constable oder Wärter zu stürzen, um ihn wahlweise abzulecken, zu beißen oder ebenfalls zu küssen.

Sie würde so lange wie möglich ohne durchhalten müssen. Spätestens morgen früh würde es ein offizielles Verhör geben, bei dem sie sich bei Patt Wallet entschuldigen konnte. Womöglich wollten er und ihr Vater ihr nur eine Lektion erteilen und demonstrieren, wie wenig Macht sie besaß, wie ausgeliefert sie dem Willen der Männer war.

»Name?«, fragte ein mürrisch dreinblickender Wärter am Empfang.

»Kitty Carter.«

»Name des Ehemanns?«

Kitty spannte die Kiefer an und streckte den Rücken durch. »Ich bin unverheiratet.«

Der Mann in dunkelblauer Uniform hob den Blick und musterte sie abschätzig. »Andere Familienmitglieder, von denen Sie Unterstützung erhalten?«

Es war so demütigend. Kitty wollte ihm entgegenschreien, dass sie ihr eigenes Geld verdiente. Doch das änderte nichts an der Wahrheit. »Mein Vater, Barnabas Carter«, antwortete sie durch zusammengebissene Zähne.

Nachdem der Wärter auch noch die Adressdaten ihres Vaters abgefragt und alles akribisch notiert hatte, drückte er Kitty einen Zettel mit einer Nummer und der offiziellen Inhaftierungsbestätigung in die Hand.

Kitty hatte erwartet, dass man sie nun in ihre Zelle bringen würde, stattdessen blieben die Constables an ihrer Seite und führten sie die Gänge entlang, durch ein paar vergitterte Türen hindurch, bis in einen großen Raum, in dem ein schlichtes Holzpodest und ein paar Zuschauerbänke standen.

»Ihr wollt mich direkt vor den Richter stellen?« Kitty sah sich irritiert um. »Das ist doch lächerlich. Weswegen werde ich überhaupt angeklagt?«

»Setzen Sie sich«, sagte Dalton Frey und zum ersten Mal wirkte er auf Kitty nicht mehr wie ein überforderter Junge. Stattdessen strahlte er verbissene Entschlossenheit aus. Und so klang er auch.

»Ich habe das Anrecht auf einen Verteidiger«, sagte sie, nachdem sie auf einer der vorderen Bänke Platz genommen hatte.

Dalton spuckte vor ihr aus. »Sie sind eine Lügnerin, eine Betrügerin, eine Mörderin und wer weiß was noch alles. Sie haben Ihre Rechte verwirkt.«

Mörderin? Kitty schluckte. »Und wen habe ich eurer Meinung nach umgebracht?«

»Jesemin Townstood«, kam die donnernde Antwort des Chief Inspectors. Er hatte von Kitty unbemerkt die Rednerkanzel betreten und blickte - die Hände auf das Pult gestemmt - zu ihr hinab. »Es ist zwecklos zu leugnen, Miss Carter. Sie wurden gesehen und Ihr Täuschungsmanöver aufgedeckt!«

Es ging also um den Toten in den Tunneln unter den Docks. Kitty ahnte, was passiert sein musste. Offenbar hatte dem Botenjungen ihr Trinkgeld nicht gereicht. Die Belohnung, die üblicherweise für Hinweise zu einem Mordfall ausgeschrieben wurde, war wohl zu verlockend gewesen.

»Ich kann das erklären.« Kitty wollte aufstehen, doch Dalton drückte sie an der Schulter zurück auf die Bank.

»Waren Sie am gestrigen Abend zu später Stunde auf der Isle of Dogs?«, fragte der Chief Inspector.

Kitty presste die Lippen zusammen. Wie sollte sie das erklären? Würde er die Wahrheit glauben? Dass sie mit einer Dämonin dorthin spaziert war, um verdeckt nach dem Serientäter zu ermitteln. Wohl kaum. Aber lügen wollte Kitty ebenso wenig. Auch dann nicht, wenn sie keine göttliche Strafe dafür zu erwarten hatte.

Sie atmete tief durch. »Ja, das war ich.«

»Und sind Sie dort in den Tunneln also Jesemin Townstood

begegnet?« Patt Wallet spie ihr die Worte förmlich entgegen. Mit einem Ausdruck, der gleichsam Verachtung und Ekel ausdrückte.

»Ich bin bei meinem Spaziergang einigen Personen begegnet«, sagte Kitty. Sie versuchte ruhig zu bleiben, doch ihr Herzschlag wollte nicht gehorchen.

»Und stimmt es, dass Sie am nächsten Morgen einem Jungen zwei Penny dafür gezahlt haben, dass er zu einem Constable läuft? Um ihm zu sagen, dass an eben diesem Ort ein Toter liegt? Ein Toter, der sich als Jesemin Townstood herausgestellt hat?«

Kitty wollte antworten, doch der Chief Inspector war noch nicht fertig.

»Ist es wahr, dass Sie, Kitty Carter, dem Jungen ausdrücklich verboten haben zu erzählen, woher er diese Information hat? Damit wir Ihnen nicht auf die Spur kommen? Weil *Sie* Jesemin Townstood ermordet haben!«

Die Fakten passten, wenn man sie in dieser Reihenfolge und ohne den tieferen Kontext betrachtete. So gesehen war es logisch, dass die Detectives sie verdächtigten. Besonders, da sie sich in den letzten Tagen auch in anderen Belangen auffällig verhalten hatte. Mittlerweile hatte sich sicher auch ihr Vater an den Chief gewandt und womöglich von einem Angriff ihm gegenüber berichtet.

»Es ist wahr, dass ich dort gewesen und Mister Townstood begegnet bin. Und es ist wahr, dass ich den Jungen bezahlt habe, damit er den Toten meldet. Aber das macht mich noch nicht zur Täterin. Immerhin waren das Opfer und ich nicht die Einzigen vor Ort. Ich bin sicher, Dalton Frey und die anderen Detectives haben in den Tunneln vielfältige Spuren gefunden und kistenweise Material gesichert.«

Kitty blickte dem Inspector unbeugsam in die Augen. »Welches Motiv hätte ich gehabt?«

»Das wäre nicht der erste sinnlose Mord im Drogenrausch«, mischte sich der Constable ein.

»Denken Sie nach!«, rief Kitty. »Das dort unten war eine Opiumhöhle. Das Zeug schläfert die Menschen ein. Diese Leute können sich kaum mehr auf den Beinen halten und schon gar nicht jemanden wie Jesemin Townstood überwältigen.«

Patt Wallet schlug so heftig auf das Pult, dass das Holz knackte. Kitty und der Constable verstummten. Einige Momente herrschte angespannte Stille, während die Kiefer des Chief Inspectors mahlten.

»Warum dann?«, fragte er schließlich im gemäßigteren Tonfall. »Was hat eine so integre Frau wie Sie dazu bewogen, etwas so Furchtbares zu tun? Geht es hier um Aufmerksamkeit? Damit ich Ihnen mehr Beachtung schenke?«

Kitty wusste nicht, ob sie schreien oder lachen sollte. Natürlich. Der Chief versuchte das Puzzle zusammenzusetzen. Ihre Flirtversuche, am Schreibtisch des Chiefs erwischt zu werden und dann der Kuss und ihre Flucht. Sie schüttelte den Kopf. »So ist das nicht, auch wenn ich verstehe, dass Sie diesen Eindruck gewonnen haben.«

Patt Wallet seufzte und fuhr sich mit seiner Hand über das Gesicht. »Nennen Sie mir einen Grund, Sie nicht zu verdächtigen. Etwas Handfestes, das sich überprüfen lässt, keine bloße Eingebung.«

Kitty verzog den Mund. Der Seitenhieb war angekommen. Einen Grund. Nur einen. Sie dachte angestrengt nach. Sollte sie dem Chief von ihrem Besuch bei Thomas Backard erzählen? Von den Ritualen, in die auch die Waterfields involviert waren? Wahrscheinlich wusste er bereits davon. Warum sonst hätte er den Namen in der Liste mit einem O für okkult markieren sollen?

In seinen Augen war diese Notiz wahrscheinlich nur ein kleines, unbedeutendes Detail. Eine kuriose Gemeinsamkeit bei der Auswahl der Opfer, aber eben kein direkter Hinweis auf den möglichen Täter. Sonst wäre sie selbst ja nicht ins Visier geraten. Aber eine Geschichte über Ritualmorde war sicher nichts, was ihn überzeugen würde, und den Namen des Mörders von Jesemin Townstood konnte Kitty ihm nicht nennen.

Womöglich hielt der sich im direkten Umfeld der Okkultisten auf, bewegte sich in ähnlichen Kreisen. Aber das schloss von Thomas Backard, den Gästen bis hin zu deren Bediensteten wohl über hundert Leute ein.

»Nichts?«, hakte der Inspector nach.

»Ich war das nicht«, wiederholte Kitty. »Ich war doch selbst auf der Suche nach dem Mörder.«

Der Inspector hob die Brauen. »Auf eigene Faust? Warum? Wollten Sie mir beweisen, dass Sie es besser können als meine Detectives?«

Kitty seufzte auf und schüttelte abermals den Kopf. »Ich ... ich wollte helfen, nachdem ich den scheußlich zugerichteten Leichnam von Lord Waterfield persönlich gesehen hatte.«

»Was mich zu der Frage führt, warum Sie überhaupt am Tatort gewesen und anschließend von dort geflohen sind. Und glauben Sie ja nicht, dass Sie mich wieder mit einer halbgaren Lüge abspeisen können.«

»Sie wissen doch selbst, dass ich an meinem Schreibtisch saß, als die Meldung vom Toten reinkam!«, rief Kitty.

»Vielleicht ein Ablenkungsmanöver. Ein Versuch, sich ein Alibi zu verschaffen«, mischte sich Dalton ein.

»Aber die Ausstellung wurde nach der Entdeckung des Mords doch sofort abgeriegelt!«

Der Chief Inspector gebot Kitty und dem Constable, zu schweigen. »Wir wissen beide, dass so ein Gelände nicht zur Gänze abgeriegelt werden kann. Sie haben es ja immerhin auch hineingeschafft.«

»Weil ich meinen Legitimierungsbeleg vorgezeigt habe!«

Patt Wallet schien nicht überzeugt. Mit jedem Wort, das sie wechselten, zog sich die Schlinge um Kittys Hals fester zu. Was hatte sie durch ihre Gabe über den Mörder und den jeweiligen Tathergang erfahren? Was gab es, das sie als Täterin ausschloss?

Kitty ging in Gedanken Stück für Stück zurück an den Anfang. Zu Lucy Wigem und dem geschwärzten Taschentuch. Die Mädchen aus dem Tinker Tanner hatten sie am Morgen gefunden. Der Mord war also nach Ladenschluss mitten in der Nacht passiert.

»Ich war zu Hause!«, rief Kitty. »Lucy Wigem war das erste Opfer, das auf diese spezielle Art und Weise umgebracht wurde. Aber ich kann es nicht gewesen sein, weil ich zu Hause war. Das kann mein Hausmädchen bestätigen!«

»Oder sie deckt ihre Herrin, um den Job nicht zu verlieren«, konterte der Chief. Doch sein Einwand wirkte deutlich leidenschaftsloser als zu Beginn der Befragung. Womöglich hatten ihre Argumente endlich berechtigte Zweifel in diesem treuen Mann des Gesetzes geweckt.

»Hören Sie nicht auf sie! Sie hat einen Pakt mit dem Teufel geschlossen!«, rief Dalton Frey und trat vor. »Sie war tot. Ich habe es gesehen. Sie war mausetot!« Sein Gesicht bekam vor Aufregung rote Flecken, während er seine Worte mit wilder Gestik untermalte.

»Reißen Sie sich zusammen, Constable, und reden Sie nicht so einen Quatsch! Sonst könnte ich den Eindruck gewinnen, *Sie* wären besessen! Und zwar von Miss Carter!«

»Wenn Sie mir nicht glauben wollen, dann ihrem Vater!«, hielt Dalton dagegen. »Er selbst hat doch einen Exorzisten empfohlen!«

Der Chief Inspector schlug erneut auf das Pult und sah zwischen dem Constable und Kitty hin und her.

Kitty hatte Mühe, noch aufrecht zu sitzen. Ihr war übel. Hatte ihr Vater wirklich nach einem Priester verlangt, um ihr den Teufel auszutreiben? Die Vorstellung traf sie tiefer, als sie für möglich gehalten hatte. In all den Jahren hatte er zwar überdeutlich sein Missfallen über ihren Lebensstil zum Ausdruck gebracht, aber er hatte bisher nie an ihrer Zurechnungsfähigkeit gezweifelt.

»Wir werden die Befragung fortsetzen, wenn das Hausmädchen vernommen worden ist. Außerdem werde ich Barnabas Carter aufsuchen, um auch hier die Hintergründe zu den Anschuldigungen zu prüfen. Bis dahin bleibt Miss Carter in Gewahrsam.«

»Aber mein Vater ist vielleicht schon abgereist!«, rief Kitty und stand auf.

»Dann werden wir ihm eine Nachricht senden.«

»Das könnte Tage dauern!«

»Das kommt ganz auf ihren Vater an.«

Kitty wollte erneut aufbegehren, doch Patt Wallet wandte sich ab und verschwand durch eine Tür an der Rückwand.

»Hexe«, zischte Dalton Frey und stieß sie vorwärts. »Weißt du, was die Priester mit solchen wie dir machen? Sie werden dir den Beelzebub aus jedem Zentimeter deines Körpers peitschen, ihn mit glühenden Eisen herausbrennen und dich mit dem heiligen Wasser abfüllen, bis du schier daran ersäufst und deine Eingeweide auskotzt. Am Ende wirst du um den Tod betteln.«

Kapitel 17

Kitty saß auf der schmalen Pritsche in ihrer Zelle und suchte verzweifelt nach einem Ausweg. Sie konnte es sich nicht leisten, womöglich mehrere Tage festzusitzen, während ihr Körper langsam, aber sicher verweste und ein Dämon weiterhin sein Unwesen trieb. Oder war es eine Dämonin?

Da war dieser Moment in der Kutsche gewesen, kurz bevor die Detectives sie angehalten hatten. War es möglich? Konnte Rose die Täterin sein? Aber warum hätte sie Kitty dann mit zum Haus von Backard nehmen sollen? Warum hätte sie ihr das Motiv für die Morde liefern sollen? Oder war es genau andersherum? Wollte Rose sie auf die Spur des Täters bringen, ohne einen Namen aussprechen zu müssen?

Immerhin schien sie doch gern in dieser Welt zu sein. Auch wenn sie die Menschen offensichtlich verachtete. Sie war zynisch und radikal. Sie nahm sich, was sie brauchte. Aber war sie deshalb gleich eine Mörderin? Rose hatte auch andere Seiten gezeigt. Sie hatte Kitty geholfen, sie aufgenommen. Mehr als einmal. Allerdings war sie am Tatort gewesen. Wie wohl auch

Hunderte andere zufällige Besucher der Weltausstellung.

Kitty stand auf und marschierte in ihrer Zelle auf und ab. Über den Tod der Hurenmutter konnte sie nichts sagen und auch nichts weiter erfahren. Aber Jesemin Townstood hatte sie selbst getroffen, ja, sogar von ihm gekostet, bevor er wenige Stunden später leblos im Tunnel gelegen hatte.

Es fiel Kitty schwer, sich an Einzelheiten zu erinnern. Ihre Begierde, der darauffolgende Rausch, die tanzende Masse und der schwere Opiumrauch in der Luft hatten ihre Wahrnehmung getrübt. Als hätten ihre Gefühle sich an diesem Abend über den Verstand erhoben und die Führung übernommen. Doch sie erinnerte sich daran, Rose gesehen zu haben. War das nur ein Wunschtraum gewesen? Ein versteckter Hinweis ihres Unterbewusstseins auf das, was ihr Herz in Wahrheit begehrte?

Als Kitty an die intimen Momente in Rose' Wohnung zurückdachte, zogen sich die Muskeln in ihrem Schoß voller Lust zusammen. Konnte jemand, der so liebte, der solch eine Zärtlichkeit schenkte, gleichzeitig eine Mörderin sein? Vielleicht.

Vielleicht hatte eine göttliche Fügung dafür gesorgt, dass Kitty sie gefunden hatte. Oder es war einfach nur die offensichtliche Verbindung, die dazu geführt hatte. Weil sie beide Dämoninnen waren. Genau wie auch Eliza und Dutzende weitere Gäste auf dem Fest in den Katakomben.

Am Ende war es wie bei Patt Wallet und Dalton Frey, die einzelne Fakten zu einem falschen Bild zusammensetzten. Und das nur, weil sie den Fall so dringend aufklären wollten.

Kitty ließ sich erneut auf der Pritsche nieder. Sie durfte nicht den gleichen Fehler machen, sondern musste sich auf das konzentrieren, was jetzt am wichtigsten war: eine Möglichkeit, auszubrechen.

Das Gefängnis war zwar modernisiert worden, aber dennoch gab es immer wieder Fälle in den Zeitungen nachzulesen, bei denen Insassen einen Weg hinausgefunden hatten. Meistens durch List und Tücke und nach langer Vorbereitungszeit. Etwas, das sich Kitty nicht leisten konnte. Für einen Aufstand und den Ausbruch mit Hilfe von roher Gewalt war sie weder stark noch skrupellos genug.

Sie würde sich auf ihre ganz eigenen Fähigkeiten besinnen müssen. Aber auch da gab es einen Haken. Denn je länger sie hier festsaß, umso schwächer wurde sie. Gleichzeitig stieg ihr Verlangen nach allem, was auch nur eine Spur menschlicher Essenz enthielt. In diesem Fall würde die karge Einzelzelle sie zwar vor Übergriffen schützen, ihr dämonisches Dasein aber vorzeitig beenden, oder sie genau zu dem Monster machen, vor dem Dalton Frey sich so offensichtlich fürchtete.

Als draußen bereits die ersten Amseln sangen, saß Kitty immer noch da und grübelte. Sie war so in ihre Gedanken versunken, dass sie hochschreckte, als jemand den Riegel der Tür zur Seite schob.

Im Gegenlicht konnte Kitty nur den Umriss erkennen. Einen breitschultrigen Mann, der die Uniform eines Wärters trug. »Da ist ja unser neues Schätzchen. Keine Angst, ich bin nicht wählerisch, solange du nur die Beine auseinander bringst.«

Kittys Herz zog sich zusammen. Aber schon nach dem ersten Schockmoment schrie sie aus Leibeskräften: »Wärter! Ich werde angegriffen! Hilfe!«

Draußen im Gang begannen die anderen Gefangenen mit

ihren Blechtellern und Tassen gegen die Türen zu schlagen. Doch nichts davon konnte den Kerl vertreiben.

Er schloss die Tür, hängte den großen Schlüsselbund zurück an den Gürtel und öffnete die Hose.

»Ich bin Mitarbeiterin der City of London Police«, sagte Kitty mit bebender Stimme. »Wage es nicht, mich anzurühren, oder du wirst im Handumdrehen selbst in einer solchen Zelle sitzen.«

»Netter Versuch, Süße. Aber du kannst mir nichts vormachen. Ich hab deine Akte gelesen. So, wie's aussieht, wirst du eine lange, lange Zeit hier drin verbringen. Und niemanden kümmert es.«

Kitty ging rückwärts, bis sie die Mauer hinter sich spürte, während der Mann langsam näherkam. Sie roch seine Gier und wusste, dass er kein Erbarmen haben würde. Wenn sie sich nicht selbst half, würde es niemand anderes tun.

Das Trommeln und Schlagen draußen im Gang wurde lauter, als feuerten die anderen dieses Dreckschwein auch noch an.

»Komm schon, Süße. Heb deinen Rock für mich und lass uns ein wenig Spaß haben. Wie lange ist es schon her, dass dich einer angefasst hat, hm? In Wahrheit gierst du doch danach, es dir von mir mal so richtig besorgen zu lassen.«

Kitty wurde allein bei dem Gedanken schlecht, von ihm berührt zu werden. Ihre dämonische Seite hingegen wollte ihm an die Kehle gehen, sie ihm ausreißen und sein Blut trinken.

Seine widerwärtigen Gedanken tauchten als Visionen vor ihrem inneren Auge auf. Ein letzter Tropfen, der ihren Überlebensinstinkt aktivierte und im nächsten Moment alle anderen Empfindungen überlagerte. Ohne nachzudenken, stürmte sie knurrend und mit vorgereckten Händen auf ihn zu. Sie wollte ihm das Gesicht zerkratzen, ihm die Augen zerquetschen und das Genick brechen. Doch noch bevor sie ihn erreichte, erhob sich ein Wirbel im Zimmer, riss den perplexen Mann mit sich und schleuderte ihn erst gegen die Zimmerdecke und dann gegen die Wand gegenüber. Nur ein kurzes Aufbäumen ihrer letzten Kräfte und der Wärter sank leblos auf die Pritsche.

Kitty stürmte auf ihn zu, riss ihm den Schlüsselbund vom Gürtel, öffnete die Tür und rannte – begleitet von dem blechernen Trommeln - den Gang entlang Richtung Ausgang.

»Halt! Stehen bleiben!«, ertönte hinter ihr eine Stimme, als sie gerade die Treppe nach unten ins Erdgeschoss erreichte. Eine Sirene heulte auf und von überall her erklangen Rufe. Doch Kitty wollte einfach nur weg.

»Stehen bleiben oder ich schieße!«, rief eine weitere Stimme von der Seite.

Kitty sah noch, wie die Mündung des Gewehrs aufblitzte, dann zuckte brennender Schmerz durch ihren Brustkorb. Sie taumelte rückwärts, verlor das Gleichgewicht und schlug mit dem Kopf auf dem Boden auf.

Den Blick auf die großen Dachfenster gerichtet, lag sie da und wollte es nicht glauben. War das ihr Ende? Sie rang nach Luft, hustete und spuckte Blut, während sich die Wärter um sie versammelten.

Bevor ihr Bewusstsein erlosch und ihr Herz zu schlagen aufhörte, dachte Kitty an Rose.

Kapitel 18

Ein missbilligendes Schnalzen drang durch den dichten Nebel der Benommenheit und erweckte einen Gedanken zum Leben. *Wo bin ich?*

Kitty schlug die Augen auf und blickte in ein wohlbekanntes blindes Nichts. Sie war gestorben. Das zweite Mal innerhalb nur weniger Tage. Doch diesmal war es anders.

Statt neben ihrem Körper zu erwachen und von Amari in das Jenseits geleitet zu werden, hatte sie offenbar den direkten Weg hinüber genommen.

»War das wirklich nötig?«

Erst als Kitty sich umdrehte, sah sie Gott an einem Tisch sitzen. Sonst war da nichts. Keine Wand, kein Zimmer. Nicht einmal ein Boden oder eine Decke. Da waren einfach nur ein Tisch und zwei Stühle. Und auf einem davon saß Ruff und blickte sie an.

Kitty richtete sich auf und fühlte sich gar nicht mehr schwer. Sie hatte keine Schmerzen und keine Sorgen. Nur Gedanken. »Was ist im Diesseits denn überhaupt nötig? Dass sich die Menschen gegenseitig verletzten und quälen? Warum hast du uns freien Willen geschenkt, aber kein wahrhaftiges Gerechtigkeitsempfinden? Was nützt uns ein Gewissen, wenn doch unsere Gelüste und Begierden stärker sind? Wozu ein Verstand, der Dinge wie Moral und Ethik hervorbringt, wenn in den entscheidenden Momenten doch wieder unsere niederen Instinkte übernehmen?«

»Was hilft das Jammern über Dinge, die sich nicht ändern lassen?«, hielt Ruff ungerührt dagegen.

Kitty erhob sich, ging auf Gott zu und nahm Platz. Der Stuhl fühlte sich wirklich und gleichzeitig unwirklich an, wie alles um sie herum. Eine Empfindung, die am ehesten mit Verlust gleichzusetzen war. Anders ließ es sich für Kitty nicht beschreiben.

»Aber du bist Gott und Gott ist allmächtig, allsehend, allwissend«, antwortete Kitty.

Ruff war barfuß und trug ein einfarbiges graues Leinenkleid. Sein Haar war zu einem strengen Zopf geflochten, der ihm über die Schulter hing.

»Wozu sollte das gut sein?«, fragte Ruff.

»Um uns zu leiten und zu beschützen.«

»Oder zu bestrafen?« Ruff lächelte. »Ihr selbst seid es, die auf diese Weise Gericht halten, abwägen und urteilen.«

Kitty schwieg und dachte nach. Wenn es keinen Himmel und keine Hölle gab, wenn die Menschenseelen auf dieser Seite ihre Gefühle nach außen trugen und nur von sich selbst begrenzt wurden, was bedeutete das dann?

»Die Gedankenkonstrukte, Wertesysteme und Definitionen – sei es nun für etwas so Simples wie einen Regentropfen oder aber für etwas so Komplexes wie die Berechnung ganzer Sternenkonstellationen – sind nur ein Hilfsmittel, um die Welt im Diesseits erlebbar zu machen«, erklärte Ruff. »Nur durch die Begrenzung lässt sich etwas in seiner Gänze erfassen, betrachten und anwenden.«

Kitty blicke einmal mehr ins Nichts. »Also formt sich die Realität durch das, was ausgeschlossen wird? Durch das, was wir nicht sehen, nicht hören, nicht fühlen oder riechen wollen?«

Gott wiegte den Kopf. »Diese Frage berührt nur den Rand des eigentlichen Mysteriums. Denn sie ist bereits in sich begrenzt durch die Einschränkung auf ein paar wenige Sinne.«

»Gibt es denn noch mehr davon?«

»Natürlich. Es gibt so viele, wie du dir vorstellen kannst.«

Kitty kniff die Augen zusammen und versuchte dem Gedankenfaden zu folgen. »Und wenn jemand sich mehr oder weniger vorstellen kann, existiert für ihn auch mehr oder weniger davon?«

»In der Tat.«

»Also kann ich mir alles herbeiwünschen, was ich vor meinem inneren Auge sehen kann?«

»Auch hier begrenzt du die Antwort bereits durch deine Frage. Denn was genau bedeutet es denn, etwas zu sehen? Ist etwas da, wenn man es sieht und nicht da, wenn man es nicht sieht?«

»Natürlich ist es noch da, auch wenn ich nicht hinsehe«, antwortete Kitty.

»Kannst du dir da sicher sein?«

Kitty schüttelte den Kopf. »Aber wenn nichts sicher ist und gleichzeitig alles von mir selbst abhängt, wieso ist das Leben im Diesseits dann so beschwerlich?«

»Eben weil es beides ist. Im Inneren unendlich und im Außen begrenzt. Nur so ist Bewegung möglich, dann, wenn sich Räume zwischen den Abgrenzungen bilden. Durch Räume entstehen

Perspektiven.«

»Und durch die Perspektive wird ein gerichteter Blick ermöglicht. Ein Nah und Fern, Innen und Außen, Oben und Unten«, führte Kitty den Gedanken fort.

Gott lächelte. »Jetzt hast du es verstanden.«

Als Menschen konnte man das Menschsein nur durch die Spannung erleben, die zwischen Gegensätzen herrschte. Weil sie so das eine Ego von dem anderen trennte. Würden sich die Menschen als eins begreifen, würde perfekte Harmonie herrschen, wäre da keine Bewegung mehr, keine Entwicklung und schlussendlich auch kein Leben.

Es bedeutete aber auch, dass Entscheidungen und Kämpfe dazugehörten. Ob man wollte oder nicht.

Ruff erhob sich. »Bist du bereit?«

»Bereit wofür?«

»Für einen weiteren Versuch, deine Aufgabe zu erfüllen.«

Kitty nickte.

Kapitel 19

Das Erste, was Kitty wahrnahm, waren Regentropfen. Sie spürte sie im Gesicht, hörte das sanfte Plätschern und wurde sich bewusst, dass sie draußen stand. Der dünne blassgelbe Streifen am Horizont kündigte einen neuen Tag an. Ein Junge trabte mit seinem Zeitungskarren über den Platz Richtung Themse.

Kitty sah sich um. Vor ihr, gut fünfzig Schritt entfernt, ragte der kastenförmige Gefängnisbau in den trüben Morgenhimmel. Noch am Abend war sie hier unter dem Verdacht, eine Serienmörderin zu sein, eingeliefert und verhört worden. Wenn sie die rastlosen Stunden in der Zelle dazurechnete, gefolgt von dem schauerlichen Annäherungsversuch des Wärters, konnte ihr Ausbruchsversuch kaum mehr als ein paar Minuten her sein.

Sie blickte an sich hinab. Ihr Kleid war sauber, ihr Mieder unberührt. Sie hielt sogar ihre Tasche in der Hand. Sie fühlte sich wohl und erfrischt, obwohl sie gerade eben gestorben war. Schon wieder.

Kitty glaubte noch immer, das Dröhnen der Sirenen im

Inneren des Gebäudes zu hören. Die wenigen Fenster waren hell erleuchtet und die Wärter höchstwahrscheinlich allesamt in Aufruhr. Weil sie, Kitty Carter, einen Ausbruchsversuch gestartet hatte. Mit wenig Erfolg.

Eine Kutsche preschte heran und hielt vor dem Eingang. Doch erst als Kitty den Chief Inspector mit seinen Constables aussteigen sah, wurde ihr klar, was nach ihrem vermeintlichen Ableben passiert sein musste. Wenn ihr dämonisches Ich auferstanden und heil hier draußen stand, war am Tatort höchstwahrscheinlich nichts mehr von ihr zu finden. Denn die Verkörperung ihrer Seele war ja an die Seele selbst gebunden, ein Ausdruck ihres Inneren.

Für die Wärter musste es gewirkt haben, als hätte sie sich in Luft aufgelöst oder einen unbeobachteten Moment genutzt, um ihre Flucht zu vollenden. Es dauerte noch zwei weitere Atemzüge, bis sie begriff, dass sie genau das tun musste. Sie musste fliehen und ihren Auftrag endlich zu Ende bringen. Den Serienmörder zu fassen, war nicht mehr nur ihr göttlicher Auftrag, sondern überlebenswichtig, wenn sie jemals wieder in ihren alten Körper und ihr altes Leben zurückkehren wollte. Sie musste einen Täter präsentieren, um ihre Unschuld zu beweisen.

Ihre Wohnung war zu Fuß nur zwanzig Minuten entfernt. Doch selbst wenn ihr Vater nicht mehr dort war, hatte Patt Wallet womöglich ihr Hausmädchen bereits befragen lassen oder würde das in nächster Zeit tun. Nora war eine gute Seele, aber Kitty konnte nicht von ihr erwarten, dass sie wissentlich einer polizeilich gesuchten Person half, sich zu verstecken.

Gleiches galt für Tessi. Kitty würde ihre Freundin und deren Familie niemals absichtlich in Gefahr bringen oder ihren frisch erkämpfen Ruhm durch ihre bloße Anwesenheit aufs Spiel setzen. Wer einer gesuchten Mörderin Unterschlupf gewährte, wurde der Mittäterschaft angeklagt. Selbst wenn die Anklage in beiden Fällen auf konstruierten Beweisen und fehlerhaften Schlussfolgerungen beruhte.

Wen sonst gab es, der helfen würde? Eliza? Von ihr wusste Kitty nicht einmal, wo sie wohnte. Also blieb einmal mehr nur Rose, wenn sie gewillt war, Kitty die Tür zu öffnen.

Rose. Es wurde Zeit, ein paar Dinge mit ihr zu klären. Zum Beispiel, ob sie von dem geplanten Überfall auf die Kutsche gewusst hatte. Woher sonst hätte der Chief wissen können, dass Kitty an Bord gewesen war? Hatte Rose sie an die Detectives verraten? Womöglich um sich selbst zu schützen? Oder war doch nur alles ein großer Zufall gewesen?

Kitty schritt so schnell und gleichzeitig so unauffällig wie möglich quer über den Platz und bog in die nächstbeste Seitenstraße ab, sobald sie die ersten Häuser erreichte. Dann raffte sie ihren Rock und rannte los.

Sie hielt sich im Schatten, mied die Hauptstraßen und versteckte sich in einem Häusereingang, wenn sie eine Kutsche herannahen hörte. Mittlerweile kannte Kitty den Weg gut genug, um ihn auch auf Umwegen zu finden.

Dennoch dauerte es über eine Stunde, bis sie es in den kleinen Innenhof geschafft hatte. Die Sonne war mittlerweile aufgegangen und zeichnete sich als matte Scheibe hinter den Regenwolken ab. Die Nässe intensivierte die Gerüche so sehr, dass Kitty sie geradezu bildlich vor sich sah. Eine zweite unsichtbare Schicht über allem, die an manchen Stellen eine ganze Geschichte zu erzählen hatte.

Essensreste, die mit billigem Portwein vermengt waren – Überbleibsel eines Festschmauses zu Ehren des einzigen Sohnes. Kitty sah ihn vor sich. Einen adrett gekleideten jungen Mann, der gerade seinen Abschuss an der Universität gemacht hatte. Ein durchaus brillanter Kopf und zukünftiger Mediziner.

Aber der Hauch von Tod, der ihn umgab, erzählte von seiner dunklen Seite. Von der Lust, die es ihm bescherte, Leiber aufzuschneiden und in den Eingeweiden herumzuwühlen. Noch waren es Leichen, bald Patienten, die ihm ihr Leben anvertrauten. Ob ihm das genügen würde, musste die Zeit erst noch zeigen.

So viele Geschichten lagen in der Luft. So viele Dramen und Geheimnisse. Aber auch zuckersüße Liebesgeständnisse und bohrende Schuld. Eine Schuld, die nach Rose schmeckte.

Kitty durchschritt den Innenhof und klopfte an die Tür im Erdgeschoss. Georg öffnete nur wenige Augenblicke später. Er nickte ihr zu, als hätte er sie erwartet, und führte sie in den ersten Stock.

Mittlerweile war sie sich sicher, dass Georg stumm war. Aber man konnte auch ohne Worte höflich und zuvorkommend sein. Und treu. Zum Beispiel durch Taten. Seine Gefolgschaft war in jeder seiner Gesten zu spüren, ganz ohne überschwängliche Schwüre zu leisten.

Ein bisschen erinnerte er sie an Patt Wallet. Auch er verlor selten mehr Worte als nötig. Bei ihm hatte ein einzelner Blick gereicht, um Kittys Gefühle in Aufruhr zu versetzen. Doch der Kuss und alles, was darauf gefolgt war, hatten das geändert.

Die Realität hatte nicht mit ihren Träumen mithalten können. Bei Rose hingegen war es das Gegenteil gewesen. Nie hätte sie sich solch eine Intimität mit einer Frau vorstellen können.

Nicht im wahren Leben. War es möglich, sich von mehr als einem Geschlecht angezogen zu fühlen? Oder von gar keinem?

Lag das an ihrem neuen Leben als Dämonin, dass die Seele eines Wesens sie so viel mehr reizte als der dazugehörige Körper und dessen Attribute?

Wieder einmal klopfte sie mit viel zu vielen Fragen in der Tasche an Rose' Tür. Doch diesmal würden die Antworten vielleicht über Leben und Tod entscheiden. Kittys Leben und Rose' Tod, wenn man den Übergang eines Dämons ins Jenseits überhaupt noch so bezeichnen konnte.

»Wir müssen reden.«

Sie konnte die Dämonin hinter der Tür spüren. Ihre Präsenz, die so einnehmend und verführerisch auf sie wirkte.

Rose sperrte auf, doch überließ es Kitty, die Klinke zu drücken und die Tür zu öffnen.

Sie fand die Dämonin an der gegenüberliegenden Wand des Zimmers und wieder einmal sah sie hinreißend aus. Sie trug ein ausladendes, rosa und gelb gemustertes Kleid mit üppigen Hüftpolstern und weitem, kaum wahrnehmbarem Reifrock unter dem kostbaren Seidenstoff. Ein schneckenförmiger Hut in passenden Farben vervollständigte die Maskerade, doch sie konnte Kitty nicht mehr täuschen. Hinter diesen Schichten aus Stoff und bleicher Haut steckte ein Raubtier. Eines, das mit seiner Beute spielte, bevor es fraß.

»Bist du das Monster, das ich jage?«, fragte Kitty geradeheraus, nachdem sie eingetreten war und die Tür geschlossen hatte.

Rose lächelte. »Du jagst also ein Monster? Und ich dachte, du suchst einen Busen, an den du dich schmiegen kannst.«

Kitty fühlte, wie ihr die Hitze in die Wangen schoss. Warum

fürchtete Rose sich nicht? War ihr das Leben so egal? Oder lag Kitty mit ihrer Theorie falsch? Immerhin hatte sie keinerlei Beweise. Wenn das Motiv tatsächlich in den okkulten Menschenopfern begründet lag, war sie dann nicht sogar eine Heldin? Eine Kriegerin Gottes, die seine Verbote durchzusetzen half? Mal von ihrem eigenen Dasein abgesehen. War sie nicht eher eine Verbündete?

»Nachdem ich dich gefunden habe, weiß ich nicht mehr, wonach ich eigentlich suchen sollte. Ich weiß überhaupt nichts mehr«, gestand Kitty.

»Ich dagegen weiß viel zu viel«, entgegnete Rose nun deutlich sanfter. »Doch du hast mich überrascht. Etwas, das in meinem Alter nur noch sehr selten vorkommt.«

Kitty lächelte. »Jetzt übertreibst du aber.«

»Bei unserer ersten Begegnung habe ich gedacht, du hättest mich bereits durchschaut. So hartnäckig, wie du mir auf den Fersen geblieben bist. Doch hier in diesem Zimmer habe ich die Wahrheit erkannt. Dass du nichts gewusst hast, nichts verstanden hast und allein deinem Instinkt gefolgt bist.«

Kitty sah unbewegt zu, wie Rose zwei Schritte zum Fenster hin machte und ihre Hand auf den Griff legte.

»Als du das zweite Mal bei mir aufgetaucht bist und ausgerechnet bei mir Schutz gesucht hast, wusste ich, dass nicht der Zufall, sondern das Schicksal uns verbindet, wie die Maus mit der Katze. Und mir wurde klar, dass ich mich entscheiden muss.«

Rose öffnete das Fenster, ohne sie aus den Augen zu lassen. Doch Kitty blieb, wo sie war. Sie wollte hören, was die Dämonin zu sagen hatte. Vielleicht hoffte sie, darin einen Grund zu finden, sie nicht zu stellen, nicht zu fangen und Gott nicht ausliefern zu müssen.

»Ich wollte dich töten.«

Kitty spannte die Kiefermuskeln an. Rose nahm die Hand vom Fenstergriff. »Aber ich konnte nicht.«

Als ihr Blick flackerte und sie zur Seite schaute, wusste Kitty, dass es entschieden war. Rose würde keinen Fluchtversuch starten, egal wie das Ende für sie beide aussehen mochte.

»Warum konntest du mich nicht töten?«, fragte Kitty.

»Weil ich erkannt habe, dass mein Blut durch deine Adern fließt.«

Kitty lachte auf. »Ich mag noch vieles nicht wissen oder verstehen, aber eines weiß ich ganz genau. Wenn Dämonen ihre Gefühle im Außen tragen, kannst du auf keinen Fall meine Mutter sein. Und versuch nicht, mir einzureden, du seist meine Großmutter. Denn auch sie würde im Jenseits niemals deine Gestalt annehmen.«

»Wie ich sehe, hast du dir über das Thema bereits Gedanken gemacht. Wahrscheinlich hat Ruff dir sogar eine persönliche Tour durch die jenseitigen Gefilde gewährt, um dich für seine Pläne zu gewinnen. Das macht er immer so. Hast du dich denn niemals gefragt, warum er ausgerechnet dich wollte?«

Rose' Lächeln sah nun aus, als würde sie die Zähne blecken.

Worauf wollte die Dämonin hinaus? »Sie haben mich wegen meines besonderen Talents gewählt«, antwortete Kitty nach kurzem Zögern.

»Ah ja, ich habe davon gehört. Eine Gabe, die geradezu überirdisch sein soll. Genau wie das künstlerische Talent deiner Mutter.«

»Was weißt du schon über meine Mutter! Du kanntest sie doch gar nicht!«, rief Kitty.

»Weil ich zu jung dafür aussehe?« Rose schüttelte den Kopf. »Du bist immer noch zu sehr in deiner menschlichen Denkweise verhaftet. Wir sind unsterbliche Seelen in einem geliehenen Körper, Kitty! Wir altern nicht, außer wir wünschen uns das.«

Das war zu viel. Das führte zu weit. Kitty wollte nichts davon hören. Sie brauchte keine weitere Lehrstunde über Dämonen. Sie wollte einfach nur Gottes Auftrag erfüllen. Weil sie gut darin war, hinter die Dinge zu blicken. Normalerweise. Warum gelang ihr das bei Rose nicht? Warum verstand sie die Zusammenhänge nicht? Oder gehörte das zum Spiel? Versuchte Rose sie absichtlich zu verwirren?

Kitty dachte an die kleine Pistole in ihrer Tasche. Sie musste sie nur herausholen, auf Rose zielen und abdrücken. Aber sie konnte nicht, weil das alles nicht zusammenpasste. Weil immer noch etwas Entscheidendes fehlte.

Seufzend ging Kitty zum Bett und ließ sich darauf nieder. Es war schwer, aber sie würde nicht eher Ruhe geben, bis sie klarer sah. Was hatte sie schon zu verlieren außer ihr Leben?

»Warum hast du die Menschen getötet?«, fragte Kitty.

Rose legte den Kopf schief, rückte ihren Rock beiseite und ließ sich ebenfalls auf dem Bett nieder. »Ist das wirklich die Frage, die du mir stellen willst?«

»Das, was ich will, sind Antworten und keine weiteren Fragen«, entgegnete Kitty. »Also sag mir, warum Lucy Wigem, Lord Waterfield, Jesemin Townstood und all die anderen sterben mussten.«

»Du hast in deiner Aufzählung Gordon Harkot vergessen.«

Kitty blinzelte. Da war sie, die Bestätigung, und doch auch wieder Fragen. »Der Zeremonienmeister ist tot? Seit wann?«

»Er ist in den frühen Morgenstunden dahingeschieden, während du sicher und bewacht in deiner Zelle eingesperrt gewesen bist. Das beste Alibi, das man haben kann.«

Mit jeder Antwort, die sie von Rose erhielt, stieg Kittys Verwirrung weiter an. »Willst du sagen, du hast Gordon Harkot umgebracht, um mich von jedem Verdacht freizusprechen?«

»Unter anderem. Ich hätte allerdings nicht gedacht, dass die Detectives so schnell einsehen würden, dass du unschuldig bist.«

Kitty starrte sie an. »Dann hast du die Constables informiert? Aber wie?«

»Ich habe ihnen mit der Kutsche, die uns zu Backard gebracht hat, eine Nachricht zukommen lassen. Mit einem Tipp, wo sie nach dir Ausschau halten sollen. Ich nehme an, sie haben an dem Abend viele unbescholtene Bürger erschreckt, bis sie Erfolg hatten.«

Kitty konnte es nicht fassen. Wie verblendet und fehlgeleitet musste man sein, um in Mord und Verrat solch eine Logik oder gar eine gute Tat zu erkennen? Leider hatte Rose dabei etwas Entscheidendes übersehen.

»Ich bin heute Morgen nicht in meiner Zelle gewesen«, sagte Kitty. »Genau genommen habe ich versucht auszubrechen. Dabei bin ich gestorben und draußen wiederauferstanden.«

Rose verzog das Gesicht. »Was für ein unglückliches Zusammenspiel. Das Schicksal ist manchmal aber auch eine vertrackte Sache.«

»Das ist noch deutlich untertrieben! Statt mir zu helfen, lässt du mich nur noch schuldiger aussehen! Schließlich gibt es ein gutes Dutzend Zeugen, die bestätigen können, dass ich mit dem Opfer kurz vor seinem Tod zusammengetroffen bin. Mal ganz davon abgesehen, dass ein Mord keine Lösung und ganz sicher keine Hilfe sein kann!«

»Aber es kann das Richtige sein«, entgegnete Rose.

Kitty fuhr sich durch das hochgesteckte Haar. »Das widerspricht allem, was mein Leben bisher ausgemacht hat. Mord ist eine Versündigung gegen die Natur und, was noch wichtiger ist, es ist gegen das Gesetz.«

»Immer?«, fragte Rose. »Was ist mit den Soldaten, die ihr Land verteidigen? Ist das Töten der Feinde kein Mord? Wie steht es mit den Henkern? Wiegt das Urteil der Königin mehr als Gebote und Gesetze? Wie viele Ausnahmen von der Regel erlauben dir dein Glaube und deine Moral? Und was bist du selbst bereit davon zu opfern, um deine eigenen Wünsche zu erfüllen?«

Auf diese Frage hatte Kitty keine Antwort. Ihre Hand glitt zu ihrem Retikül. Sie konnte das alles beenden, ihren Auftrag erfüllen. Ganz so, wie es von einer braven Dienerin Gottes erwartet wurde.

Die zwei Wochen waren noch nicht vorbei, ihr Körper lag noch immer sicher aufgebahrt in der Kühlkammer der Universität. Alles würde sich zum Guten wenden. Aber war das nicht viel zu einfach? Zu scheinheilig? Die eigentliche Frage war doch, warum es Gott so wichtig war, eine Dämonin zu fassen, die im Grunde für Gerechtigkeit sorgte, während andere Straftäter munter weiter durch London streiften.

»Wer genau bist du, Rose?«

Kapitel 20

Kitty nahm die Dämonin fest in den Blick. »Wer genau bist du? Warum bist du so wichtig für Gott? Und warum braucht es ausgerechnet mich, um dich aufzuspüren?«

Ein Lächeln huschte über Rose' Gesicht. Sie rückte näher, streckte ihren Arm aus und strich Kitty zärtlich über die Wange. »Wie ich schon sagte, wir sind vom selben Blut.«

»Aber was heißt das? Und warum spielt das überhaupt eine Rolle?«, sagte Kitty, während sie sie sich in die Hand schmiegte.

Es war schwer, sich der Anziehungskraft von Rose zu entziehen. Dieser Magie, die sie umgab. Sie strahlte so vieles aus. Eleganz, Selbstbewusstsein, Weisheit. Aber da war auch diese andere Aura, die mit Geheimnissen angefüllt zu sein schien. Ein Schatten, der Gefahr, Tod und Gewalt verhieß. »Ich bin nicht nur irgendeine Seele, die es zurück ins Diesseits geschafft hat«, begann Rose.

Doch Kitty hörte kaum hin, in den Bann gezogen von ihren Lippen. Diese süßen, wohlschmeckenden Lippen, die sich kaum eine Armlänge von ihr entfernt bewegten. Es war so schwer, nicht darüber nachzudenken, sie zu küssen und von ihnen geküsst zu werden. Hauchzarte Berührungen auf nackter Haut. Hände, die sie dabei hielten, sie streichelten und an den intimsten Stellen reizten.

Kitty beugte sich vor und fuhr mit den Fingern zärtlich die Konturen ihres Gesichts ab. »Was bist du dann?«

Lautstarkes Klopfen riss sie aus dem Moment heraus. Sie und Rose sprangen erschrocken vom Bett. Wieder klopfte es.

»Miss Rose? Die Detectives sind auf dem Weg zu Ihnen.«

Das musste Georg sein. Also war er doch nicht stumm. Kitty sah hilfesuchend zur Dämonin. Doch auch sie schien von der Nachricht überrumpelt.

»Ich werde gehen. Dann kannst du abstreiten, mich gesehen zu haben«, sagte Kitty und griff ihre Tasche.

»Nein!« Rose packte sie am Arm, bevor sie die Tür öffnen konnte. »Die Gäste haben uns zusammen auf dem Anwesen von Thomas Backard gesehen. Sie werden ihre Schlüsse gezogen und das gemeldet haben. Sie werden es jetzt auf mich genauso abgesehen haben, wie auf dich. Schließlich weiß niemand, dass du hier bist, oder?«

»Niemand außer Georg. Allerdings könnte mich jemand auf dem Weg zu dir erkannt haben. Die Polizei hat gestern gewiss schon Steckbriefe verteilt.«

Rose nickte und zog sie Richtung Fenster. »Wenn wir die Treppe nehmen, laufen wir ihnen direkt in die Arme.«

Kitty blickte zweifelnd hinaus in den Hof. »Und wenn ich wieder falle?«

Rose lächelte schief. »Mittlerweile solltest du doch wissen, dass wir nicht so leicht sterben. Allerdings kann man uns durchaus einsperren, foltern oder Schlimmeres antun, wenn die ach so heiligen Kirchenvertreter die Sache übernehmen.«

Das überzeugte Kitty, auch wenn ihr die darin liegende Tragikomik nicht entging. Rose instruierte den treuen Georg, die Constables abzulenken, und kletterte als Erstes auf den Fenstersims. Und Kitty folgte ihr. Einmal mehr balancierte sie an der Außenwand entlang. Doch diesmal vermied sie es, nach unten zu sehen.

»Bis dorthin müssen wir es schaffen.« Rose deutete auf einen schmalen Durchgang zwischen den Häuserblöcken. Ein Kaminabzug, der zu einer Straßenküche oder Schmiede gehört haben mochte, bevor aus den einfachen Hütten im Viertel mehrstöckige Gebäude erwachsen waren. »Auf der anderen Seite gibt es eine alte Stiege für die Schornsteinfeger.«

Kitty erinnerte sich noch deutlich an ihren ersten Ausflug in luftige Höhen. Ihr war flau im Magen. Doch als sie aus den Augenwinkeln die Silhouetten der Constables im Eingang zum Innenhof ausmachte, war der Überlebenswille stärker als jede Angst. Schritt um Schritt schob sie sich hinter Rose über den Sims auf den Zwischenraum zu. Gleichzeitig betete sie dafür, dass die Männer unter ihnen sich auf Georg konzentrieren würden, der sie sicher bereits mit einem Ablenkungsmanöver erwartete.

Als Rose das kleine Flachdach mit den brusthohen Schornsteinen erreicht hatte, drehte sie sich um und hielt Kitty die Hand entgegen. »Nur noch ein kleines Stückchen, dann hast du es geschafft.«

Kitty hielt vor Anspannung die Luft an, während sie den letzten Meter hinter sich brachte. Erst dann wagte sie, die Hand von der Mauer zu nehmen und die von Rose zu ergreifen. Ein weiterer Schritt, dann war es geschafft und Kitty atmete erleichtert auf.

Hinter ihr im Hof wurde die Stimme des Chief Inspectors laut, der mit all seiner Autorität Einlass in das Haus verlangte, während Georg ihn auf seine stumme Art wahrscheinlich möglichst lange aufzuhalten versuchte.

»Komm«, wisperte Rose. Hand in Hand schlängelten sie sich in ihren ausladenden Kleidern durch das Gewirr aus Schornsteinen. Rose führte sie zielstrebig hindurch, dennoch konnte auch sie nicht verhindern, dass ihre Röcke hin und wieder rußgefärbte Kamine streiften und schmutzig wurden. Die Leiter am anderen Ende führte hinab in einen weiteren Hinterhof und schließlich in eine ruhige Seitengasse.

»Wohin jetzt?«, fragte Kitty, noch ein wenig atemlos von der Kletterei.

Überraschenderweise zögerte Rose.

»Du musst doch Freunde haben, andere wie dich kennen, die uns Unterschlupf gewähren können.«

»Du meinst, weil wir dämonische Wesen sind und zusammenhalten sollten? Und ich sage ausdrücklich wir, weil du ebenfalls dazugehörst.«

»Aber noch nicht lange. Ganz im Gegensatz zu dir, wenn irgendwas von dem, was du mir erzählt hast, der Wahrheit entspricht«, erwiderte Kitty.

»Das tut es, aber es war eben noch nicht die ganze Geschichte. Und für den Rest haben wir gerade keine Zeit. Also musst du mir einfach glauben, dass ich die Letzte bin, mit der sich andere Dämonische normalerweise anfreunden.«

Kitty seufzte und blickte prüfend über die Schulter hinauf zum Durchgang. »Trotzdem müssen wir hier so schnell wie möglich weg. Denn wenn sich der Chief Zutritt zu deiner Wohnung verschafft, wird er das offene Fenster sehen und eins und eins zusammenzählen. Er mag hin und wieder etwas langsam und begriffsstutzig sein, wenn es um das gesellschaftliche Miteinander geht, aber seine Kombinationsgabe ist ausgezeichnet.«

Rose schnaubte. »Ja, ja, der tolle Chief Inspector mit den großen starken Händen.«

Kitty hob überrascht und gleichermaßen ertappt die Brauen. »Woher weißt du davon?«

»Du bist nicht die Einzige mit gewissen Talenten«, sagte Rose mit einem schiefen Grinsen. »Allerdings wird dein Patt uns wohl kaum Unterschlupf gewähren, selbst wenn du ihn noch mal küsst.«

Kitty zog verlegen den Kopf ein und sah zur Seite. »Ich halte mir zumindest keinen Wachhund in Menschengestalt.«

Rose schnaubte. »Georg trägt kein Halsband und keine Kette. Es war immer seine Entscheidung. Und glaub mir, du wirst noch einiges mehr tun, wenn du erst mal ein paar Jahre als Dämonin gelebt hast.«

»Morden, so wie du? Ganz sicher nicht.«

Dieser eine Satz riss Kitty zurück in die Realität. Was machte sie da? Warum verbündete sie sich mit einer Serienkillerin, statt sie einfach auszuliefern? Sie wollte ihre Aufgabe erfüllen und wieder ein normales Leben führen können. Aber sie glaubte Rose, verstand ihre Absichten und fühlte, dass hinter dieser Abmachung mit Gott mehr stecken musste, als man ihr erzählt hatte.

Ruff und Amari waren sehr zurückhaltend mit Informationen gewesen und hatten sie vielleicht sogar bewusst in die Irre geführt. Sie wollte sich auf keinen Fall zum Werkzeug eines anderen machen lassen, blind gehorchen und damit womöglich schrecklichen Schaden anrichten. Selbst wenn dieser jemand Gott war.

»Ich weiß, wer uns helfen könnte. Allerdings müssen wir bis zum Abend warten und auf einen Friedhof gehen, um sie zu treffen«, sagte Kitty entschlossen. Denn ihr fiel nur noch Eliza ein, die ihnen vielleicht helfen konnte. »Bis dahin brauchen wir einen Unterschlupf, der nahe genug ist, um ihn ungesehen zu Fuß zu erreichen.«

Einen Augenblick lang sah es so aus, als würde Rose den Vorschlag ablehnen. Ihre Kiefermuskulatur zeichnete sich schärfer als gewöhnlich ab, ihr Ausdruck wirkte hart, als sie Kitty ansah. Dann atmete sie aus und die frostige Note wich. »Ich glaube, da weiß ich genau das Richtige.«

Arm in Arm marschierten sie los, die Köpfe gesenkt und darauf bedacht, in der Masse der Menschen unterzutauchen, die mittlerweile die Straßen bevölkerten. Dennoch mussten sie mehr als einmal in eine Seitengasse flüchten, um einer Patrouille der Constables auszuweichen.

Rose führte sie nach Norden zum Bahnhof Kings Cross. Doch statt hineinzugehen, wanderten sie an der Halle entlang zu den Abstellgleisen. Immer weiter, bis vor ihnen einige alte, ausrangierte Wagons auftauchten, die bereits von Gras und Buschwerk umwuchert waren. Ein ideales Versteck.

»Heda, Ladys, habt ihr euch verlaufen?«

Drei dürre Kerle in abgerissenen Klamotten kamen hinter dem ersten Wagen hervor. Die Gesichter dreckverschmiert, die

Rücken gebeugt und die Münder zu einem falschen, zahnlosen Grinsen verzogen. Drei arme Seelen, die von einem penetranten Geruch umgeben waren, der Kitty würgen ließ.

»Nehmt die Beine in die Hand und haut ab, solange ihr noch könnt«, sagte Rose mit ihrer unverkennbaren Raubtierstimme, und auch Kitty baute sich demonstrativ kämpferisch neben ihr auf.

So viel Selbstbewusstsein und Courage hatten die Männer offenbar nicht erwartet. Unschlüssig traten sie von einem Fuß auf den anderen.

»Wir könn' den Damen auch anders helfen, wenn's nötig ist«, wagte sich der mittlere vor. »So ganz rechtschaffen mit'n Händen.«

»Wenn's was zu schleppen gibt für 'nen kleines Trinkgeld«, fügte der Kerl zur Rechten eilig hinzu, als Rose die Augen verengte.

»Wir mög'n nach nix aussehen, aber wir sind zäh, wenn's ums Arbeiten geht«, wagte sich schließlich auch der dritte vor.

Als Rose ohne ein Wort der Erwiderung auf sie zuging, wichen die drei hastig ein paar Schritte zurück und hoben abwehrend die Hände.

»Eine Münze für jeden von euch, wenn ihr einen der Wagons freiräumt und in den nächsten Stunden dafür sorgt, dass niemand sonst sich ihm nähert«, sagte die Dämonin, griff in eine der versteckten Rocktaschen und hielt das Geld in die Höhe.

Ein Deal, der Kitty schon einmal in größere Probleme gebracht hatte. Doch Rose' Fähigkeit, die Herzen anderer zu bezirzen, schien auch hier ihre Wirkung zu tun.

Als die Männer sich für dieses Angebot überschwänglich

bedankten und sich gleich darauf eifrig daranmachten, einen blau gestrichenen Güterwagon von Unrat zu befreien, wurde Kitty das Herz schwer.

Das British Empire war eine Weltmacht und besaß mehr Reichtümer, als man sich das als Mensch überhaupt vorstellen konnte. Doch die Regierung ließ die Bevölkerung am ausgestreckten Arm verhungern, bürdete ihnen unverhältnismäßig hohe Steuern auf und verlangte solch unverschämte Zölle für die Einfuhr von Waren, dass zumeist nichts mehr von der schwer erkämpften Marge übrigblieb.

Nur die Gauner, Diebe und Halunken machten ihren Schnitt. Sowohl in Londons dunklen Gassen wie auch in den glänzenden Palästen. Während die meisten Arbeiter hungerten oder sich zu Tode schufteten.

»Fertig, Ma'am«, verkündeten die drei nach einer knappen halben Stunde.

»Sehr schön.« Rose blieb weiterhin bei ihrem strengen, geschäftsmäßigen Ton, streckte ihnen das Geld hin und zog eine weitere Münze hervor. »Und diese hier ist dafür, dass ihr vergesst, dass ihr uns jemals gesehen habt.«

Katzbuckelnd verabschiedeten sich die drei und bezogen an der Straße Stellung.

Nachdem Kitty sich mit Mühe in den Wagon gehievt und Rose die schwere Tür so weit zugeschoben hatte, dass nur noch ein handbreiter Spalt blieb, dämmerte ihr, wie naiv sie doch war, ihr bis hierher zu folgen. Der Dämonin, die sie eigentlich fangen sollte. In einen Unterschlupf fernab von Zeugen. Was, wenn sie das nächste Opfer war?

Aber selbst das konnte Kitty nicht mehr schrecken. Sie wollte das unterbrochene Gespräch weiterführen. Ohne weitere Verzögerung.

»Wer bist du? Oder was bist du, wenn du sagst, du wärst nicht einfach nur eine zurückgekehrte Seele?«, fragte Kitty, als sie es sich beide auf ein paar großen Kisten gemütlich gemacht hatten, das Einzige, das der Wagon nach der Säuberung an Einrichtung zu bieten hatte.

»Ich bin – oder besser gesagt war – ein Werkzeug Gottes. Viele Jahrhunderte lang. Ich habe getan, was du gerade tust: außer Kontrolle geratene Seelen im Diesseits einzufangen. Ich dachte, ich tue Gutes und beschütze die Menschen.«

Kitty runzelte die Stirn. »Und jetzt glaubst du das nicht mehr?«

Rose streifte sich die Schuhe ab und zog die Beine an. »Ich habe zu viel gesehen, um noch daran glauben zu können.«

»Heißt das, du unterstellst Gott, nicht göttlich zu handeln?« Kittys Worte schwebten zwischen den Staubkörnern im Raum und schnürten ihr die Kehle zu.

Ihre Freundin Tessi wäre bei so einer Aussage wahrscheinlich vom Stuhl gefallen. Und noch vor wenigen Tagen hätte selbst sie wohl Gottes Allmacht, trotz Kritik an so manchem Gebot, nicht in Frage gestellt. Heute sah das anders aus. Ruff persönlich hatte ihr im Grunde gesagt, dass die Menschen selbst für ihr Schicksal verantwortlich waren. Durch Gedanken und Taten. Oder war auch das noch Manipulation gewesen?

Begriff sie den großen, weisen Plan nur nicht? Das Spiel, das Ruff und Amari mit ihr spielten? War es eine weitere Lehrstunde, weil sei das Gute nicht mal erkannte, wenn es direkt vor ihrer Nase saß? Nur weil es in eine Form gekleidet war, die man gelernt hatte zu fürchten?

Erst nach einer gefühlten Ewigkeit antwortete Rose. »Was genau bedeutet göttlich, wenn es im Jenseits nur Dämonen gibt? Und was bedeutet solch eine Bezeichnung, wenn jede Seele dazu wird? Selbst Gott. Wie fehlbar darf eine heilige Schrift sein, um ihre Heiligkeit zu behalten?«

Das waren alles Fragen, die Kitty sich so noch nie gestellt hatte. Fragen, auf die sie spontan keine Antworten wusste. Aber tief in ihrem Inneren spürte sie, dass es wichtig war, nach ihnen zu suchen.

»Das klingt, als würdest du Gott einen Verbrecher nennen. Und einen Lügner«, sagte Kitty zögerlich.

»Und Gott schuf den Menschen zu seinem Bilde, zum Bilde Gottes schuf er ihn«, zitierte Rose aus den Schriften. »Heißt das nicht auch, dass er uns gleich ist?«

Ja, dachte Kitty. Das hatte Ruff bereits bestätigt. Aber wie menschlich war Gott dann? Und wie fehlbar durfte ein Gott sein, um noch als solcher zu gelten?

Je mehr Kitty darüber nachdachte, umso weniger Luft glaubte sie zu bekommen. Trotz des morgendlichen Regens und des bedeckten Himmels begann es in dem Wagon unangenehm warm zu werden. Schweiß rann ihr den Rücken hinab. Das Kleid klebte auf der Haut und das Atmen wurde mehr und mehr zur Qual.

Kitty wollte raus aus diesem Zwiespalt, raus aus dieser Glaubenskrise und raus aus diesem Wagon. Aber so einfach ging das nicht. Der Wille allein reichte nicht. Sie musste etwas tun. Und um etwas zu tun, musste sie sich entscheiden, wem sie vertraute.

»Ich glaube dir«, sagte Kitty, »und ich will meinen Auftrag nicht länger erfüllen. Ich will dich nicht einem Gott ausliefern, der solche Zweifel in mir weckt.«

Rose atmete hörbar aus. »Ist dir klar, was das bedeutet?«

»Ich werde Gott gegenüber vertragsbrüchig«, sagte Kitty mit schiefem Grinsen.

»Und du kannst nicht mehr zurück, wenn die Zeit verstrichen ist.«

»Ich weiß«, sagte Kitty. »Und das ist in Ordnung. Es gibt schon jetzt kein Leben mehr, in das ich zurück könnte. Dafür ist zu viel passiert. Auch in mir drin. Wir werden uns haben. Da braucht es keinen Gott.«

Rose lächelte, während ihr Tränen über die Wangen liefen. »Als wir uns das erste Mal berührt haben, wusste ich einen Atemzug später alles über dich. Und ich wusste, dass deine Gabe deutlich schwächer ausgeprägt ist. Dass du sie in den meisten Fällen erst durch Konzentration heraufbeschwören musst. Und dass du mich deshalb noch nicht durchschaut hattest.«

Kitty dachte an den Moment zurück, als sie Rose bei ihrer ersten Begegnung an der Schulter gepackt hatte. Wenn sie schon damals ihren Auftrag gesehen hatte, hieß das, sie hatte sich ganz bewusst in Gefahr gebracht, als sie Kitty erneut Einlass gewährt hatte. Vielleicht hatte sie sich sogar fangen lassen wollen.

»Hilf mir jetzt, dich zu verstehen. Was ist dieses Blut, das wir gemein haben?«, fragte Kitty.

Es brauchte einen Moment, bis Rose wieder etwas gefasster antwortete. »Du trägst ein Stück reiner Seele in dir. So wie ich ein Kinder zweier reiner Seelen bin. Seelen, die nie Mensch gewesen sind. Am Anbeginn der Zeit, als die Welt noch jung war, nannte man mich nicht Rose, sondern Eros.«

»Der Gott der Liebe? Ein göttlicher Verführer und liebestoller Knabe? Das klingt passend«, sagte Kitty und grinste schief.

»So stellt man mich heute gemeinhin dar. Aber ich war und bin viel mehr als das. Ich stehe für die allumfassende Liebe und dazu gehört, dass man alles über den anderen annimmt.«

Sie blickten sich an. Rose mit tränenbenetzen Wangen und Kitty, die versuchte, das Gesagte in all seinen Ausmaßen zu begreifen.

»Eine schöne, aber auch beängstigende Vorstellung«, sagte sie schließlich.

»Nur dann, wenn in dir bereits die Angst wächst, dass du verraten werden könntest. Aber allumfassende Liebe ist ewig. Ich werde dich ewig lieben, Kitty Carter. Ganz egal, wie das hier endet.«

Nun war es an Kitty, sich die Tränen aus den Augen zu wischen. Sie schluckte mehrfach und das Sprechen fiel ihr schwer. »Lass uns fliehen. Fort aus London und in ein Land, in dem Gott keine Rolle spielt.«

Die Dämonin schniefte. »Ich existiere schon so lange, doch niemals hat eine Seele mich so sehr geliebt, dass sie Gott aus ihrem Leben streichen wollte.«

Kitty rutschte von ihrer Kiste und ergriff Rose' Hände. Ganz sanft zog sie die Dämonin zu sich herab. Zwei Dämonen. Zwei Seelen. Zwei Liebende, die sich gegenüberstanden und sahen, mit all ihren Sinnen.

Und so wie Rose in ihr lesen konnte, dass sie die Wahrheit gesprochen hatte, so konnte auch Kitty sehen, spüren und schmecken, dass Eros keine bloße Erfindung oder Allegorie gewesen war.

Eros, der neben Gaia, Nyx, Tartaros und Erebos aus dem Chaos entstanden war. Eine Macht gleich einem Naturgesetz, das dem einen Gott nicht untergeordnet war.

Als ihre Lippen sich berührten, explodierte die Welt um sie herum, löste sich auf und verging in einem warmen, weichen Nichts. Ein Kuss, der Kitty verschlang, während sie gleichzeitig Rose in all ihren Bestandteilen kostete.

Doch das weltliche Gewicht zwang sie dazu innezuhalten, sich erst mühsam ihrer Kleider zu entledigen, aus ihren Hüllen herauszuschlüpfen, um sich endlich, innen wie außen nackt, lieben zu können.

Hände, die sich gegenseitig erforschten, die Brüste liebkosten, sie fassten, packten und sich voller Hingabe hineinkrallten. Lippen, die über Hälse streiften, kleine, süße Spuren aus Küssen hinterließen, bevor sie sich fordernd an den Körper der anderen pressten, sich festsaugten und schließlich Zähnen und Zunge das Spielfeld überließen. Verschlungen ineinander. Ein hitziges Ringen. Schwitzende Leiber, die sich aneinander rieben, bis der Wagon von wildem Stöhnen und Schreien erfüllt war.

Zwei Seelen, die sich ihren Körpern vollkommen hingaben. Gleichberechtigt. Entkoppelt von jedem Wollen und Denken. Finger, die über dem Lustzentrum der anderen kreisten, nur um im nächsten Moment bis hinab in das Innerste vorzustoßen. Wieder und wieder. Bis die Welt abermals zu explodieren schien.

Wimmernd bäumte Kitty sich auf, die Augen weit geöffnet, den Blick in ein Universum voller tanzender Sterne gerichtet.

Einen Atemzug lang schwebte sie dort oben, frei und unendlich weit, bevor sie mit einem letzten Stöhnen zurück in die Welt sank und die Augen schloss.

KAPITEL 21

Als sich auf dem Bahnhofsgelände die ersten Straßenlaternen gegen das Dunkel der hereinbrechenden Nacht abzeichneten, wurde es Zeit aufzubrechen. Einmal mehr hatte sich Londons Nebel bis in die Straßen herabgesenkt und verwandelte die Welt in ein verschwommenes Aquarellbild.

Kitty blickte durch den Torspalt in die Welt und fühlte sich ungewöhnlich euphorisch und so energiegeladen, wie schon lange nicht mehr. Ihre Entscheidung für Rose und gegen Gott fühlte sich richtig an. Auch wenn das Konsequenzen haben würde. Denn sie war nicht so blauäugig zu glauben, Ruff würde entgehen, dass sie den Deal von ihrer Seite aus nicht mehr zu erfüllen versuchte. Früher oder später würde sich zeigen, wie viel Gott wirklich in ihm steckte.

Doch erst einmal mussten sie aus London verschwinden, ohne von den fleißigen Detectives ihrer eigenen Polizeistation erwischt zu werden. Ohne Hilfe würde ihnen das nicht gelingen. Also würde Kitty ihre alte Friedhofsfreundin Eliza noch ein letztes Mal um Hilfe bitten.

Genau genommen schuldete die Dämonin ihr etwas, immerhin hatte sie Kitty auf der Party in den Katakomben einfach zurückgelassen. Mit einem Toten. Es war unklar, wann genau Rose Jesemin Townstood umgebracht hatte. Sicher war nur, dass Rose wirklich da gewesen und nicht nur Kittys Traumfantasie entsprungen war. Um solche Details aufzuarbeiten, würde später noch genug Zeit sein.

Während sie sich gegenseitig in ihre Kleider halfen und sich schließlich die Schuhe überstreiften, versuchte Kitty wieder einen klaren Kopf zu bekommen. Die vergangenen Stunden waren wundervoll gewesen. Und das, obwohl sie in einem ausrangierten Güterwagon gewesen waren und sich auf nichts als ihren eigenen Kleidern geliebt hatten.

Rose zog das schwere Tor zur Seite auf und kühle Nachtluft strömte herein. »Bist du dir sicher, dass du das willst?«

»Mich gegen Gott auflehnen und mit einer gesuchten Dämonin fliehen, meinst du? Ja, da bin ich mir sicher«, sagte Kitty und funkelte sie vergnügt an.

»Dann sag mir, warum wir nicht einfach das nächstbeste Schiff besteigen und davonsegeln können.« Rose sagte es in scherzhaftem Tonfall, doch Kitty spürte, dass sie sich eine ernsthafte Antwort darauf wünschte. Überhaupt spürte Kitty so viel mehr von ihr, seit sie sich mit Rose auf so ekstatische Art und Weise vereinigt hatte.

»Um auf ein Schiff zu kommen, müssen wir zum Hafen. Und im Hafen werden die Constables nach uns Ausschau halten. Selbst wenn wir dabei Glück hätten und sie alle umgehen könnten, müssten wir uns vorher einen offiziellen Passierschein besorgen. Wir könnten einen falschen Namen angeben …«

»... aber im Amt würden sicher Steckbriefe von uns aushängen«, ergänzte Rose mit einem Seufzen. »Und um einen Kutscher zu bestechen, damit er uns aus der City bringt, braucht es höchstwahrscheinlich mehr Geld, als wir aufbringen können.«

Kitty nickte. »Falls wir überhaupt einen Fahrer finden würden, der zwei angebliche Mörderinnen kutschiert.«

Das Risiko war viel zu hoch. Was sollten sie tun, wenn der erste Kutscher, den sie fragten, um Hilfe schrie? Nein, das war keine Option, solange sie keine Leute fanden, die vertrauenswürdig waren. Das, was sie brauchten, war ein unauffälliger, schneller Weg hinaus aus der Stadt.

»Da ein alter Liebesgott in der heutigen Zeit offenbar keine Kontakte mehr pflegt, werden wir es einfach bei jemandem versuchen, der mir schon einmal geholfen hat«, sagte Kitty und deutete nach Südosten.

Rose zog sichtlich misstrauisch die Brauen zusammen. »Und der treibt sich auf einem Friedhof rum?«

»So sieht's aus.«

Sie würden ein ganzes Stück laufen und dabei einen weiten Bogen um ihre Wohnung machen müssen, um Eliza zu treffen. Ein Risiko, das sie in Kauf nehmen mussten. Dabei war es ungewiss, ob die Dämonin sich überhaupt blicken lassen würde. Dennoch war es einen Versuch wert.

Vom Bahnhof Kings Cross wehte der Geruch von Holzkohle und altem Schmieröl herüber. Die Dampfkessel schienen niemals stillzustehen. Kitty hörte eine Dampflock pfeifen und sich anschließend schwerfällig schnaufend in Bewegung setzen. Und auch sie setzten sich in Bewegung. Immer auf der Schattenseite der Straße, durch möglichst kleine Gassen, abseits der Hauptstraßen, Pferdewagen und nächtlichen Spaziergänger.

Zuerst marschierten sie im Zickzack nach Osten, am Percy Circus vorbei, weiter über verschlungene Pfade, bis hin zum King Square und von dort aus am nördlichen Rand an den Bunhill Fields entlang, bis vor ihnen die Liverpool Station auftauchte.

Kitty wusste, dass direkt dahinter, zwischen den vier Kirchen, der kleine Friedhof lag. Bevor sie die Hauptstraße überquerten, zog Kitty einen Brief aus ihrem Retikül, den sie in der Wartezeit im Wagon geschrieben hatte, und warf ihn in einen der roten Briefkästen, die neben der Bahnhofshalle standen.

Dann endlich hatten sie ihr Ziel erreicht. Doch am Zaun vor dem Eingang zögerte Kitty. »Würdest du bitte hier draußen warten?«

»Du willst mich allein den Monstern der Nacht ausliefern?« Als Kitty den Mund zu einer Erwiderung öffnete, zwinkerte Rose ihr zu. »Geh schon. Mich frisst schon keiner. Und wenn, spuckt er mich im nächsten Moment bestimmt wieder aus.«

»Ich mache mir mehr Sorgen, dass *du* jemanden fressen könntest«, erwiderte Kitty grinsend, öffnete das gusseiserne Tor und huschte hindurch.

Nebel waberte zwischen den Grabsteinen und die Lampe über dem Kircheneingang reichte kaum, um den Weg zu beleuchten. Aber Kitty hatte keine Angst. Sie wusste, wer hier das Sagen hatte.

»Eliza?«, flüsterte sie. »Eliza, bist du hier?«

Kitty roch die Trauer und den Gram der Menschen, die tagsüber durch die Reihen der Toten gewandert waren. Eine einzelne Grille stimmte zwischen den Steinen ihr Lied an und tauchte den Ort in Melancholie.

Sie blickte über die Schulter zurück zu Rose, deren Schatten sich nur undeutlich gegen die Straße abzeichnete. Wenn Rose an dem Abend auch auf der Party gewesen war und sie Kitty zusammen mit Jesemin Townstood gesehen hatte, dann hatte sie mit ziemlicher Sicherheit auch Eliza und die anderen Mädchen gesehen.

Kitty beschlich ein ungutes Gefühl. Was, wenn Rose wirklich eifersüchtig gewesen war und nicht nur Townstood, sondern auch gleich noch ihre dämonische Nebenbuhlerin aus dem Weg geräumt hatte? Eine tote Dämonin hätte keine Leiche hinterlassen, wie Kitty nur allzu gut wusste.

Bei ihr hatte Gott dafür gesorgt, dass sie wieder zurückkommen konnte. Für andere war der Rückweg versperrt, das hatte Ruff mehrfach deutlich gemacht. Deshalb hatte Kitty diese spezielle Waffe bekommen. Um sie zurückzuschicken. Aber bedeutete das nicht auch, dass Rose keinen Götterstatus mehr hatte? War der Liebesgott Eros gestorben und als Rose wiedergekehrt, um für einen anderen Gott den Jäger zu spielen? War die Welt deshalb so trostlos geworden? Weil die Liebe tot war?

Kitty erschauderte bei dem Gedanken. Sie wusste noch so wenig von den Mysterien, die sich hinter all dem verbargen.

»Hattest du Sehnsucht nach mir?«, erklang eine bekannte Stimme. Eliza trat hinter einer Säule, die im Dunkeln gelegen hatte, vor und ging auf Kitty zu. »Oder ist dein Durst nach etwas Menschlichem so unersättlich stark, dass du bereits wieder Nachschub brauchst?«

»Diesmal brauche ich etwas anderes von dir«, erwiderte Kitty.

Eliza sah an ihr vorbei zur Straße. »Und dafür bietest du mir deine Freundin an, die so artig am Zaun wartet?«

Kitty schüttelte den Kopf. »Ich bitte dich um Hilfe, weil ich mir keinen anderen Rat weiß. Und weil du mir etwas schuldest, dafür, dass du mich in den Tunneln mit einem Toten zurückgelassen hast.«

»Ich schulde dir überhaupt nichts, Engelchen. Ich habe dir klar und deutlich gesagt, dass ich dich hinbringe, aber nicht hinaus. Für den Rest kann ich nichts.«

Damit hatte Eliza recht. Sie hatte ihre Bedingungen vor dem Betreten der Katakomben klar und deutlich formuliert. Das war also offenbar kein Druckmittel, das funktionierte.

»Rose und ich müssen dringend aus der Stadt raus. Heute noch. Und du bist unsere letzte Hoffnung«, versuchte es Kitty, auch wenn Mitleid bisher keine allzu hervorstechende Eigenschaft der blonden Dämonin gewesen war.

»Rose?« Die Augen der Dämonin wurden schmal. »Ich kenne nur eine, die auf diesen Namen hört. Und die will ich lieber auf einem Scheiterhaufen sehen, als dass ich ihr helfen würde.«

Kitty war versucht, nach den Gründen zu fragen, doch das würde sie nur weg von der eigentlichen Mission führen. »Bitte, Eliza. Du hast mich an die Hand genommen, als ich nichts über mein neues Dasein als Dämonin wusste. Du hast mir den Weg gewiesen, mir mehr als einmal einen Gefallen getan«, sagte Kitty eindringlich. »Tu es noch ein einziges Mal und du wirst uns beide nie wiedersehen. Weder mich noch Rose.«

Elizas Reaktion war alles andere als begeistert. »Nie wieder ist eine lange Zeit, in unserem Metier. Ist dir das klar?«

»Dann lass mich konkreter werden: Solange noch ein Mensch in dieser Stadt lebt, der mich erkennen könnte, werde ich nicht nach London zurückkehren. Und ich werde dafür sorgen, dass das auch für Rose gilt.«

Eliza schnaubte verächtlich. »Wenn du glaubst, du könntest Rose Vorschriften machen, bist du eine noch größere Närrin, als ich dachte. Wie lange kennst du sie, hm? Doch kaum länger als eine Woche.«

Kitty blickte zu der dunklen Silhouette am Zaun. Natürlich hatte Eliza recht. Sie kannte Rose noch viel zu kurz und doch besser als jeder andere. Sie hatte ihre göttliche Natur erblickt und deshalb wusste sie, dass ihr Weg ein gemeinsamer sein würde. Für immer.

»Bitte, Eliza«, flehte Kitty. »Ein letztes Mal.«

Die Dämonin kräuselte die Nase. »Ihr wollt also raus aus London, ohne dass es jemand merkt?«

Kitty nickte.

»Dann gibt es nur einen Weg und der führt durch die Tunnel.«

»Ich dachte, die führen nur bis auf die andere Seite der Themse?«, warf Kitty ein.

»Offiziell ist das so.« Eliza lächelte verschwörerisch. »Aber die Schmuggler haben das Netz aus Gängen auf eigene Faust bis runter zur Südgrenze verlängert. Allerdings muss man sich verdammt gut auskennen, um sich in dem Gewirr aus Tunneln nicht zu verlaufen.«

»Und du könntest das?« Eine rhetorische Frage, denn Kitty hatte bereits mit eigenen Augen gesehen, wie gut Eliza sich in den unterirdischen Gewölben zurechtfand.

Die Dämonin zuckte mit den Achseln. »Wenn der Preis stimmt.«

Kitty legte den Kopf in den Nacken und seufzte. »Sieh uns doch an. Wir haben kaum mehr dabei als unsere Kleider am

Leib und unsere Geldbeutel sind auch so gut wie leer. Womit sollen wir dich bezahlen?«

»Mit deinem Blut«, erwiderte Eliza ungerührt.

»Was soll das bringen? Ich bin eine Dämonin.« Kitty versuchte in Elizas Blick zu lesen. Doch ihre Miene blieb undurchschaubar.

»Lass das meine Sorge sein.«

Kitty sah erneut zu Rose hinüber. Gerade erst hatte sie erfahren, was sie so besonders machte. Warum sie ihre Gabe besaß. Da konnte sie ihr Erbe doch nicht schon bei der nächstbesten Gelegenheit verraten und verkaufen.

»Nein«, sagte sie. »Auf keinen Fall.«

»Ein paar Tropfen würden genügen.« Mit diesen Worten zog Eliza erst ein Fläschchen und dann einen kleinen schlanken Dolch hervor. »Gib mir deine Hand. Es geht auch ganz schnell. Versprochen.«

Kitty verschränkte die Arme vor der Brust. »Ich sagte Nein.«

Eliza sah sie aus zusammengekniffenen Augen an. »Also schön. Dann eine Haarlocke. Die Okkultisten stehen auf solche Reliquien.«

Doch Kitty blieb misstrauisch. »Ich kann lesen. Ich kenne die Geschichten rund um Dämonenbeschwörungen.«

»Dann solltest du mittlerweile wissen, was für Quatsch das ist«, entgegnete Eliza und zog einen Schmollmund. »Komm schon, Engelchen. Gib mir ein Löckchen. Als Andenken, wenn du mich schon wegen einer anderen verlassen willst.«

Kitty schnaubte, doch ihr Widerstand bröckelte. Immerhin wollte sie ja was von Eliza. Es war keine Überraschung, dass es sie etwas kosten würde.

»Also gut. Nur eine kleine Haarlocke.« Zögernd zog Kitty eine

Strähne aus der Hochsteckfrisur und nickte der Dämonin zu.

Eliza setzte die Klinge an, machte einen Schnitt, schob die Haare in das Fläschchen und verkorkte es.

»Bestens. Wann soll die Reise losgehen?«

»Sofort.«

Kapitel 22

Eliza hob drohend den Dolch. »Komm mir ja nicht zu nahe, Jägerin. Sonst lass ich dich bluten.«

»Dann rück du mir nicht unnötig auf die Pelle, du kleine Diebin«, entgegnete Rose nicht weniger giftig.

Eine von sicherlich Dutzenden Kabbeleien, die sich die beiden Dämoninnen seit ihrem Aufbruch zu den Docks geliefert hatten. Es grenzte an ein Wunder, dass die Constables noch nicht auf sie aufmerksam geworden waren. Dabei ging es doch darum, so unauffällig und schnell wie möglich aus dieser Stadt zu verschwinden.

»Wollt ihr wirklich, dass ich es sage?«, fragte Kitty mit einem Seufzen.

»Ich will, dass diese Verräterin Abstand hält und in meinem Sichtfeld bleibt«, sagte Eliza.

Rose schnaubte. »Da nur du den Weg kennst, kann ich leider nicht vorgehen und für dich und deinen Dolch die wandelnde Zielscheibe spielen. So leid es mir tut.«

»Schnauze!«, zischte Kitty. »Alle beide.«

Nach den Erfahrungswerten der letzten Stunde hielt das die Streithähne zumindest für ein paar Minuten davon ab, aufeinander loszugehen, während sie weiter nach Süden wanderten.

Kitty hatte erwartet, dass Eliza sie zu demselben Eingang in den Docks führen würde, über den sie zu der Party hinab in die Tunnel gestiegen waren. Doch die Dämonin schleuste sie stattdessen abseits der Schiffsanlagen die Themse entlang, bis in die »Fischmüllhalde Londons«.

Alles, was beim Fischfang übrigblieb, von Tierkadavern bis hin zu gebrochenen Schiffsschrauben, wurde an diesem Ort abgeladen und vergessen. Ein Tummelplatz für Vögel, Ratten und jene Menschen, die auf der untersten sozialen Stufe des Weltendaseins angekommen waren.

Es gab keine Straßen, keine Gebäude oder gar Wachpersonal. Hier herrschte allein das Chaos. Die Luft war durchsetzt mit Ammoniak und beißendem Fäulnisgestank. Scharen von Insekten stoben vor ihnen auf oder huschten als wuselnde Schatten unter den nächsten Haufen Schrott.

Mehr als einmal zuckte Kitty zusammen, wenn neben ihr etwas fauchte, quietschte oder krachte. Eliza und Rose hingegen schien nichts davon zu schrecken. Wie eine dunkle Garde marschierten sie zu dritt dicht nebeneinander durch dieses Labyrinth aus Abfällen.

Als Eliza endlich anhielt, war immer noch kein Eingang in das Tunnelsystem zu sehen. Es gab kein Tor, keine Treppe oder sonst einen sichtbaren Zugang. Nur Müll und Getier.

»Und nun?«, fragte Rose mit lauerndem Blick.

Schon nach dem ersten Blickkontakt war klar gewesen, dass die beiden Dämoninnen keine Freundinnen werden würden.

Aber das mussten sie auch nicht. Kitty hatte ihren Teil der Abmachung erfüllt und der Händlerin ein paar Haare gespendet. Jetzt war Eliza an der Reihe.

»Es bedarf eben des Blicks einer Eingeweihten, um die versteckten Schätze an diesem Ort zu entdecken«, erwiderte sie mit hämisch hochgezogenem Mundwinkel.

Zwei vor Selbstbewusstsein nur so strotzende Seelen, wie es diese beiden waren, würden auf Dauer zum Problem werden. Umso wichtiger war es, dass sie London so schnell wie möglich hinter sich ließen. Was danach kommen mochte, war allein ihr und Rose vorbehalten.

Kitty seufzte. »Zeigst du uns bitte den Zugang? Sofern es einen gibt.«

Bei dem Nachsatz schnaubte Eliza und deutete auf einen Haufen zerrissener und verknoteter Fischernetze, die zwischen einem abgebrochenen Mast und bergeweise mit Grünspan und Muschelkrusten überzogenen Tauen lagen.

»Willst du uns eine Meerjungfrau fangen, damit sie uns fortträgt?« Rose' Worte troffen nur so vor Spott.

»Wenn du dir die Mühe machen würdest, deine dämonischen Sinne zu verwenden, würdest du wissen, dass darunter eine Kellerluke verborgen liegt. Eine, die in die staubig stickige Düsternis unter der Themse führt.«

Bevor Rose kontern konnte, trat Kitty vor und griff beherzt mit beiden Händen in das Gewirr aus Schnüren und Knoten. Tatsächlich waren alle Netze miteinander verbunden, regelrecht verklebt, und als Kitty daran zog, öffnete sich eine Klappe. Sie war nicht mehr als einen halben Meter breit und lang, aber groß genug, um mit ihren voluminösen Kleidern hintereinander hinab in die noch unbekannte Schwärze zu steigen.

Eliza kletterte zuerst, Kitty folgte und den Abschluss bildete Rose. Im Gegensatz zu den Tunneln, die Kitty bereits kannte, war dieser hier weniger sorgsam ausgebaut. Boden und Wände waren feucht, die Luft modrig und abgestanden.

»Wie alt sind diese Gänge? Kommt hier überhaupt mal jemand runter?«, fragte Kitty, nachdem sie die letzte Leitersprosse genommen hatte. Ihre Intuition warnte sie, diesem Pfad zu folgen. Dieser Weg barg Gefahren, das spürte sie ganz deutlich. Aber gleiches galt für die Straßen Londons. Wie Kitty es auch drehte und wendete, es blieb ihr nichts anderes übrig, als zwei Übel gegeneinander abzuwägen und sich für das geringere zu entscheiden. Und das führte nach Kittys Meinung geradewegs in die klamme Dunkelheit vor ihnen.

Eliza bestand darauf, dass sie die Luke von innen wieder schlossen. Erst dann entzündete sie eine kleine Ölfunzel, deren Licht kaum weiter als eine Handbreit durch das trübe Glas strahlte.

»Hier kommt kaum jemand lang«, erwiderte die blonde Dämonin. »Seid ihr ganz sicher, dass ihr das wirklich wollt? Ihr wisst, dass ihr vielleicht vor der Polizei fliehen könnt, aber nicht vor Ruff.«

Kitty biss sich auf die Lippe. Rose trat hinter sie. Ganz dicht, wie ein schützender Wall.

»Ich weiß nicht, was du meinst«, antwortete Kitty nach einigem Zögern. Auch wenn Rose mittlerweile von ihrem Deal mit Gott wusste, würde sie ganz sicher nicht auch noch Eliza auf die Nase binden, dass sie auf diese Art quasi zu Rose' Nachfolgerin geworden war. Zu einer Dämonenjägerin.

Elizas Grinsen verzerrte sich im spärlichen Schein der Lampe zu einer Teufelsfratze. »Die Menschen mögen blind für das Erscheinen von Gottes Lakai sein, aber vor uns Dämonen kannst du deine kleinen Treffen nicht geheim halten. Nicht, wenn sie mitten am Tag in Londons Innenstadt stattfinden.«

»Amari?«, fragte Kitty überrascht und ging die wenigen Male durch, die er bei ihr aufgetaucht war.

Das erste Mal war vor dem Café gewesen, als er ihre Seele abgeholt hatte. Danach war er in ihrem Haus aufgetaucht. Davon konnte Eliza also gar nichts wissen. Und dann war da noch der Moment auf der Straße gewesen, als sie Tessi nachgelaufen war, um ihr alles zu erklären.

»Du hast eingewilligt, das brave Helferlein zu spielen, stimmt's? Bist einen Deal eingegangen. Aber da kommt man schwer wieder raus, und fortzuschleichen zählt ganz sicher nicht zu den glorreichsten Plänen.«

Die Atmosphäre lud sich auf, und das nicht nur im übertragenen Sinn. Die Luft vibrierte und knisterte. Ein unnatürlicher Wind kam auf und riss an ihren Kleidern und den Haaren. Kittys Herz schlug schneller. Das Blut rauschte in ihren Ohren, während Rose' Körper sich in ihrem Rücken wie glühendes Eisen anfühlte. Die Öllampe schaukelte quietschend vor und zurück, doch Eliza blieb ruhig und lächelte sie einfach nur an. »Verträgt unsere neue kleine Dämonin etwa die Wahrheit nicht?«

»Und wenn das alles so wäre, ginge dich das trotzdem nichts an«, erwiderte Kitty ertappt und wütend.

»Das glaubst du wirklich, nicht wahr?« Die Dämonin zuckte mit den Achseln. »Aber mir soll's recht sein, wenn du mit deiner neuen Freundin Reißaus nehmen willst. Egal, wie sinnlos das ist. Das hat man eben davon, wenn man kostenlose Ratschläge erteilt.«

»Was genau wäre denn dein Rat?«, fragte Rose lauernd.

»Dass ihr eure süßen Backen zusammenkneift und tut, wofür ihr hergeschickt worden seid.«

Kitty fühlte Rose' Atem wie heißen Saharawind in ihrem Nacken. Im nächsten Moment stürzte eine Flut von schnell aufblitzenden Bildern auf sie ein. Ein Meer aus Lava, aus dem sich eine Gestalt erhob. Die Haut schwarz verkrustet, das Haar verbrannt, die Lippen zerklüftete Krater. Nur die Augen hatten noch etwas Menschliches an sich. Ein tiefes Grün umrahmt von strahlendem Weiß. *Rose*, dachte Kitty. Dann verblasste das Bild und machte Platz für ein neues.

Ruff auf seinem Thron, die Beine flegelhaft über die Armlehne baumelnd. Wie ein unerzogenes Kind. Die Szenerie erweiterte sich und Hunderte, dann Tausende und Abertausende gequälter Seelen scharten sich wie buckelnde Diener um ihren Meister.

Doch bevor Kitty den Sinn begriff, veränderte sich das Bild erneut und Eliza stand vor ihr. Nicht in einem dunklen, feuchten Tunnel, sondern auf der Weltausstellung direkt neben dem toten Lord Waterfield. Die Dämonin öffnete den Mund unnatürlich weit, wie zu einem Schrei, während Rauchschwaden aus ihrer Kehle drangen. Einen Moment später kehrte sie in die Dunkelheit des Tunnels zurück und die Vision war vorbei.

Erschlagen von den Eindrücken keuchte Kitty auf. Nie zuvor waren ihre Vorahnungen so real und gleichzeitig so düster und verworren gewesen. Wie eine verschlüsselte Botschaft. Eine Warnung. Aber wovor?

»Hast du doch noch Muffensausen bekommen?«, fragte Eliza.

Sie hob die Lampe an, strahlte Kitty ins Gesicht und für einen Moment war da echte Besorgnis in ihrer Miene.

»Mir würde es besser gehen, wenn jetzt alle mal die Klappe halten und wir diesen Marsch hinter uns bringen würden.«

Die Dämonin hob die Brauen, nickte aber. »Ganz wie du willst, Engelchen. Schön zusammenbleiben. Das unterirdische Netz umfasst mehrere Quadratkilometer. Wer sich in den Gängen verirrt und die Zeichen nicht lesen kann, kommt hier nie wieder raus.«

Alles in Kitty sträubte sich dagegen, der Dämonin zu folgen. Doch sie biss die Zähne zusammen. Immer dem flackernden Lichtschein hinterher, während der Gang tiefer führte, sich wand und krümmte. Sie kamen an Abzweigungen vorbei, an Kammern und kleinen Nischen. Boden und Wände bestanden aus grob behauenem Stein und schwarzem Erdreich. An der Decke hatten sich dicke Salzkrusten gebildet, die wie kleine Stalaktiten herabhingen.

Der schwache Lampenschein ließ in einigen Räumen die groben Umrisse von Kisten, Säcken und sogar Lagerstätten erahnen. Doch sie trafen keine Menschen.

Bald hatte Kitty jede Orientierung verloren. Sie hätte nicht einmal sagen können, in welche Himmelsrichtung sie sich bewegten. Die Zeit verlor jegliche Bedeutung und immer öfter hatte Kitty das Gefühl, im Kreis zu gehen. Ein Tunnel glich dem anderen. Es gab immer nur noch mehr. Mehr Ecken, mehr Abzweigungen, mehr Räume, die doch alle gleich aussahen. Waren sie erst ein paar Minuten unterwegs? Oder Stunden?

Kitty begann zu zählen und verlor alsbald den Faden. Eingelullt von der Monotonie der Schritte auf feuchtem Stein. Sie wusste nicht mehr, ob sie die Augen offen oder geschlossen hatte. Ihr Körper bewegte sich selbstständig vorwärts, während ihr Geist sich davonträumte, einer fernen Melodie entgegen.

Sie glaubte, eine Geige zu hören. Ganz leise und sanft. Zarte, flüchtige Töne, die mit ihr Verstecken spielten. Mal wurden sie lauter, dann wieder leiser. An- und abschwellende Wogen aus Klang gewordenem Honig, der ihre Gedanken verklebte.

»Kitty«, erklang es dumpf an ihrem Ohr. »Kitty, hör nicht hin! Du darfst dem Klang des Totenspiels nicht folgen!«

Sie hörte die Worte, doch die Bedeutung wollte nicht bis zu ihrem Verstand durchdringen. Das Gefühl von innerer Fülle und Geborgenheit ließ keinen Platz für weitere Gedanken.

»Du warst das! Du hast sie verraten!«

War das Rose? Wieso war sie so aufgebracht? Kitty driftete mit ihren Gedanken mal hierhin und mal dorthin. Wie auf einem Schiff bei hoher See. Hatte sie je etwas anderes gewollt, als sich in dieser Welt aus Tönen aufzulösen?

»Sie hat ihren Auftrag und ich habe meinen!«

Elizas Stimme klang wie eine Obertonreihe, die auf der Melodie tanzte.

»Ich werde nicht zulassen, dass ihr sie holt!«, schrie Rose. Ihre Worte rissen an der vollkommenen Harmonie und brachten sie ins Wanken.

»Was willst du tun? Du bist auch nicht mehr als eine kleine selbstverliebte Seele, die sich zu wichtig nimmt.«

Klangwogen stießen in schriller Dissonanz aufeinander und rüttelten an Kitty, bis sie die Augen aufschlug und Rose direkt ins Gesicht blickte. Die Dämonin hatte sie an den Schultern gepackt und schüttelte sie. »Bleib bei mir, bitte.«

»Natürlich bleibe ich bei dir«, sagte Kitty und versuchte ihren Blick zu fokussieren. Sie fühlte sich wie benebelt. War das ein Opiumrausch oder litt sie an Sauerstoffmangel?

Rose redete auf sie ein, doch die Worte prallten einfach an ihr ab. Wie Regentropfen auf den Pflastersteinen. Sie zerplatzten und sammelten sich in kleinen Rinnsalen, die den Unrat fortspülten.

»Ich muss das tun«, sagte Eliza irgendwo neben ihr.

Als Kitty den Kopf drehte, sah sie den kleinen, schlanken Dolch in der Hand der Dämonin.

Kitty runzelte die Stirn. War etwas passiert? Wurden sie angegriffen? Doch Eliza fixierte nur sie. Fahrig griff Kitty in ihre Tasche und suchte nach der kleinen, silbernen Pistole, die sie von Ruff erhalten hatte.

Doch Rose kam ihr zuvor. Wie ein Gewittersturm rauschte sie an Kitty vorbei und auf die andere Dämonin zu. Gleichzeitig schwoll das Geigenspiel erneut an. Laut und geradezu gewalttätig diesmal, wie eine unsichtbare Kraft, die Kitty an die Wand des Tunnels drängte.

Rose stand Eliza wie eine Ringkämpferin gegenüber, die Knie leicht gebeugt, die Ellenbogen abgespreizt und die Hände griffbereit auf die Gegnerin gerichtet.

Ein Ausfallschritt als Finte, dann stieß Eliza mit ihrer Klinge zu. Statt auszuweichen, trat Rose ihr entgegen. Die Klinge bohrte sich knapp unter dem Rippenbogen in ihren Leib. Doch Rose drängte sich nur noch näher an die blonde Dämonin heran, griff mit beiden Händen ihren Kopf und presste den Mund auf ihren.

Kitty schluchzte auf und sah zu, wie sich ihre Vision bewahrheitete. Rose' Kleid dampfte, glühte und zerschmolz, während sie sich verwandelte. Die Haut glutrot, der Rücken breit wie bei einem Ochsen und das Gesicht zu einer zerfurchten Fratze verformt. Sie saugte Eliza mit ihrem rußigen Feueratem aus. Getötet von der personifizierten rachsüchtigen Liebe. Verbrannt von der mörderischen Leidenschaft eines alten Gottes.

Als Rose von ihrem Opfer abließ, verstummte das Geigenspiel. Eliza sackte leblos in sich zusammen. Mund und Lippen waren geschwärzt, als hätte man ihr eine Fackel in den Rachen gerammt.

Eros roch nach verbranntem Fleisch und teerschwarzer Schuld. Ein zerfressenes Monstrum, in dem irgendwo immer noch Rose steckte.

Kitty wollte etwas sagen, doch ihrer Kehle entstieg nur ein heiseres Krächzen. Sie wollte auf Rose zugehen. Doch ihr wahres Ich war zu gewaltig, zu erschreckend.

Glühendes Blut tropfte von der Einstichwunde zu Boden und bildete kleine, glimmende Lavaströme.

»Ich liebe dich«, wisperte Kitty, während Rose' Körper aufbrach und sich in Eruptionen aus Feuer langsam auflöste, bis nicht mal mehr ein Aschehäufchen übrig war.

Auch Elizas Seele war fort und damit auch ihr Körper. Nur Kitty war noch übrig. Sie und die kleine Ölfunzel, die den feuchten Tunnelgang kaum weiter als eine Handbreit beleuchtete.

Kapitel 23

Amari tauchte wie immer lautlos und ohne himmlische Fanfaren auf. Sein weißer Anzug und die Melone erhellten den Gang auf unnatürliche Weise, wie ein Leuchtfeuer des Glaubens. Doch Kitty wusste nicht mehr, woran sie glauben sollte.

Wenn alle sich tarnten, eine Maske trugen und falschspielten, selbst wenn sie für das Gute standen, was war dieses Gute dann noch wert? Wenn Gott Verbote erließ, Seelen einsperrte und verfolgte – ja, sogar töten ließ, was war Gott dann anderes als ein Sünder und Verbrecher?

»Wir machen uns Sorgen um dich«, sagte Amari.

Kitty lachte auf und Tränen der Verzweiflung rannen ihr über die Wangen. »Und ich mache mir Sorgen um die ganze Welt.«

Gottes Helfer trat näher. Seine Schritte verursachten kein Geräusch. Seine Präsenz hinterließ keine Spur, keine Abdrücke auf dem feuchten Boden und keinen Geruch in der Luft. Da war kein Atemhauch, kein Rascheln von Stoff, nicht einmal ein Herzschlag, der Kitty etwas über ihn verraten konnte. Amari war ein Bild ohne Inhalt. Aus der Zeit getreten, ohne greifbare

Vergangenheit. Ohne Gefühle, die ihn hätten formen können.

»Du bist verwirrt. Das kann passieren, wenn man sein Innen im Außen trägt und zurück im Diesseits ist. Hier gibt es so vieles, das auf deine Sinne einwirkt. So viele Eindrücke und Versuchungen, die einen vom rechten Weg abzubringen versuchen.«

»Was genau ist denn der rechte Weg?«, fragte Kitty mit gequälter Stimme. Nicht vor Trauer, die würde später kommen, sondern vor Wut. »Ist es der rechte Weg, andere Seelen einzuschränken, sie gefangen zu nehmen und zu einem Dasein in Apathie und Isolation zu verurteilen? Ist es der rechte Weg, sich über alle anderen zu erheben, ohne die Verantwortung für sie übernehmen zu wollen? Was ist Gott denn in diesem Szenario anderes als ein selbstsüchtiger Torwächter zur Hölle!«

»Das Konzept von Himmel und Hölle ist menschengemacht«, verbesserte Amari sie.

»Warum zum Teufel tut Ruff dann so heilig, wenn das alles eine Erfindung ist? Wenn alles, woran ich mich ausgerichtet habe, eine Lüge war!« Kitty schrie dem Gesandten ihre Worte so energisch entgegen, dass er zurückwich. Nicht etwas vor Angst, sondern weil die Welle aus Zorn ihn dazu zwang.

Kitty war allein. Sie hatte alles verloren. Ihr Leben, ihren Glauben und ihre Liebe. Sie wollte sich nicht mehr zusammenreißen, sich nicht mehr schützen oder die Gute spielen. Sie wollte Rache nehmen. Für das, was sie selbst im Leben und Tod hatte durchmachen müssen, und für Rose. Aber wenn auch nur ein Funken dessen, was Gott ihr erzählt hatte, stimmte, dann war sie es gewesen, die all das erschaffen hatte. Durch ihre Ängste mehr als durch ihre Wünsche. Dann war sie ihre eigene Peinigerin.

Eine Erkenntnis, die einen Sturm der Verzweiflung heraufbeschwor, während Ströme der Hoffnungslosigkeit aus ihr heraussickerten und auf Amari zuflossen.

»Lass nicht zu, dass Gefühle dir die Kontrolle nehmen.« Er sagte es ganz ruhig, doch seine sonst so überlegene Haltung bekam Risse. Statt weiter den selbstbewussten Boten zu spielen, dem nichts etwas anhaben konnte, versuchte er zunehmend, den heranstürmenden Elementen auszuweichen.

»Gefühle sind doch alles, was mir geblieben ist! Alles, was mich noch definiert.« Kitty blickte auf den Fleck, an dem Rose sich aufgelöst hatte. »Wieso musste sie sterben?«

»Weil sie die Kontrolle verloren und Menschen getötet hat«, gab Amari zurück, während er über einen der verästelten schwarzen Ströme hinwegsetzte, die ihn einkreisten.

»Und wieso sollte ich sie jagen? Ausgerechnet ich?«

Amari hielt in seinen Ausweichmanövern inne und sah Kitty überrascht an. »Ist das nicht offensichtlich?«

Nein, war es nicht. Aber das wollte Kitty nicht zugeben. Stattdessen kramte sie in ihrer Erinnerung. Was hatte Rose gesagt? Sie wären vom gleichen Blut. Aber was genau sollte das heißen? Besonders, wenn Rose eine dämonische Version eines alten griechischen Gottes war, der quasi die Welt miterschaffen hatte.

Bedeutete es, dass Kitty von ihr abstammte und so etwas wie ihre Enkelin in vierzigster Generation war? Wenn ja, rückte das die Liebe für sie und die intimen Momente in ein völlig anderes Licht. Andererseits: Waren nicht alle Menschen in irgendeiner Form miteinander verwandt? Und hieß das im Umkehrschluss, dass sie eine Halbgöttin war? Zumindest zu einem Vierzigstel?

Erklärte das ihre Gabe?

Wenn dem so war, existierten wahrscheinlich mehr Menschen mit dieser Begabung, als Kitty für möglich gehalten hatte. Sie war nicht die Einzige. Kein Ausrutscher der Natur. Keine fehlerhafte Konstruktion, die ihr zufällig ein paar Vorteile brachte.

Während sie diese Gedanken wälzte, rückte ihr Zorn langsam in den Hintergrund. Die Stürme und Ströme verebbten, versickerten und lösten sich auf. Doch Kitty kam auf keine Lösung, fand keine Antworten auf all diese Fragen.

Schließlich schüttelte sie den Kopf. »Sag es mir. Warum ich? Was soll dieses Gerede über gleiches Blut oder die Abstammung von einer reinen Seele bedeuten?«

»Du trägst etwas Göttliches in dir. Ein Geschenk, das dir deine Mutter, ohne es zu wissen, weitergegeben hat. So wie auch ihre Mutter davor. Ihr entstammt einer Blutlinie, die aus der Verbindung eines Menschen mit einer reinen Seele hervorgegangen ist. Einer Seele, die niemals menschlich gewesen ist.

Mit jeder Generation wandelt sich das Talent und drückt sich ein wenig anders aus. Die Musik deiner Mutter konnte Herzen tief berühren. Deine Gabe ist anders, unzuverlässiger, aber dafür sind bei dir alle Sinne mit eingebunden. Du bist *sinnlich* in der ursprünglichsten Form der Bedeutung.«

»Genau wie Rose«, sagte Kitty.

»Ja. Nur dass in jenen Tagen, am Anfang aller Dinge, noch keine Menschen auf der Erde waren. Sondern nur Seelen, die vergingen und wieder Seelen hervorbrachten. Ein geschlossener Kreislauf. Ein Perpetuum mobile. Die perfekte Harmonie und immerwährender Gleichklang. Aber ohne Entwicklung.«

Kitty kniff die Augen zusammen. Allmählich begriff sie es.

Eros war kein Gott, wie in den Mythen beschrieben. Auch wenn er das Kind zweier reiner Seelen gewesen war, hatte er selbst sich für eine Inkarnation im Diesseits entschieden. Er war ein Mensch geworden. Ein Mensch mit besonderen Fähigkeiten zwar, aber ein Mensch. Das hatte ihn nach seinem Tod zu einem Dämon werden lassen – einem dämonischen Abbild von Eros, das sich fortan Rose nannte.

»Dann gab es also erst das Jenseits und später das Diesseits? Aber wie? Wie war das möglich? Wie ist unsere Welt und der erste Mensch entstanden? Und erzähl mir bloß nicht die Geschichten von Apfel und Rippe.«

»Der bloße Wille einer einzelnen Seele hat gereicht«, erklärte Amari nun wieder ganz in seiner Rolle als Lehrmeister.

»Dein Wille geschehe«, rezitierte Kitty mit einem schalen Lachen. »Aber wessen Wille. Darauf kommt es an.«

Amari lächelte so breit, dass seine Zähne ebenso weiß aufblitzten, wie seine Kleidung. »Es geht nicht um das Wer, sondern um den Willen selbst. Das, was du in ihn hineinlegst, formt das Ergebnis. Ein Funke, der das Feuer der Emotionen entfacht hat. Um sie wahrzunehmen, entstanden die Sinne. Und um diese Sinne herum der Mensch.«

»Menschen sind also nur Vehikel für die Seelen, um Veränderung und Entwicklung zu erleben? Und wenn sie genug davon haben, kehren sie wieder ins Jenseits zurück.« Kitty schüttelte den Kopf. »Was habe ich dann auf der anderen Seite gesehen? All diese entstellten Körper, nicht lebend und auch nicht tot?«

»Veränderung setzt sich auf seine eigene chaotische Art und Weise fort. Etwas mit allen Sinnen zu erleben, bindet Seelenteile an den Körper. Das, was du gesehen hast, sind die Echos davon.

Es ist der manifeste Ausdruck der anhaftenden Erinnerungen, die die Seele mit hinübernimmt. Um sich vollends davon zu befreien, bedarf es einmal mehr des eigenen Willens.«

Diese Logik führte Kitty zu einer schrecklichen Erkenntnis.

»Dann leiden all jene im Jenseits, weil sie sich das so wünschen? Solange bis sie etwas anderes wollen?«

Amari tippte sich mit einem Lächeln an den Hut und nickte. »So könnte man es sagen.«

Kitty atmete tief durch. Sie hatte das Gefühl, dem Kern aller Dinge nahe zu sein. Und doch bekam sie ihn noch nicht zu fassen. »Wer oder was ist dann Ruff?«, fragte sie. »Und wer bist du?«

»Ich habe es dir gerade gesagt. Und auch Ruff hat dir diese Frage schon beantwortet. Denk nach, Kitty Carter. Du kennst die Antwort.«

Kitty nagte an ihrer Lippe. War sie wirklich so begriffsstutzig? Hatte sie so schlecht bei ihrem ersten Besuch im Jenseits aufgepasst? Das erste Mal gestorben zu sein, war aus ihrer Sicht durchaus eine Entschuldigung. Aber war es wirklich das erste Mal gewesen? Oder vergaß eine Seele schlicht alles, wenn sie sich willentlich vom irdischen Dasein gelöst hatte, nur um das Spiel von vorne zu beginnen?

»Ruff ist eine befreite Seele?« Eher eine Frage denn eine Feststellung.

Amari setzte bereits zur Antwort an, als Kitty die Erleuchtung kam. »Er musste sich nicht befreien. Er ist Gott, so wie auch Eros einer gewesen ist, bevor er in die Welt inkarnierte! Nur dass Ruff das nie getan hat. Nur sein Sohn. Denn Gottes Sohn ist nichts anderes als das Ergebnis zweier vereinigter Seelen, die aus sich heraus wieder eine Seele hervorgebracht haben.«

Kitty klatschte lachend in die Hände. »Und wenn der Mensch nur ein Vehikel ist, das allein durch den Willen beseelt werden kann. Dann ist die Sache mit der unbefleckten Empfängnis ganz logisch und womöglich ganz normal. Weil der Empfang von Leben Wille der Seele ist und nicht nur ein rein körperlicher Prozess.«

»Und wie du auf der Welt mit seiner wachsenden Bevölkerung sehen kannst, reißen sich die Seelen darum, eine Chance zu bekommen, in dieses Spiel einzusteigen.«

Kitty fühlte sich, als würden alle Lasten von ihr abfallen und stattdessen pures Glück in sie strömen. Erfüllt von der allumfassenden Erkenntnis. Ihr war, als würde sie das erste Mal klar sehen. Nicht einfach nur auf die Dinge, sondern durch sie hindurch, bis in den Kern allen Seins. Alles ergab jetzt Sinn. Oder zumindest fast alles. Denn ihre eigentlichen Fragen waren immer noch nicht beantwortet. »Warum musste Rose sterben? Und warum durch mich?«

»Weil sie die Spielverderberin auf dem Schachbrett des Lebens war«, erklang hinter ihr Elizas Stimme.

Kitty fuhr herum. »Du?«

Die Dämonin sah genauso aus, wie wenige Stunden zuvor auf dem Friedhof, bevor sie aufgebrochen waren. Als hätte Gott die Uhr zurückgedreht. Kitty hatte das selbst schon erlebt, aber nicht daran gedacht, dass Gott auch Eliza zurückschicken könnte.

»Du Verräterin! Mörderin! Wie konntest du nur!«, schrie Kitty.

»Ich hatte dich gewarnt. So wie ich dir die ganze Zeit zur Seite stand, damit du dich in deiner neuen Rolle zurechtfindest. Aber du wolltest nicht hören. Weglaufen ist nie die Lösung.«

Kitty ächzte. »Du wusstest also von Anfang an, wer ich bin?«

»Oh ja, und ich hatte deutlich mehr Spürsinn und Kombinationsgabe von dir erwartet, bei deinem Talent. Es war so einfach, dir zufällig über den Weg zu laufen, dich an die Hand zu nehmen und dir immer wieder die Richtung zu weisen.«

Kitty blickte zwischen Amari und der Dämonin hin und her. »Dann warst du so etwas wie meine Aufpasserin? Mein Kindermädchen?«

»Hast du geglaubt, ich hätte nichts Besseres zu tun, als dir das Einmaleins des Dämonendaseins beizubringen?«

Elizas Worte klangen hart, aber ihre Miene passte nicht recht dazu. Kitty glaubte darin Bedauern zu lesen. Vielleicht sogar Reue. Geradeso, als hätte sie nicht freiwillig gehandelt.

Also ging es erneut um Willen und Freiheit und das Dilemma, darin festzustecken und sich nicht selbst befreien zu können. Auch wenn die Rettung nur eine Entscheidung entfernt sein mochte.

»Ich hatte so auf dich gehofft«, sagte Eliza. »Eine brave Büroangestellte bei der City of London Police, die nicht mehr viel vom Leben erwartet. Das klang so wundervoll perfekt.«

Worte des Spottes, doch die Dämonin klang weniger verächtlich, sondern vielmehr traurig. Wollte sie ihr damit zeigen, dass sie anders handeln wollte, aber aufgrund eines eigenen Deals mit Gott nicht konnte?

»Wofür perfekt?«, fragte Kitty nach einigem Zögern.

»Als Nachfolgerin von Eros natürlich«, mischte sich Amari in das Gespräch ein. »Im Nachhinein war es abzusehen, dass er sich nach all den Jahrtausenden von seinem Dasein als

Jäger lossagen würde. Weil er trotz seiner göttlichen Anlagen zu menschlich geworden war. Darauf waren wir vorbereitet. Was wir allerdings nicht erwartet hatten, war der Wille, sich in anderer Form gleich wieder zu inkarnieren und sich als Richter und Rächer gleichzeitig aufzuspielen.«

»Rose hat Mörder getötet«, rief Kitty. »Menschen, die es verdient hatten! Ihr hingegen habt ihr das Leben mehr als einmal genommen, nur weil sie euch nicht mehr treu ergeben sein wollte!«

»Das Diesseits ist dafür da, Erfahrungen zu sammeln. Ein Jäger ist dafür da, den inkarnierten Seelen das zu ermöglichen und alles Jenseitige zurückzuschicken, das ihnen diese Möglichkeit nehmen will«, erklärte Amari.

»Eros hat mörderische Dämonen gefangen und zurückgeschickt und ist am Ende selbst dazu geworden«, fasste Eliza mit einem Seufzer zusammen. »Deshalb brauchte Gott jemanden, der die freigewordene Stelle übernimmt.«

»Mich.« Kittys fühlte, wie ihr Verstand die letzte Karte aufdeckte. Den letzten Stein setzte, der das Bild vervollständigte. Sie war nicht zufällig erwählt worden und Amari hatte sicher nicht einfach nur darauf gewartet, dass das Schicksal Kitty vor der Zeit ins Jenseits befördern würde. Er und Ruff hatten dafür gesorgt.

Wie hatte Rose die Geigenmelodie genannt, die Kitty in den Tunneln so verzaubert und verwirrt hatte? *Totenspiel.* Es waren die gleichen Klänge gewesen, die Kitty vor einer gefühlten Ewigkeit auf die Straße und vor den Dampfomnibus gelockt hatten. Dieser Unfall und damit auch ihr Tod waren keine Zufälle gewesen.

»Gott hat also nicht nur gelogen und betrogen, er hat mich umgebracht!«

Amari zuckte mit den Achseln. »Ist die Erkenntnis wirklich neu für dich, dass Gott willentlich tötet? Ruff muss das große Ganze im Blick behalten. Der Jägerposten musste neu besetzt werden. Und eine Jägerin, die ihren Auftrag nicht erfüllt, muss beseitigt werden.«

Kitty starrte ihn fassungslos an, während Eliza wie aufs Stichwort ihren Dolch zog. Die Dämonin schritt langsam auf sie zu, den Blick schmerzvoll verzogen, als würde ihr Herz etwas anderes wollen als ihr Kopf. Kitty aber rührte sich nicht. Sie wollte nicht mehr kämpfen. Wusste nicht mehr, wofür, jetzt da Rose fort war, die Polizei sie für eine Mörderin hielt und alles, woran sie geglaubt hatte, sich als unwahr herausgestellt hatte.

»Verzeih«, wisperte Eliza, als sie Kitty den Dolch mit Wucht in den Hals rammte. »Aber ich werde es wiedergutmachen.«

Kitty zuckte unter dem scharfen Schmerz zusammen. Im nächsten Moment schon schmeckte sie das Blut die Kehle emporsprudeln und fühlte, wie es gleichzeitig ihre Lunge füllte. Sie wollte etwas sagen, Eliza fragen, wie sie den letzten Satz gemeint hatte. Doch mehr als ein Gurgeln brachte sie nicht hervor.

Kitty konnte hören, wie ihr Herzschlag langsamer wurde, fühlen, wie das Leben aus ihrem Körper wich. Ob sie auf der anderen Seite Rose begegnen würde?

Kapitel 24

Kitty saß an ihrem Schreibtisch und sortierte Akten. Regen prasselte gegen das Fenster, hinter dem die Menschen auf der Straße mit ihren Regenschirmen, hochgeschlagenen Krägen und tief ins Gesicht gezogenen Hüten vorbeieilten.

Im Raum des Chief Inspectors schlug die Standuhr zur vollen Stunde. Mittagszeit. Der grobschlächtige Mann schob seinen Stuhl zurück, zog eine Schublade auf, um seine Akten darin zu verstauen, und trat schließlich an ihren Schreibtisch.

Würde er sie heute fragen? Sie einladen, mit ihm essen zu gehen? Kitty blickte erwartungsvoll zu ihm auf. Doch sein Blick glitt durch sie hindurch, an ihr vorbei, als wäre sie gar nicht da. Ein unbedeutendes Nichts.

Sie krümmte sich zusammen. Wie hatte sie nur hoffen können? Scham schoss ihr in die Wangen, während heiße Tränen auf das Papier vor ihr tropften. Schmerzvolle, heiße Tränen, die sich rot färbten.

Nein, das stimmte nicht. Das war falsch. Das durfte nicht sein. Kitty wischte sich über das Gesicht und schmeckte Blut an ihren Lippen.

Sie streckte den Arm nach dem Inspector aus. »Hilf mir.«

Diesmal sah Patt Wallet sie. Er riss die Augen auf, öffnete den Mund und spie Blut. Ströme von Blut, die sich auf Kittys Schreibtisch ergossen und schließlich das gesamte Zimmer fluteten.

Höher und immer höher stieg es an, bis es Kitty in den Mund, die Nase und die Ohren lief und sie schließlich ganz verschluckte.

Als Kitty erwachte, nahm sie als Erstes Kerzen wahr. Ein flackernder Kreis kleiner Flammen um sie herum. Jemand rezitierte Verse und eine zweite Stimme wiederholte die Worte: »Heiliger Wille, allmächtige Seele, nimm an in Gnaden diesen Leib, den wir dir niedergelegt haben in unserer Mitte. Lass uns das Menschsein ehren, indem wir dir einen neuen Körper schaffen. Angefüllt mit dem Elixier des Lebens.«

Kitty versuchte sich aufzurichten und umzusehen. Doch sie hatte keine Beine, um zu stehen, keine Augen, um zu sehen.

»Kitty Carter, wir bitten dich, nimm unsere Gabe an und zeige dich. Geliebte Seele, wir flehen dich an, komm zu uns und fülle den Platz, den wir dir bereitet haben. Entzünde den Funken, überquere die Schwelle und fühle die Flamme der ewigen Liebe wieder in dir. Auf dass du wandelst zwischen den Menschen als wiedergeborene Seele.«

Kitty stieg der Gestank von verbranntem Haar in die Nase, bevor bleierne Schwere ihr Sein erfasste und sie mit sich hinab zog, bis sie glaubte, in der Enge der neuen Nacktheit ersticken zu müssen. Sie würgte und hustete, fiel auf die Knie.

Die Stofflichkeit des Diesseits drückte sie zu Boden. Die

Begrenzung der eigenen Form trennte sie von allem, was war, machte sie menschlich und erschuf einen Raum für ihr neuerliches Leben. Sie spürte das Holz des Parkettbodens unter ihren Fingern und sah vor ihrem inneren Auge die Frau, die ihn mühsam geschrubbt hatte.

Ein metallener Geruch ließ sie zu dem Körper blicken, der neben ihr lag. Die Kehle aufgeschlitzt, der Leib ausgeblutet. Sie kannte ihn nicht und doch wusste sie, dass er ein Scheusal gewesen war. Ein Quäler und Betrüger, Schläger und Schänder. Und gleichzeitig wusste sie wieder, wer sie war.

»Kitty!« Tessi reichte ihr eine Decke. »Es tut so gut, dich zu sehen. Auch wenn die Umstände ein wenig ungewöhnlich sind.«

Offenbar hatte die Neugierde ihrer Freundin mal wieder über alles andere gesiegt und sie hatte getan, worum Kitty sie in ihrem Brief gebeten hatte, sollte sie in den nächsten drei Monaten kein Lebenszeichen von ihr erhalten.

»Hallo, Engelchen, ich war ganz schön überrascht, als diese Lady hier mit der Bitte zu mir gekommen ist, einen Dämon namens Kitty Carter zu beschwören.«

»Dann hatte es doch noch etwas Gutes, dass zumindest eine von uns ihren göttlichen Auftrag erfüllt hat«, sagte Kitty mit einem Lächeln.

»Mit deinem Blut wäre das übrigens viel einfacher gewesen.« Eliza grinste. »Bereit für einen weiteren Versuch im großen Spiel des Lebens?«

»Ich bin für sehr viel mehr bereit als das«, erwiderte Kitty.

Rose war nicht da. Doch tief in ihrem Herzen wusste Kitty, dass der Liebesgott seinen Weg zurück ins Diesseits finden würde. Und ganz egal, in welcher Gestalt es sein würde, ihre

Seelen würden sich erkennen.

Wen auch immer Ruff als nächsten Jäger erwählen würde, sie würden ihm entgegentreten und ihm das Leben schwer machen. Im Kampf für die Freiheit und den eigenen Willen, ganz ohne einen Gott.

Epilog

Patt Wallet stand am Fenster und betrachtete eine Schaar Motten, die unermüdlich um die Straßenlaterne tanzte. Ein seltsam beruhigender Anblick.

Die letzten Wochen hatten so viel Verwirrung und Tod gebracht, dass Patt sich zwischenzeitlich darin verloren hatte. Mehr noch. Er hatte es an Disziplin und Ordnung fehlen lassen. Sowohl in seinem Auftreten als auch in der Führung der Polizeistation.

Statt sich an die Fakten zu halten, hatte er sich von einem jungen Constable einreden lassen, Kitty Carter wäre eine von Dämonen besessene Mörderin. Eine Frau, die sich immer durch ihre absolute Loyalität und Hingabe für die Sache ausgezeichnet hatte. Auch wenn ihre Methoden seltsam waren, hatte ihr Instinkt sie doch immer ans Ziel geführt.

Tatsächlich hatte es Ungereimtheiten bei ihrer Geschichte mit dem Unfall gegeben. Und man hatte sie an mindestens zwei der Tatorte gesehen. Ein Trugschluss, wie sich nach genauerer Recherche herausgestellt hatte.

Denn überraschenderweise war in der Kühlkammer der Universität in einem falsch beschrifteten Leichensack eine Frau entdeckt worden, die Kitty Carter bis hin zu ihrem gefärbten Haar glich. Eine Doppelgängerin. Selbst Dalton Frey hatte eingeräumt, dass er die Frauen verwechselt haben könnte.

Natürlich waren die Steckbriefe sofort eingesammelt und Kitty Carter von jedem Verdacht freigesprochen worden. Zumal sie quicklebendig durch Londons Straßen lief und nicht, wie vom Gefängnis gemeldet, mit einer tödlichen Schusswunde in der Brust.

Dennoch blieben dieser Fall und das ganze Drumherum rätselhaft. Denn auch die Tote war nicht durch einen Schuss, sondern durch eine Kopfwunde gestorben. Wann genau, war durch die lange Lagerung nicht mehr festzustellen.

Kitty Carter, das war schon eine ganz besondere Frau. Eine mit echter Courage und Feuer, das man auf den ersten Blick gar nicht vermutet hätte. Der Inspector leckte sich bei der Erinnerung an ihren stürmischen Kuss die Lippen.

Auch wenn sie ihren Dienst nach all den Jahren quittiert hatte, war sich Patt Wallet sicher, dass sie ihr Leben gerade erst so richtig begonnen hatte.

ENDE

Über die Autorin

Die gebürtige Deutsche hat in ihrem Leben schon viele Länder bereist und auch beruflich einige Stationen durchlaufen, bevor sie ihre neue Heimat im schönen Österreich gefunden hat. Hier lebt sie mit ihren tierischen Freunden in ihrem verwunschenen Schloss und träumt sich auf der Veranda in andere Welten.

Wenn der Regen ans Fenster klopft, dann setzt sie sich mit einem Kaffee in der Hand und dicken Wollsocken an den Schreibtisch und bannt ihre Geschichten auf Papier. So manches Mal halten da die Abenteuer, Sorgen und Nöte der Figuren die Schriftstellerin bis in den frühen Morgen wach, und es braucht den einen oder anderen Stups einer kalten Schnauze, um sie wieder zurück in die Realität zu holen.

„Ich will mit meinen Geschichten Seelen berühren. Denn Emotionen sind die Basis jeden Seins und die wahren Bausteine des Lebens.“ (Jana Paradigi)

Habt ihr Fragen an die Autorin?
Dann schreibt ihr unter www.janaparadigi.de oder direkt an fankontakt@janaparadigi.de und folgt ihr gerne auf den Social-Media-Kanälen unter @wortphantastin.

Ein Wort zum Schluss

Wenn dir die Geschichte rund um Kitty Carter, Rose, Eliza, Ruff und Amari gefallen hat, würde ich mich über ein Feedback auf den gängigen Shop-Portalen und Rezensionsplattformen freuen. Deine Unterstützung gibt mir die Kraft, weiter als Autorin zu arbeiten.

Markiere gerne den Verlag über @novelarcbooks auf deinen Social-Media-Kanälen, wenn du deinen Freund*innen das Buch zeigen und etwas dazu sagen möchtest. Und bitte schau unbedingt bei unserer tollen Coverkünstlerin M.D.Hirt (@mdhirt) auf Instagram vorbei und lass ein Like da. Es ist ihr Premade-Cover gewesen, das mich zu dieser Geschichte inspiriert hat.

Genau wie auch Silke Burmester mich mit ihrer großartigen Initiative *Palais F*luxx* dazu ermutigt hat, einen Roman zu schreiben, in dem eine divers angelegte Frau mit neunundvierzig Jahren die Hauptrolle spielt. Das ist mein Beitrag, um Frau*en über siebenundvierzig in den Medien sichtbar zu machen. Und zwar nicht als grauhaarige Oma am Ende des Lebens, sondern als vitaler Mensch voller Abenteuerdrang, Lebenslust und sprühenden Begierden.

Mein Dank gilt allen Menschen, die an diesem Buch mitgearbeitet haben. Denn mein Text ist nur ein Teil davon. Das

Lektorat, Korrektorat, der Buchsatz wie auch das Coverdesign sind genauso wichtig und mit ebenso viel Liebe erstellt worden. Und manchmal tun sie noch viel mehr als das. Danke, Mareike, dass du mich nie aufgegeben hast. Deine aufbauenden Worte, wie auch deine professionelle und gefühlvolle Bearbeitung meines Textes, waren ein ganz besonderes Geschenk in den zurückliegenden Monaten.

Abschließend schicke ich noch einen innigen Gruß an Marek, für seinen emotionalen Support und seine unkonventionellen Anfeuerungsrufe. Außerdem möchte ich meinen Eltern danken, dass sie mir erlaubt haben, von Anfang an meinen Glauben selbst zu erkunden. Eine Reise, die immer noch andauert und die ein wichtiges Motiv in fast allen meinen Werken ist.

Und danke dir - ja, dir -, dass du dieses Buch gelesen hast. Hoffentlich auf bald, in einer nächsten Geschichte.

Deine Jana Paradigi

Als Verlag wollen wir professionell und gleichzeitig liebevoll bearbeitete Bücher in die Hände von Leser*innen legen, um ihnen seitenweise Spannung, Abenteuer, Liebe und phantastische Welten zu schenken.

Folgt uns gerne über die Social-Media-Plattformen, verlinkt uns und lasst uns an euren Kommentaren teilhaben. Denn je mehr wir über eure Wünsche und Meinungen erfahren, umso besser können wir unser Programm danach ausrichten.

Website: https://www.novelarc.de
Instagram: https://www.instagram.com/novelarcbooks
Facebook: https://www.facebook.com/novelarcbooks
Twitter: https://twitter.com/novelarcbooks

Oder schreibt uns über die E-Mailadresse:
info@novelarc.de